医者の妻

THE DOCTOR'S WIFE

ブライアン・ムーア 著

Brian Moore

伊藤 範子 訳

Noriko Ito

松籟社

THE DOCTOR'S WIFE
by
Brian Moore

医者の妻

ベルファスト発便はヒースローに定刻着、だが搭乗客は飛行機から降りた後、荷物を回収するまでに長い時間待たねばならなかった。「この便は一週間毎日満杯だ」ドクター・ディーンの横で、コンベヤー・ベルトで送り出されてくる最初の荷物を見ていた男が言った。「イギリス諸島全体で業績一番の線だね」ドクター・ディーンがうなずいた。彼は見知らぬ人と話すのはあまり得意ではない。自分のズックのバッグが出てきた。縁がだいぶくたびれている。無理もない、インターン仲間から結婚祝いにもらったもので、もう二十年も前のことだから。ドクター・ディーンは荷物を取ると外に出て、十二時発パリ行き便に搭乗するために、ターミナルⅡ行きバスに乗った。ここはロンドン、雨が降っていた。今朝家を出たときは猛烈に風が吹いていた。予報ではイギリス諸島南東は晴だった。チケットの確認とチェック・インが終わったので、ドクター・ディーンは、空港ロビーでウィスキーを一杯やることにした。まだ朝だが、アイルランドの酒類販売法はゆるい。善良な市民がアルコールをちょいとやるくらいいいだろう。

バーへ行く途中新聞売り場に立ち寄り、しばらく物色して「ガーディアン」と「タイム」を買った。一人旅のドクター・ディーン、長身である。モダンなバーのカウンターでウィスキーを注文した。「ジョン・ジェムソンですね」バーマンがジェムソンのボトルをとった。ウィスキーをバーマンがつぐのを見ていて、ドクター・ディーンは、自分は今イギリスにいるということを思い出した。「ダブルにしてくれるかな」

「ダブルですね。かしこまりました」

ウィスキーがうまかった。ストックホルム、プラハ、モスクワ便のアナウンスがインターホンから聞こえてきた。いつものことなのだが、人々がこのロビーから出て飛行機に乗り、新聞に印刷されただけの地名に向けて飛ぶということが、彼にはとても不思議なことに思えた。ウィスキーを飲み干すと、ゲルシルを二錠飲んだ。胃潰瘍だ。これは彼の家系の伝統みたいなもので、これまでに二回潰瘍出血を経験していた。もちろん気をつけなくてはいけないのだが、実は最近は逆、つまり、かえってよく飲むようになってきていた。彼だけではない。北アイルランドではみな酒量が増えてきているのだ。紛争が続いている、状況のせいだと言ってしまえばまあそうなのだが。

彼が搭乗する便のアナウンスが入った。ドクター・ディーンは、待機している飛行機へ乗客を運ぶバスに、最初に乗りこんだうちの一人だった。バスに乗ってから、比翼仕立てレインコートのボタンをはずした。グリーンのツイード・スーツと黄色のシャツ、グリーンのネクタイがのぞく。それら身に付けたものの明るい色のせいで、かえって彼の顔がくすんで見えた。疲れた灰色の顔。妻は彼が身につけるものを選ぶのが好きだった。彼女に服のセンスがないことは知っていたが、ドクター・ディーンはなにも言わなかった。なによりも平和が第一、彼は妻より平和愛好家だった。

前方にネジ巻きおもちゃのような飛行機が一列に機首をそろえ、離陸ポイントに向かって進んでいた。巨大なアメリカのジェット機が、雨模様の大空に舞い上がっていくのを見ながら、自分はとんでもない方角違いのところへ行こうとしているのではあるまいかと、ドクター・ディーンはふと思った。エンジン音とともに、彼の乗った飛行機も離陸した。イギリスのいなかの風景が眼下に広がっていた。もっとも、それがいなかと呼べるものかどうかは疑問だったが。なにせここは故郷の北アイルランドとは比べものにならないくらい、家屋も道路も人間も多いのだから。イギリスの人口は五千万、アイルランドは南北併せてもたった五百万だ。

雨と雲を通り抜けると、朝の予報どおり晴れ渡った空が広がっていた。スチュワーデスが免税のタバコ、酒の販売に回ってきた。ヘーグを注文して気がついた。免税品だと空港のバーで払ったジェムソンの四分の一じゃないか。シートベルトをはずし、グラスを上げて淡い黄色のスコッチを見た。妻はこの旅行に猛反対だった。そんなどこにいるかしれないシーラ（彼の妹、ケヴィン・レドンの妻）を捜すなんて不可能なこと、まったく無意味なイタチゴッコだと言うのだった。彼女の言葉って紋切り型だなあ。誰にも言うなよと口止めはしておいたが、たぶん無理だろうな。

窓外下のほうに目をやると、もう英仏海峡上空だった。ドーヴァー海峡の白い崖が見えるかなと、ちょっと首をめぐらしてみた。スチュワーデスが冷たいランチを運んできた。ドクター・ディーンは、二日前にパリで見つけた手紙のことを考えた。ペグ・コンウェイ気付、シーラに宛ててあのアメリカ人からきた手紙だった。きゅうに頻拍が始まった。ストレスのせいだ、心臓じゃない。健康に問題はないんだ。大丈夫だ。ペグに会い、その神父とやらから話を聴く。自分になにができるか見てみたい。

冷たい肉料理とクリーム・パフ、それにグリーン・サラダを載せたトレーを持って、スチュワーデスが通路から前かがみになって訊いた。「ランチを召し上がりますか」

あまり空腹ではなかったが、潰瘍だからちゃんと食べねば。トレーを受け取った。

アパートの玄関ホールから、長身のドクター・ディーンの前だと、子どものように見えるペグ・コンウェイが再び姿を現した。彼女が居間に入ってきた時、古風にも彼はソファから立ち上がっていた。「どうぞ、そのままで」とペグは言い、彼に手紙を差し出した。「これよ」

ドクター・ディーンは手紙を裏返し、アメリカの航空便切手が貼ってあるのを見た。あて先のアドレス――

マダム・シーラ・レドン
コンウェイ気付
サン・ミシェル河岸29
パリ75005
フランス
急ぎ転送されたし

送り主――
T・ロウリー
パイン・ロッジ
ラットランド　バーモント州05701
USA

「二日にヴァーモントで投函されているわね。つまり、二人がパリを離れたと推定される四日後よ」
ドクター・ディーンは、くたびれた褐色のベルベットのソファに身を沈めて、手紙をひざでトントンやっている。

「どうして開けてごらんにならないの」

ドクターは不安げにちょっとほほ笑んで、ふたたび手紙を見た。

「え、ああ、いやまあそれはしないほうがいいだろうな」

「急を要することでしょ」

「うん」

「いいこと」とペグが言った。「シーラはアメリカにいるはずよね。だけどどうかな。日付を見て。もし彼がこれを書いたとすれば、二人は一緒じゃないわね」

「そうともかぎらないさ」ドクターはくしゃくしゃになったゴロワーズの箱から一本とりだし、火をつけた。「その晩急に弱気になったとか、で後で合流したとかね」

「手紙を投函した後で?」

「そう」ドクター・ディーンは、深々と吸いこんで、フーッと鼻から煙を吐き出した。

「昨今、お医者さんは喫煙はしないものと思ってたけど」

「リバウンドだよ」

「このあとどうするつもりなの?」

「ずっと考えていたんだけど」ドクター・ディーンは言った。「ヴァーモントのこのアドレスのところで、彼女も一緒だという可能性もある。電話をかけてみようかと思ってるんだ」

「アメリカにかけるということ? そのパイン・ロッジとかいうところに?」

「そう」

「手紙の封を切るよりも電話をかけたいということなのね」

「うん」

「そう。まあ、それもひとつの手だろうけど」とペグが言った。「わたし、夕飯の支度にかかるわ。シーラにつながったら、心置きなくどうぞ。電話はあそこよ」

「もちろん料金は払わせてもらうよ」

「そんなことはいいわよ」

　ペグが部屋から出ていった。聞えないことを確信させるように、彼女が大きな音を立てて戸を閉めるのが聞えた。大きなぶちネコが玄関ホールから入ってきて、背を丸め、彼の足に体をこすりつけた。もう一度封筒の住所を見て、電話の置いてある机のところへ行った。ペグのアパートの張り出し窓から、パリを蛇行して流れるセーヌ川が見えた。左側、裁判所の裏手に、イルミネーションの輝くサント・シャペルの尖塔が見え、下流には陰鬱なノートルダム大聖堂があった。故郷にはないこういう景色を見、電話を取り、話をする、とその言葉が自分のまだ見たことのない大陸に海底ケーブルで伝わるのだ。なんだか生きた現実の世界ではなくて、映画の中で演技しているとか、失踪した人物を追っかける探偵とか、犠牲者に償いする犯罪者とかであるような、とにかくシュールな感覚だった。なにはともあれ、まずダイアルした。国際電話のオペレーターがつなぎ、一分たらずのうちに、遠い向こうの端にいる人物と、まるでその辺で出会っただれかに電話しているような感じで話していた。

「パイン・ロッジです」アメリカ人の声だった。

「パリから直通電話がかかっています」とオペレーターが言った。「ミセス・シーラ・レドンに」

「そういう名前の者はおりませんが」

ドクター・ディーンが割って入った。「ミスター・トム・ロウリーはそちらに?」

「ちょっとお待ちください。代りにミスター・ロウリーと話されますか」オペレーターが訊いた。

「お願いします」

「分かりました。ハロー、ヴァーモントですか。ミスター・トム・ロウリーはおられますか」

「オーケー、そのままでお待ちください」とアメリカ人の声。「トムですか? パリからです! 二番のブースへどうぞ」

「ハロー」若い非常に興奮した声。

「ミスター・ロウリー、シーラの兄です。パリのペグ・コンウェイのアパートからかけています。オウエン・ディーンといいます」

「ああ、そうですか」声は熱を失った。「で、なにかご用ですか」

「シーラとコンタクトをとろうとしているのですが。彼女に送金することになっているのだけれど、そのことについて彼女と話したいのです。シーラ、そこにいますか?」

一瞬のためらいがあった。「残念ですが、お役には立てそうにありません」

「電話をかけているのはほかでもない。ここにシーラ宛の君の手紙があるんです。シーラは君と一緒だと思っていたんですがね。とにかくみんなひどく心配してるんです」

「そうでしょうね」

「どこにいるか知っているなら、メッセージを頼みたいのですが。オテル・アングルテール、パリにコレクトコールをしてくれるよう言ってもらえませんか、番号言いますから」

「お役には立てません」と若い男の声が言った。電話が切れた。

ドクター・ディーンは、受話器を握ったまま立ちつくしていた。また頻拍が襲ってきた。頻拍は、このトラブルがあってから起こったものだ。受話器を置いて、鏡に映る自分の青白い顔を見て、あの日彼女が言ったことを考えた――わたしのことは忘れて。わたしは新聞記事に出ていた男に似てるわ。ちょっとそこまでってタバコを買いに行ったきり消えた男にね。例年通り、今年も夏休みを過ごそうとパリへ彼女が来たのは、ほんの一ヶ月前のことだ。彼女はこのアパートへきて、まさにこの部屋に立っていたのだ。彼の目が鏡の中の自分をじっと見つめる。まるで、彼女が自分の後ろに姿を現すとでもいうかのように。だが、鏡の部屋が映し出すのは彼の顔ばかり。それはユダ、裏切りもののユダの顔。

第一部

ペグのメモに、六時まで帰宅しないから、空いた部屋へ荷物を置いてくつろいでねと書いてあった。ミセス・シーラ・レドンは重いスーツケースを下ろし、キーを捜した。メモにあるように、階段を上がりきったところに敷いてある幅のせまいカーペットの下を探ってみると、あった。キーを取り出し鍵穴に差しこむ、とドアがうなり声とともに内側に開いた。かがんでスーツケースを持ち上げようとすると、大きなぶちネコが中へパッと飛びこんできた。ペグのペットかしら。中へ入ったミセス・レドンは「パス、パス」と呼んだ、ここはフランスだから、あまり意味はないかもしれないと思ったけど。フランス語でネコはミヌじゃなかったかしら？　玄関ホールへ行った。「パス、パス」愛想のないネコだ。でも、ネコはゆったりくつろいで、台所に置いてある皿から水を飲んだ。ああよかった。ミセス・レドンはコートを脱いだ。

ここは静かだった。小高いところにあるから、街の喧騒もわずかに聞える程度。居間からはきっとすばらしい街の景色が見えるだろうと思って、フレンチ・ウインドウのカギを開け、狭いバルコニーに出た。下の方にセーヌ川が、アイルランドとはまったく別の歴史を刻んだパリを流れる。陰になったポン・サン・ミシェルの下部が見え、遊覧船が陽光の中へ滑りこんできた。広い甲板一杯に観光客がいて、彼女の方角へ視線を送っている。今、彼女を見たら、サン・ルイ島の対岸で贅沢な暮らしをしているフランス女とでも映ったかもしれない。遊覧船が横に傾いた。が、つぎの瞬間、まっすぐ体勢を整えると、褐色の濁水を突っ切ってノートル・ダムの方へ進んでいった。ミセス・レドンが、六階バルコニーの鉄の手すりから身を乗り出して見下ろすと、ウェディング・ケーキにのっている花婿人形みたいに小さな白いエプロン姿のウェイターが、歩道テラスのテーブルの間をせわしく行き来していた。自分の家の居間の様子が思い浮かんだ。セイヨウキヅタにおおわれたレンガ塀に囲まれた庭。ベルファストの山、ケイヴ・ヒルが、庭の壁の上からのぞいている。せり出した崖は、灰色の空を見上げた格好で寝ている、巨人の横顔のようだ。彼女の家あたりが、ナポレオンの鼻と呼ばれている山のてっぺんである。ナポレオンの街、ここパリに眼を走らせて、今彼女はそういうことを考えていた。アウステルリッツに勝利した皇帝が、意気揚々と白い軍馬マレンゴに跨《またが》ってアンヴァリッド広場に乗りこむ――石畳に響く蹄鉄、絹の三角旗、撚《よ》り合わせた黄金の締め綱、毛皮の軍帽、旧近衛軍。故郷のナポレオンの鼻山、そしてここパリ。また中に入って大きな窓を閉め、表玄関へ荷物をとりに行こうとした。と、そのとき、アパートの中でだれか人の動く気配がした。シーラの全身に恐怖が走った。

泥棒か、いやもっと怖いなにかか。シーラは、アバーコーンの爆弾以来、ささいなことでもすぐビクッと飛び上がってしまう。音を立てずに耳を澄ますと、ああよかった、だれか分かった。空室に一人若い女性がいた。

「びっくりさせました?」ミセス・レドンに気づき、その顔の表情を見て彼女がたずねた。

「いいえ、ぜんぜん」

アクセントから、アメリカ人だと分かった。ブルー・ジーンズとシー・スルーのペザントブラウス。部屋の真ん中に、大きな黒いリュックが開けたままになっていた。彼女はくし、ヘアブラシ、メーク道具を取り出した。「一時間前にここを出なきゃいけなかったのだけど、ちょっと電話が長引いてしまって。あなた、ベルファストから来たペグの友だちですよね」

「ええ、そうよ」

「わたし、デビー・ラッシュです」

「シーラ・レドンです」とミセス・レドンが言った。ちょっと沈黙があった。

「で、ベルファストは今、どんな状態なんですか」とデビーが訊いた。

「まあ、あまり変わりはないですね」

「たいへんでしょう。これから先うまく収まるのかしら?」

ミセス・レドンは、友好的と思う笑顔で応じた。ヤンキー。夫、ケヴィンの叔母がアメリカ人で、去年の夏ベルファストへやってきた。疲れる人だった。おそらくこの女性は、ペグと一緒に仕事をしているのだろう。きっとそうだ。「イギリス人を追っ払わなけりゃなりませんよね?」とデビーが言った。

ミセス・レドンはなにも言わなかった。「ペグと一緒の職場なんですか」

「ラジオ・フリー・ヨーロッパ?」彼女が笑い出した。「全然関係ないわ。わたし、トム・ロウリーの友だちですよ。トムはペグの友だちなんです。チャーター機がポカした時、トムがわたしのことをペグに言ってくれたんです。ほんとうに助かったわ。彼女はほんとうにいい人――あなたが来るまで、わたしここにいていいって言ってくれて」

これを聞いたミセス・レドンは、後ろめたい気持ちになった。「わたしが来たせいで、あなたを追い出すことになっちゃったわね」

「あら、いいんですよ。今夜はホテルで、明日は飛行機ということになると思います」彼女はリュックを背負った。薄いブラウスからのぞく若い胸のふくらみ。ミセス・レドンは、彼女がリュックを背負うのを手伝ってやった。

「ああ、どうも」と彼女が言った。「階段を下りるだけだから楽。この階段しっかりしてますよね」

「シェイプアップにいいわね」とミセス・レドンが言った。

「そうですよね」その若い女性はリュックのベルトを握って、兵隊のようにサッサッと戸口へ行進していった。ミセス・レドンが、急いで表ドアを開けた。「お会いできてよかったです」と彼女が言った。

「ごめんなさいね、わたしのせいでこんなことになってしまって」

「いえいえ、いいんですよ。ヴァカンスを楽しんでくださいね。さよなら」

ミセス・レドンは、ドアが閉まらないように押さえていた。なんだか彼女が行ってしまうまで閉めたくなくて。それに、すぐ閉めたらちょっと失礼だろうという気がしたのだ。ブロンドの頭がらせん階段を降りていく。頭が下へ下へ降りていき、踊り場でくるりと回り、さらに下へ下へ降りていき、階段の一番下に着くまでミセス・レドンはじっと見ていた。


四時間後、ラ・クポールで再会を祝って、ミセス・レドンとペグ・コンウェイは、ディナーをいっしょにとっていた。レストランへ入ってきたホモらしい男たち二人が立ち止まり、ミセス・レドンをじっと見てなにかささやいていた。それから、慇懃に彼女にお辞儀をした。

「あなた、あの二人知らないわよね」

「もちろんよ」

「だれかと間違えたのよ」

「それか、わたしをフロック着た男とでも思ったんじゃない」

ペグが笑った。「そんなの変、どうしてよ」

「背の高さよ、ここでもわたしダントツ背が高いでしょ」

「また背の高さのことね。それって一体いつになったら言わなくなるのかな」

「一生続くわ」とミセス・レドンが言った。

「ホモと言えばね」とペグがまた笑い出した。「フェアリ・ライスはどうしたかしら」

「彼、ほんとうに変な人だったわね」二人は笑いながら、ライスのことを思い出していた。ライスはクイーンズ大学の学生で、ショート・ドレスくらいすその長いセーターを着ていた。講義の時はいつも一番前の席に坐って、シャモワの磨き棒でつめを磨いていた。「彼のお母さん、亡くなったのよ」とミセス・レドンが言った。「二年前に、『ベルファスト・テレグラフ』で死亡通知を見たわ」

「あのお母さん、ピクニック・バスケットにつめた弁当を息子に渡すのに、学生組合の事務室あたりで待っていたの覚えてる?」

二人は笑った。

「彼、イギリスへ行ったって聞いたわ」ミセス・レドンが言った。

「フェアリが?」

「うん」

「ねえ」とペグが言った。「あなたとケヴィン、アメリカ移住を考えたことある?」

「まあ、ケヴィンはぜったいベルファストを離れることはしないわね」

「どうして?」

「だって、それってなにもかも一からやり直しじゃない。それにあの人、旅行は嫌いだし。このヴィルフランシュの旅だって、説得するのに二年もかかったのよ」

「でもケヴィンは、楽しいことが好きだったじゃない」ペグが言った。「彼、競馬が好きだったでしょ？」

カラ競馬場の会員制観客席で、指定席チケットをボタン穴にさしこみ、携帯双眼鏡で下のトラックを見ているシーラの夫をペグは想像した。

「ほんとうに、競馬は楽しかったわ。ダブリンへドライヴしてバズウェルズ・ホテルで一泊、土曜日は一日中ずっとレースを見て、帰宅前にご馳走を一杯食べて。でも今の彼にそんな時間はないわ」

「時間は作るものよ」

「でも、あの人には無理ね」とミセス・レドンが言った。「グループ医療作業とか、いろいろ忙しくて。それに今は、英軍外科部長の仕事もあるし。リスバーンに週三、四回は出張診療。ちょっとやりすぎよ。これでは彼の精神衛生上もいいはずないわ」

ペグはシーラの言葉を聞いていなくて、ずっとドアの方へ目をやっていた。ボーイフレンドのイヴォが来ないかと目を凝らしていたのだが、だめみたいだった。ペグが言った。「ヴィルフランシュといえばね、最近のことだけど、わたしあの南フランスでメチャ面白い週末過ごしたのよ」

ミセス・レドンは困惑した顔になった。「あら、そうなの」

「彼の名前は、イヴォ・ラディッチ、ユーゴスラヴィア人よ」

「ユーゴスラヴィア人」ミセス・レドンが言った。そうなのか、新しいボーイフレンドができたのか。

「彼、避難民なの。十六世紀区にある小さな私立学校で、英語とドイツ語を教えているわ。とにかく、カルロよりはずっとましよ」

「カルロはどうしたの」

「その質問はやめて。彼の面倒は奥さんがみたらいいのよ。イヴォはちゃんと離婚しているからいいわ」

「イヴォ・ラディッチ」ミセス・レドンが、名前の音感をじっくり味わうように言った。

「あの人とはひょんなところで出会ったの」とペグが言った。「ヒュー・グリーア、あなた覚えてる?」

「もちろん、覚えてるわよ」とミセス・レドンが言った。ヒュー・グリーア、トリニティ大学教授、ペグの若い頃の大恋愛の相手。

「ヒューの学生に、トム・ロウリーというアメリカ人がいるんだけど、トムは、今年の夏パリへ行ったらわたしに会えってヒューから言われていたの。それで彼、わたしに会いに来たわ。トムが、アパートで飲もうってわたしを誘ってくれたので行ったの。そしたら、彼のルームメートがイヴォだったというわけ。だから、ヒュー・グリーアのおかげでわたしはイヴォに会った、ということになるわね」

「ヒューとは今もつきあいがあるの?」

「ええ、まあね。気の毒に彼、ガンなのよ、知ってて?」

「まあ、そうなの。何ガン?」

「肺よ」

「彼、何才?」

「五十くらいかな。ねえ、あなたイヴォに会いたくない?」

ミセス・レドンは考えた。なんて答えたらいいんだろう?「もちろん会いたいわ」と彼女は言った。

「そう、じゃあね、ここを出てアトリウムへコーヒー飲みに行きましょうよ。イヴォとトムのアパートはアトリウムの近くだから。電話して、イヴォが来られるか訊くわ」そう言うとペグは、電話のある化粧室へきびきびと歩いていった。ミセス・レドンは彼女を目で追った。それから、隣の席で二人のフランス人、貴族的風貌の老人と若い息子が、食事しているのをこっそり見た。二人は、ベロン・オイスターを食べて、そのジュースをすすっていた。ミセス・レドンは、自分がラ・クポールに初めて来た時のことを考えていた。あの夏、彼女はアリアンス・フランセーズの学生だった。伯父のダンがパリへやってきて、このレストランへ彼女をランチに連れてきてくれた。伯父はここで、「アイリッシュ・タイムズ」の若いパリ駐在員と会う予定だった。昼食後、ダン伯父の友人であるスイス人の伯爵夫人邸で催された、フォンテーヌブローのガーデン・パーティに三人で出かけた。ダン伯父は、誰とも知り合いだった。伯父はガンで亡くなった。ペグの話では、ヒュー・グリーアはガンらしい。ダン伯父の葬式の日、わたしは一人電車に乗ってダブリンへ行った。ケヴィンは手術で行けなかった。盛大な葬式で大勢の参列があった。真紅の法衣を着た枢機卿は、ミサの間中祭壇脇の主教席のイスに坐っていた。グラズネヴィン墓地にはデ・ヴァレラも来ていた。デ・ヴァレラは帽子をとり、神父が死者への祈りを捧げている間中、胸に帽子を当てていた。首相のレマスが彼の横にいた。大臣および外務省の関係者は、全員参列していた。お祈りの後、アイルランド軍楽隊が「ザ・ラスト・ポスト」を演奏したとき、わたしはメグ叔母とレンタカーの大きなダイムラーの中で坐っていた。わたしは泣いたけど、叔母は泣かなかった。叔母は、それだけがかろうじて支えてくれているとでも言うかのように、ステッキを両膝の間に挟んで坐り、目の前で起こっていることを逐一見ていた。ラッパの音が静かになると同時に、叔母が言った。「フルーツケーキを忘れたわ。

ビューリーズに七個注文しといたから、ミセス・オキーフに言ってちょうだい、ケーキを五個、シェリーとサンドイッチといっしょに出すようにって。シーラ、聞いてるの?」

ミセス・レドンは、またあの老フランス人と息子の方を見た。オイスターを終わって、今、ロワール・ワインを味わっているところだ。バターをつけたブラウン・ブレッドに、オイスターのおいしいジュースをふくませている。広いレストランの中をペグが戻ってくる、遠くからオーケー・サインを出しながら。あのユーゴスラヴィア人が、オーケーしたのだろう。あとでいっしょにアトリウムで飲むのだ。ミセス・レドンはペグにほほ笑みかけた。でも、彼女の心を占めていたのは、二年後にダン伯父の墓を一人で訪れた時のことだった。雷鳴とどろく嵐の日だった。叔父の墓に十字架はなく、死者がだれかということも書かれていなかった。あるのはただ、地面につけられたドアのようなグレーのコネマラ大理石一枚だけだった。名前——ダニエル・ディーン。一八九九—一九六六。墓地横の花屋で、彼女はカーネーションを買った。ダン伯父は、カーネーションを身につけるのが好きだった。墓地管理人が、彼女に小さな青いガラスの花瓶を渡した。シーラは、ガラスの花瓶に赤いカーネーションを入れて、それを墓に置いた。

アトリウムで、ペグは、ブルヴァール・サン・ジェルマンのよく見渡せる場所を選んだ。ミセス・レドンは、フランス流の坐り方をまた思い出した。同席の人と向き合うのではなく、通行人が見えるように坐る、あれだ。あのユーゴスラヴィア人は、まだ来ていなかった。

「ここにいるだけでいいわ。人を見てるだけで楽しいわね」街路を行く人々に目をやりながら、ミセス・レドンが言った。

「奇抜な衣装を着て外に繰り出すなんてやめて、家で勉強した方がいいのよ」とペグが言った。「来週、ソルボンヌは学期末テストよ。フランス人の親でなくてよかったわ」

でも、ミセス・レドンは、自分がフランス人だったらいいなあと思った。爆弾が炸裂するとか、軍隊の巡回に止められたり、警察に間違いで引っ張られたり、狙撃されるなどの心配がなく、好きなところへ行けるんだもの。もしもダニーが学校友だちの家に暗くなるまでいたら、帰るのは危険だから、その晩は泊めてもらわなければならない。

ウェイターが来た。

「いい」とペグが言った。「コニャックを飲むのなら、イヴォが来る前に注文してお金を払うのよ。でないとイヴォは、自分がおごると言うに決まっているから」

「いいわ、でも私に払わせてよ。コ、コニャ、ャ、ック二、つ、コ、ー、ヒ、ー、二、つ、お願い、い、し、ま、す、ね」

「かしこまりました」とウェイターが言った。

コニャックのせいか、イヴォがもうすぐ来るという期待感からか、どっちか分からないけど、ペグが、目に見えて生き生きしているのが見てとれた。「そう、じゃ明日の夜はヴィルフランシュで、ハネムーンのとき泊まったホテルに泊まるのね。このホテル、一回目は気に入ったわけだわね」なにげなくふるまってはいたが、シーラはなんとなく困惑した。もう四十に近いのだから、女学生みたいに、二言目にはセックスという言い方はやめたほうがいいんじゃないかと思ったのだ、だが…。

「赤くなったわよ」とペグが言った。

「ちょっと、やめてよ」

「シーラ、あなたがうらやましいわ、まだアツアツなんだもの。二度目のハネムーンに行くのはあなたぐらいよ。結婚して何年？」

「十六年よ」

「ふうん、そんなになるの」

「ダニーが十五才だもの。結婚したのは一九五八年」

「だといくつ、今？三十八よね。とてもそんな年には見えないわ」

「三十七よ。十一月で三十八」ミセス・レドンが笑って言った。

「イヴォはわたしより四つ下よ。これってデカダンよね」

「バカバカしい」ミセス・レドンはそう言ったけど、こう思った。わたしにはとてもできないな、わたしはペグじゃないもの。彼女は、わたしにはとてもやる勇気のないことをやっちゃったんだ。修士号をとった後ロンドンへ出て研究を続け、それからニューヨークの国連本部に勤めて、アイルランド代表たちと仕事をし、そして今はパリ、アメリカ人と取引して大きく金を動かしている。男と対等、自由、いっぱい男と関係を持ち、飛び回っている。それも大都会ばかり。それに比べてこのわたしはどう、家庭に引きこもったきり、せっかくの修士号証書もタンスの肥やし、自分のこと、この先どうしたらいいのかも分からない。「やっぱりね」彼女がペグに言った。「仕事バリバリやって、飛び回るのが若さの秘訣よね。なにもしないで家にいるから老けるのよ。わたし、最近考えたのだけど、楽しみといったらホリデーだけだなんて、ちょっとおかしいと思わない？」

「そうねえ」とペグは言った。だがミセス・レドンは、彼女が聞いていないのに気がついた。誰か顔見知りがカフェにやって来たようで、ペグがその男にサインを送っていたのだ。ミセス・レドンは男をじっと見た。四才年下なんてうそ、十才はちがうはずだ。長身の青年、長く伸ばした黒い髪の毛、骨ばった白い顔。茶色の丸首セーターにコーデュロイのズボン、擦り切れた、ミセス・レドンの息子が去年買ったのと同じようなデザート・ブーツをはいている。ほほ笑んで、長い髪の毛を頭を振って振り払った。これって、かつては女の子のしぐさだったはずだ。

「トム、こんにちは」とペグが言った。

ああ、彼は彼女のボーイフレンドじゃないんだ。

「シーラ、この人はトム・ロウリー。トム、こちらシーラ・レドン」

トムは彼女に「やあ」と言ってから、ペグにこう言った。「あまりいい知らせじゃなくてご免、イヴォがまた違約だ」

「また！」

トムは足を組んでカフェのイスにのせ、腕はイスの背に置いた。彼はミセス・レドンをじっと見つめ、それからペグに「イヴォね、ここへ来るところだったんだけど、中庭で急に体が動かなくなっちゃったんだよ」

「で、またわたしを悪いと言うのよ」とペグが言った。「言うに決まってるわ」

「そんなことないよ」と青年は言った。だが、もうペグのほうは見ないで、またミセス・レドンをじっと見つめていたので、彼女は自分になにかおかしいところでもあるのかしらと思った。彼女は、スカートに目を落とした。いやスカートじゃない、彼はわたしの顔を見ているんだわ。

「ねえ、今からどうしよう?」ペグが訊いた。

「ぼくのアパートへ来ない? イヴォも喜ぶだろうし、いっしょに飲もうよ」

「そうねえ」とペグが言った。「まあ、ちょっとだけお邪魔しようかな。シーラ、あなたどう?」

「もちろん、ご一緒させていただくわ」と彼女は言った。ほかに言いようがなかったから。彼女が行くと言うと、ペグは待ってましたとばかり立ち上がった、飲みかけのコニャックは残したままで。「あ、ちょっと待って」とミセス・レドンが言った。「わたし、払うわ」

「いや、ぼくが払うよ」と、これはトム・ロウリーが言った言葉。

「だめ、だめ」ああだこうだ言ってたが、結局ミセス・レドンが払った。マルシェ・サン・ジェルマン裏手の、暗い歩道を下っていった。ペグが大急ぎで歩いていくので、ミセス・レドンはこの会ったばかりの男といっしょに歩くことになった。まず思ったことは、トムが自分より背が高いということだった。これはほっとすることだったが、やはりいつもの癖で、一緒に歩きながらつい身をちぢめてしまった。口数の少なそうな男だ。グレアム・グリーンの「静かなるアメリカ人」。が、そのとき彼女は思い出した。静かなる男というのは不吉な人物ということだ。

「あなた、北アイルランドの方ですか」彼が訊いた。

「ええ」

「アルスターなまりだと思いましたよ。ホリデーですか」

アメリカ人はふつう「バケーション」と言うところだが、彼は違った。「そうです」

「一人で?」

彼女は街灯の明かりに浮かび上がる彼の顔をチラッと見た。

「失礼」と彼が言った。「ご主人と来られるとか、ペグが言ってたものですから」

「ええ、主人は明日、ヴィルフランシュでわたしと落ち合うことになっています」

「じゃ、パリは一泊だけですか」

彼女はうなずいた。その後、トムのアパートに着くまで二人は無言だった。アパートに着くと、カギのかかったドアの前で、ペグがじれったそうに待っていた。トムがキーを取り出し、開けにかかった。そのときミセス・レドンは、また彼がこっそり自分を見ている視線にぶつかった。興味があるが、見ているのを見られたくないとでもいうような視線だった。

「ちょっと待って、明かりをつけるから」トムはそう言うと、真っ暗な中庭に彼女たちを案内した。ライトを手探りしているようすだった。明かりがついた。中庭から一階の玄関に入る間だけついている、フランス式の薄暗い明かりだ。彼がアパートのカギを開けているうちに、明かりは消えてしまった。トムは暗闇でドアを開けると、中に入って、まばゆいくらいの明かるい玄関ホールへ二人を招き入れた。

ずいぶん小さいアパートだな、というのが彼女の第一印象だった。右にすごく小さなキッチン、バスルーム、奥に小さなベッドルーム。ホールのイスの背に男物のダーク・スーツの上着がかけてあって、胸のポケットから白いハンカチの端が鋭角にのぞいていた。小さな居間に入った、とそこに、男が床に仰向けに寝ていた。ダーク・スーツのズボンだけはいたかっこうで、白いシャツ、ウールの赤いネクタイという正装の、すごくハンサムな男だった。葬式を待つ安置された死体みたいだな、そうミセス・レドンは思った。

「今晩は」床の男は、外国なまりの低い張りのある声で言った。「こんな格好ですみません」

「まあ、イヴォ」ペグが片ひざついて、彼のグレイがかった髪に指を走らせた。この男は、あのアメリカ人みたいに、髪の毛を振り分けたりしないだろうとミセス・レドンは思った。男は、ペグから顔をそらした。

「わたしの友人、シーラ・レドンよ。シーラ、この人がイヴォ・ラディッチ」

ハンサムなその男はシーラにほほ笑んで、ようこそ、とあいさつした。トム・ロウリーが、ボトルとグラスを四つもってきた。「ああ」とイヴォが言った。「スリヴォヴィッツだね。ご婦人方、食後酒をいかがですか」

「ダーリン」とペグが言った。「あなたを起こしてベッドに寝させなきゃ」

「ぼくは床のほうがいい。これ治療なんだ」

「絶対、起き上がった方が楽でしょ」

「床にこうしていないと、明日授業できないよ。それからね、職場に出勤しないと、ドクトル・ラポルトに月末また減給される」

「でも、ベッドに支えのボードがついてるでしょ。あなたはベッドで休んで。ベッドルームで飲みましょ」

ハンサム・ガイは笑ったが、あまりうれしそうではなかった。「ペグはね」とミセス・レドンにイヴォは言った。「ぼくを自分の思い通りにしたいんですよ」

「イヴォ、お願い」とペグが言った。「とにかく、長いすに寝てよ」

「あれやわらかすぎるよ」イヴォが言った。イヴォはずっとほほえんで、ミセス・レドンにしゃべっていた。「ロンドンからの旅は快適でしたか、マダム」

「ロンドンじゃなくアイルランドからです」

「ああ、アイルランドね」

トム・ロウリーがシンブル・グラスを回した。ずっとひざまずいていたペグがやっと起き上がった。あたり構わず、まじまじとイヴォを見つめている。「ダーリン、なにか言いたいことでもあるの？」とペグ。「怒ってるの？」

「怒ってなんかいないさ。気分は最高」

「じゃ、起きてよ」

トム・ロウリーは、二人のいざこざは無視するようにと言っているみたいにほほ笑んで、ミセス・レドンにイスを勧めた。

「シーラはパリに今夜一晩だけなのよ」ペグは続けた。「あなたがそんなふうに床に寝そべっていたら、いい気持じゃないわよ」

「ああ、わたしのことだったら気にしないで」ミセス・レドンが言った。いわずもがなだったが。またユーゴスラヴィア人を見た――黒い目の、たしかにすごくハンサムな青年だ。だけど、なぜか恐怖心を起こさせるところがあるのだ。急に冷酷になるとか。彼はシーラにほほ笑み、ペグは無視した。シンブル・グラスで「乾杯」とミセス・レドンに言った。「ようこそ、パリへ」

イヴォが、カーペットから頭を上げずにシンブル・グラスを口元へもっていき、一気飲みしようという、とてつもなく無理なことをやろうとしているのを、みんなが見ていた。なんとかオーケー、でも最後のところで口元からウィスキーがもれた。小さい書き物机の横で、しょんぼりと坐っていたペグがすぐ立ち上がって、ハンドバッグを開けるとハンカチを取り出して、またひざまずいてイヴォの口元をふいてやった。

「やめろよ！」と言ってイヴォは顔を背けたが、ペグは、拭くといってきかない。

「いつからこのアパートに住んでらっしゃるの？」とミセス・レドンはトム・ロウリーに訊いた。

「ああ、いや、ここはイヴォのアパートです。ぼくは居候させてもらってるのです」

「二人ともきれいに使ってらっしゃるわ」

「イヴォ、起きて！」ペグが急にさけぶ。

イヴォは笑っている、が動こうとしない。

「そう、それならもういいわ。お客さんをちゃんと迎えられないようなら、わたしたちもう帰る」

ミセス・レドンがイヴォを見ると、肌に血がのぼり赤くなっている。ペグはシーラを見て言った。「帰りましょう、シーラ」

ミセス・レドンは、ぎこちなく立ち上がった。

「明日リヴィエラに飛ぶんですね、マダム」

「ええ。ニースへ行きます」

「ああニース、〝光り輝く大地〟ね。パリにはないものだ。パリはグレー、グレー、来る日も来る日もグレーなんだ。だからみんな怒りっぽい」

「わたしべつに怒ってなんかいないわ」とペグが言った。「でも、もう帰るわ。お休みなさい、トム」

「ごちそうさま」ミセス・レドンはトムとイヴォに言った。

「大歓迎」と床の顔が言った。それから、ペグにむっつり顔を向けた。「謝るよ。君は上機嫌。みんなに不愉快な思いをさせるのが楽しいんだろう」

「おやすみ」と言って、ペグが部屋を出た。ミセス・レドンはぎこちなく二人にほほ笑み、彼女に続いて出た。

「明かりをつけますよ」とトムが言った。「中庭のライトはちょっとわかりにくいから」

「おやすみなさい、マダム」とイヴォが言った。「太陽をエンジョイしてきてください」

中庭は光でいっぱい、まるで巨大な水槽みたいだ。じれったそうに急ぎ足で歩いていく、ペグの姿が光の中に浮かび上がった。カギのかかっている表のドアのところで、二人がペグに追いついた。

「ねえ」とトムがペグに声をかけた。「イヴォにおやすみ言ったら? シーラはぼくが送っていくから」

「言わなくてもいいわよ。シーラはたった一晩だけなのに、イヴォはずっとあんな調子なんだから」

「ペグ、仲直りしとかないと何週間も後引くよ。お願いだ、戻って」

中庭の明かりが消えた。トム・ロウリーが、スイッチを押しに行った。明かりがついた。見ると、ペグはためらっているようすだった。「ね、戻ってね。わたし、アトリウムで待ってるわ」

「いいの? 彼、ほんとうはそんなつもりじゃないのだけど、ワルになっちゃうところがあるの、ユーゴスラヴィア男特有の強がりみたいな」

「気にしない、気にしない。さあ、行って行って」

「シーラと一緒に行くよ」トム・ロウリーが言った。「イヴォと二人でゆっくりできるから、その方がいいだろう。アトリウムでまたあとで会おうね」

ペグがにっこりして言った。「二人ともありがとう」

というわけで、数分後ミセス・レドンは、会ったばかりのこの青年とパリの街を歩いていた。二人とも、さっきの場面を思い出して大笑い。

「イヴォ、起きて！」ミセス・レドンが言う。

「光り輝く大地！」とトム、でまた二人で大笑い。

トムが長いダーク・ヘアを振り分ける。目がキラキラしている。力強い歩調で、二人はまるでこれから逢引に行くという感じ。彼女は、今という時間から学生時代へ一足飛びでもどった。まるでその二つの時間の真ん中にはさまれた時間、料理、ダニーに学校の服を買う、ケヴィンの母にやさしくする、同業の医者たちとその妻たちを招いてディナー・パーティなどなど、ケヴィンと結婚して以来彼女の生活の決まりきったルーティンの年月はなかったかのように。

「アメリカのどこに住んでいらっしゃるの？」と彼女が訊いた。

「ニューヨーク。グリニッチ・ビレッジです」

「ファッショナブルなところね」

「ああ。父は、セント・ヴィンセント病院スタッフ、ビレッジの大きな病院です」

「医者ね」

「そうです」

「わたしの兄は医者です」夫のことは言わなかった。

アトリウムでトムは彼女をカフェの奥、常連の席へ案内した。「いいですか」トムが言った。「今日はあなたがパリで過ごす初めての日だから、シャンペンをおごらせてください」

「シャンペンですって？ 高過ぎるわ」

「いいんです、おごらせてください」と彼は言った。「ぼくも飲みたいんです。いいでしょ？」

「じゃ、パーノをお願いね」

「それでいいんですか」

「ええ」

トムがウェイターに合図した。「パーノを二つ」

「申し訳ございません、パーノはございません。リカールしかございません」

「リカールでいいわ」と彼女が言った。「わたし、リカール好きよ」

「じゃ、リカール二つ」と彼がウェイターに言った。それから彼女に「なぜぼくがオーダーしているのかなあ。あなたのほうが数段フランス語がうまいですよ」と言った。

「大学で習ったんです」

「クイーンズ？」

「そう。あなたトリニティですよね。先生はヒュー・グリーアでした？」

「そうです。知っているんですね？」

「ええ、もう何年も前のことですけど」彼女は、かっぷくがよくて少しどもるグリーア、彼のズボンがいつも寸足らずだったということを思い出した。「アングロ・アイリッシュ文学をヒューに習いました？　あのジョイス／イエーツ・ショーも？」

「ええ習いましたよ」

「で、あなたの今後の予定は？　教職？」

「まだ決めてないんです。一年考えてみようと思っています」

「一年も？　金持ちなのね」

「いやあ、そうじゃありません。仕事が一つあるんですよ。友だちがバーモントでホテルをやっているのですが、彼が来年ヨーロッパへ行きたがっているんです。ぼく、前に彼のところで夏働いたことがあって、不在の間彼の代理を務めるというのがその仕事なのですが。きれいなところですよ。冬はスキー、夏は湖」

「すてきでしょうね」

「ぜひ来てくださいよ。経営担当者として、特別価格でおもてなししますよ」

笑う彼女。ウェイターがリカールを持ってきた。グラスに水をそそぐと、リカールが黄色から白っぽくなった。この青年、この出会ったばかりの人は、グラスを取り上げて彼女の目をじっと見つめた。

「スランチェ」とトムが言った。「スランチェ」は、アイリッシュの乾杯の言葉である。「スランチェ」と彼女が言った。二人はグラスを合わせると、彼の手が彼女の手に触れた。ケヴィンがときどき、あの男お前に惚れてるぞと言うことがあったが、そのとき初めてこの心理というのが彼女は分かった気がした。今や彼女は、正真正銘の共犯者だった。むかしはただの冗談だった。マレンズ・グレンジのパット・ロウラー、彼女が給油に立ち寄ると、上着から櫛をとり出して、はげたところをなでつけてたっけ。ケネディ・マッコートの若い肉屋も。彼女の注文を受けたくて、ほかの客をせっついて早く片づけようとしたっけ。だが、いつもそういう笑える場面ばかりでもなかった。知らない男性に話しかけるのは気がひけた。とくに頭のいい男性だと気後れした。そういうときは、つとめてかっこよく見せようとする。すると男が反応してなれなれしくくだけてくる。いつもまあその程度のことだった。だが、あれは二年前だったか、ケヴィンがあるときこう言った。「男に秋波を送ったりして。君、自分で気がついてないんだろうが」「ひどいこと言うのね、あなた」彼女は言い返した。「それに、たとえそうだったとして、いったいなにが悪いのよ。そんなの大したことないじゃない」「大したことじゃないだと」ケヴィンは言った。「ブライアン・ボランドがいい例だ。部屋に入ったとたん、ちょっとした男ならだれでもすぐ君が送る秋波に気づくさ。声の調子まで変わるんだから。あいつのオックスフォードなまりを真似したりしてさ。ブリジット・ボランドが、君の厚かましさに辟易したのも無理はない。君は、自分がどんなバカなふるまいしてるか気づいてないんだぞ」「バカなふるまいなんかしていないわ」と彼女は言った。「わたしブライアンが好き。彼のアクセントをまねしたりしてないわ。彼は海外へも行ってるから話も面白いし、北アイルランド、ペイズリー、暫定政府と、これだけしか話題のない人とはわけが違うんだから。でも、あなたがそんなふうに感じているのなら、もう口をきくのも止めるわ。ボランド夫妻はあなたの友人じゃない、そんなに心配なら招待しなければいいでしょ」彼女は泣き出した。それなのにケヴィンときたら、彼女が泣いているのにくどくどとなじってくる。彼女のまねやブライアンのイングリッシュ・アクセントのまねをしたり、ブライアンが本の話をしたら彼女がすごく興奮したとか、茶化して「暗闇でダンスを」を歌ったり。ほんとうにいやな傷つくけんかをやったのだ。悪意に満ちたケヴィン、やめようとしなかった。だがその夜、ベッドに横になって考えた——ケヴィンは正しかったのだろうか。男性とちょっと話すことが、男をそそのかすような性質のものだったかしら。そのことがあってから彼女は、ブライアン・ボランドを避けるようになったし、なれなれしくする男はすぐさよならすることにした。ケヴィンがまた、あんなふうにうじうじなじる口実を作らないためにだ。

だが今夜は違った。ケヴィンが言っていたことの意味が、初めて今夜分かった。顔のほてりを感じ、この青年の目をじっと見たのだ。彼をけしかけてはいけないのは分かっていた。だが、そうしたかった。それに、今夜ケヴィンは数百マイルの彼方にいるのだし、自分は明日、ここから数百マイル南へ行ってしまうのだもの。その二つの時の間にこの興奮、この喜びがあるのだ。

いつの間にか二人は話し出し、心弾ませながら、互いのことをむさぼるように吸収しようとしていた。彼女は、彼のダブリン留学生活のことをたずねた。彼は下宿のこと、家主のことなどをすべて楽しくおかしく話し、夢中で話しているうちに時間は飛ぶように過ぎていった。しばらくしてペグがやって来た。ちょっと興奮気味、うれしそうだった。遅くなってご免ね、とペグが言った。「寝酒を一杯いっしょにどう?」トムが誘ったが、ペグは断り、三人は外へ出た。次の行動に移る前の、ちょっとぎこちない瞬間。

「お二人、うちまで送りますよ」とトム・ロウリーが言った。「ぼくも外の空気に当たりたいし」

「そう、ありがとう」とペグが言った。彼が真中で、二人の手をとってブルヴァール・サン・ジェルマンを歩いた。もう真夜中だったが、映画館の前でたくさんの人々が列を作っていた。この列の横を通りすぎる時、彼がペグの手を離して、ミセス・レドンと二人だけになった。彼女は気がついた。喜びで一杯になった。気がつくと彼は、プラース・サン・ミシェルまで彼女にぴったり寄り添っていた。夢中で話し続けていた二人はそこでペグに追いつき、三人は信号で止まった。道路の一角に、警察のワゴン車が四台とまっていた。フランスの暴動に備えている鎮圧班で一杯だった。彼女は、故郷北アイルランドのことを思った。

ペグのアパートに着き、ペグが表ドアのカギを捜している間に、再びトム・ロウリーが近寄って彼女にささやいた。「明日ショッピングするんだったら、ぼく、荷物持ちますよ」

「買いものはほんのちょっとだけなのよ」気がつくと、彼女もささやき声。

ペグが、ドアを開けて二人を待っていた。

「十時にお迎えに行きますよ」彼が言った。「コーヒーいっしょにどうですか」

「いいわ。十時ね」

ペグが聞きつけて「明日、ランチいっしょにしない？」

「ごめんね、ペグ、時間がないの。飛行機は一時十五分発なのよ」

「そう」とペグが言った。「トム、デビーはいつ帰ってくるの？ 明日かしら？」

「だと思う」

「というのはね、シーラが今日出るから、もし飛行機に乗れなくなったら、デビーはあの空いた部屋に泊まればいいわ」

「それはありがたい。デビーに言っとくよ」

デビー。ミセス・レドンが会ったあのシー・スルーのかわいい女性だ。トムに明日コーヒーどうって誘われて、わたしったらなんだってイエスなんて言ったのかしら。ミセス・レドンとペグは、六階までの長い階段を上り出した。「あんた、完全にとりこにしちゃったわね」とペグが言った。

「だれを？」彼女は、びっくりしたような表情を作った。

「トムよ」

「ばかなこと言わないでよ。コーヒーどうって訊かれて、なんて言ったらいいか分からなかったのよ。アメリカ人っておかしいわよね」

「あら、わたし彼らと仕事しているのよ」ペグが言ったので思い出した。そうだった。「アメリカ人がとくに変ということはないわよ。トムなんかとてもシャイだわよ」

「わたし、彼好きよ、とてもステキな人」ミセス・レドンはそう言うと、どんどん三階まで上がっていった。三階でペグを待つ。ペグはゆっくりと上がってきた。ペグが追いつくと、おもしろそうに、「あのブラなしの女の子、わたしのライバル？」とペグに訊いた。

「だれのこと？」ペグが立ち止まった。ちょっと息を切らしている。

「デビーよ」

「ああいう若い子のことは分からないわね」とペグは言った。「でもまあ、そうじゃないと思うわ」

最上階に着くとすぐペグは、アパートのキーを出し鍵穴にさしこんだ。とそのとき、室内から電話の鳴る音が、二人の耳に飛びこんできた。

「あなたの電話？」

「ええ、でもこんな時間に一体だれかしら」そういうとペグはドアを開け、ホールへ急いだ。受話器をとった。だが、電話はもう切れていた。「ハロー? ハロー?」ペグはしばらくそのまま受話器を耳にあてていたが、やがて戻した。「まずかった。あの電話、あなたにだったかな、シーラ?」

「さあ、どうかしら。こんな時間にケヴィンはかけてこないわ」ミセス・レドンはそう言った。だが、薄暗いホールで、高揚した気分は急速に恐怖に変わった。過去のある場面を思い出した。クリフトン・ストリートの端をサラセン装甲車が二台バリケードしていた。通りに人はいなかった。陸海軍クラブの上にケヴィンの診察室があるのだが、このクラブの前にブルーのバンが止まっていた。バンにはだれも乗っていなかった。ベルファストで、誰も乗っていないバンが止まっているというのは怪しい。戦闘服の兵隊が走り出てきて（そのときまで彼女は兵隊に気がつかなかった）自動小銃を動かして、早くそのへんの家の戸口に伏せろと合図した。まるで絵を見ているように、今でも眼前にあの光景が浮かぶ。人気《ひとけ》のない通り、雨にぬれた舗道、無人のバン。間髪いれずに、バンが轟音上げて爆発、クラブは跡形もなくなっていた。大きなほこりが舞い上がっている穴ぼこだけが後に残った。ケヴィンの診療所も窓ガラスが割れ、壁は崩れ落ちていた。ケヴィンには事前警告があったので、彼も患者も外に逃げていて無事だった。

「寝る前にお茶を一杯どう?」ペグが訊いた。

「わたしはいいわ。まあペグが飲むなら、一杯頂いてもいいけど」

「そうねえ、飲まないで寝ましょうか。明日の朝早くわたしが出勤する前に、いっしょに朝食をとりましょうよ。七時四十五分頃で早すぎないかしら?」

「いいわよ」

ペグが彼女におやすみのキスをしようとした。ところが暗闇で、その時ミセス・レドンの目に映ったのはペグではなく、あの爆発のとき、クイーンズ・アーケイドから飛び出してきたブロンドの女だった。血まみれの顔、こぶしを振り上げて女が叫んだ。「フィーニアンのバカ野郎！」

「震えてるじゃない、シーラ」シーラの肩に手を回して、ペグが訊いた。「寒いの？」

「ううん。ただね、あの電話だれだったのかと思って」

「間違い電話だったのかもね」

クロワッサン、コーヒー、おしゃべり、甲高い笑い声。子どもを学校に送っていかなくてもいいし、夫に朝飯を作らなくてもいい。今朝の彼はどうかなと、ボーイフレンドの顔色をうかがわなくてもいい。昔の友だちのだれそれさんがどうなったかとか、彼らの結婚はどうのこうのって、女二人の楽しい雑談だ。しゃべりながらもペグは髪を整え、スーツを着こむ。もう彼女の出勤時間だ。キス、ハグ、連絡してね、じゃあね、バイバイ。ペグが行ってしまった。

玄関ホールの戸が閉まった。一人になると、取り残された空虚感をミセス・レドンは感じた。居間に行った。窓を開けてバルコニーに出た。下をのぞいてペグの姿が見えないかと見てみた。ペグとはまだゆっくり話もしていないし、パリもほとんど見ていない。だのに、旅の最初の部分はもう終わりに近づいているのだ。

つぎの瞬間、下の方に真っ白いスーツのペグが、角を曲がって地下鉄に行こうとしているところが視界に入った。「ペグ」ミセス・レドンは呼んだ。ばかげている。ここは六階だし、交通騒音がうるさいから聞えるわけがなかった。ペグの姿はもうなかった。シーラは、ペグに妙な後ろめたさを感じた。ペグは礼儀正しいし、心が広い。せっかく誘ってくれたのに、どうしてもうちょっとゆっくりして、昼食を一緒にするぐらいしなかったのか。失礼だ、わたしは。これもみなトム・ロウリーに会いたいため。でも彼女と一緒の時間だって、とろうと思えばとれたはずだ。飛行機の時間を、一便ずらせばいいことだったのだから。

電話だ！　空っぽのアパートに、リーン、リーンと鳴り響く電話。どうしよう、彼女は迷った。トム・ロウリーかもしれない。急に会えなくなったという電話かもしれない。だが、受話器を取り上げたとたん、彼じゃないと感じた。

ケヴィンの診療室の受付が、「ミセス・レドンはいらっしゃいますか」と訊いた。

「わたしです。モリーン？」

「ええそうです、ミセス・レドン。ちょっとお待ちください、ドクターがお話ししたいとおっしゃってます」

「やあ、シーラ」電話で聞くケヴィンの声はいつも奇妙だ。「毎日なにしてるんだ？　行きの旅は快適だった？」

「ええ、よかったわ」と彼女が言った。「うちのほうはどう？」

「そのことで電話したんだがね。ジョン・マクシェリのお義母さんが昨日亡くなってね、葬式が明後日なんだ。悪い都合だよ」

マクシェリは、彼と同じ医療チームの医者である。「でも、マクシェリのお義母さんの葬儀に、あなたが行く必要はないでしょ？」

「ちょっと待ってくれよ」とケヴィンが言った。彼女はケヴィンの声に、いつもの苛立ちを聞きつけた。「ジョンの女房が臨月なんだが、彼女、心臓が悪いんだ。それでぼくが、彼があれこれ片づけるのに必要な三日間を引き受けると申し出たんだ」

「でも、なぜあなたが？ コン・カレンとか、ほかにいるじゃないですか。彼だってマクシェリの代わり務められるでしょ」

「もうぼくはオーケーしたし」

「なんでまたあなたが。あなた、体《てい》よく利用されてるのよ、余分に仕事するのはあなただけだから。今度くらいはあなたに休暇をとらせてくれてもいいところじゃない」

「だれも強制してきてるわけじゃない、ぼくの考えさ。それにあと二日のことだし」

「でも、わたしたちの休日なのよ。もうそれこそ長いこと待ちに待っていたんですもの」

「君はそうだろうけど」と彼が言った。

「どういう意味よ」

「それはだな。まあとにかく、そんなふうに食い下がらないでくれ。ヴィルフランシュには金曜日に行くよ。それまでは一人だけど、目いっぱいエンジョイしてくれ。日光浴したり、ね。ぼくがいなくてもいいだろ？」

「金曜日前には無理なのね」

「早くて金曜の夜だな。また電話するよ」

「なんでわざわざ?」

「して悪いか?」

「この休暇、来たくないのなら来ないでよ。あなたはうちでテレビを見ている方がいいんでしょ」

「バカ言うな」彼はいまや叫んでいた。「君みたいにうちのことはほったらかし、周りのことにお構いなしで遊んでいるのとはわけがちがうんだぞ」

これがケヴィンの口癖だ。周りのことといっさいお構いなし。

「勝手にしてよ」

「金曜の夜行くよ。こういうことになってしまって悪いと思ってるんだ」

「ちっとも悪いと思っていないくせに」そう言って、そこで電話を切った。だがもちろんそんなふうに言うべきではなかった。かけなおして謝ることもできた。だがそんなことしても、かえってわざとらしいし、余計怒らせるだけだろう。電話をあんなふうに切ってはいけなかったのだ。心乱れて、シーラはアパートの中を歩き回ったり、バルコニーへ出てみたりした。自己を正当化しようとして、さっきの電話を思い出していた。いったいケヴィンは、南フランスで女が一人ぼっちだったらなにをすると思ってるのかしら。ダイニング・ルームで食事を取る、ビーチへ行く、ニースの町を歩く、一人ぼっちで——こんなの休暇と言えるかしら——それにケヴィンは、ダニーのことを一言も言わなかった。とここで、実は自分もダニーのことをなにも言わなかったことに気づいて、後ろめたい気持ちになった。

はるか下のほう、サン・ミシェル橋の下から、長い船体の黒い貨物船が視界に入ってきた。船尾にドイツ旗がはためいている船倉の上のほうには、シーツやら下着の洗濯ものが満艦飾。ドイツのリバーマン・

キャップをかぶった男が、パイプ片手に操舵室にいた。内陸水路を通り過ぎる船が、彼女の見知らぬ、そして今後も知ることはないだろうブリュッセル、アムステルダム、ハンブルグへと故国目指して帰っていく。わたしをしっかりつかまえ縛りつけるもろもろのしがらみを捨てて、船出したらどうだろう。ブリュッセルやアムステルダムみたいなところで、一からやり直したら? ケヴィンが夏休みに家族をいつも連れて行った場所が浮かんだ。一本道の突き当たりに釣り場のあるコネマラのある村、夕方になると海から漁船が帰ってきた。ドルメンみたいにゴッゴツ突き出したツエルブ・ベンズ山の下を通り、絵葉書の絵のように美しい風景の中へと姿を現す漁船。夏をすごしにやって来た人たちが、ボートが埠頭につけるのを見ている。アラン・セーターを着こみ、黒いゴムのウェリントン・ブーツをはいた赤ら顔の漁師が二人、船から降り、魚が一杯詰まった平たい木箱を運んでいる。彼女、ケヴィン、ダニーはほかの観光客についていき、クッシュのパブの裏庭へ行った。ここで魚が売られていた。あとでケヴィンは、この二人の漁師、マイケル・パット・リンチとジョー・オマリーに一杯おごる。これがケヴィンの理想的逃避。ケヴィンが行きたい遠いところといえば、この村程度なのだ。

玄関のベルが鳴った。

ペグが来るって言っていた掃除のおばさんかな? いや、あ、トムかも知れないと彼女は思った。鏡の中の自分をじっと見つめた。またベルが鳴った。バルコニーに立っていたので髪がもしゃもしゃになっていたけど、直しているひまはない。戸を開けた。

ツイードのジャケット、チェックのシャツ、ネクタイ姿のトム、日ごろは構わないのだけど、珍しくめかしこんだというふうだった。髪を直す時間がほしかった!

「ああ、トム、あなた、時間正確ねえ。ちょっと早いくらい」

「すみません、早すぎましたか」

「ううん、わたしはオーケーよ」

「どこへ行きたいですか?」彼が訊いた。「リュ・サントノレはどうですか?」

「わたしの好みからすると、ギャラリ・ラファイエットがいいわね」

「ああ、じゃそこへ行きましょう」

デパートをあっちこっち見て歩く彼女の後ろから彼がついてくる、という図を想像してみる。男には女のショッピングはひどく退屈なものだろう。「散歩しません? リュクサンブール公園はどう?」

「いいですね」

後ほど、ブルバール・サン・ミシェルを歩いていたとき、彼女はバカなことを言った。

「ちっとも変わっていないわ、わたしの学生時代から少しも」

「パリで勉強していたんですか?」

「いいえ、ただずっと以前にここで一夏過ごしたことがあるの。アリアンス・フランセーズでフランス語の会話を少し勉強していたとき、ちょうどどこにいたのよ」

「どのあたりでしたか?」

「オテル・デ・バルコンというところ。プラース・ドゥ・ロデオンの近くよ」

「知ってますよ」とトムが言った。「リュ・カジミール・ドゥラヴィニュですね」

「そうよ」

「ふしぎだなあ」と彼が言った。「ぼくも去年の夏、あそこにいたんですよ。あなたがいた年覚えていますか」

「そうねえ」頭の中で数えてみた――二十年前だ。「ずっと前よ」

「六〇年代？」

「六〇年代初めの頃ね」うそだった。

「その頃のパリ、もう荒廃していました？」

「パリは初めてだったから、すばらし過ぎて圧倒されたわ。とにかくすてきだった」

「そう、じゃカルチエも変わっていないんですね」

「そうねえ」話し出すと、あの頃へ一挙に飛んだ。よく行ったディ・オールド・ネイヴィ、ザ・マビヨン・カフェのこと、ドラッグストアは、ル・ロワイヤル・サン・ジェルマンという大きなビアホールだったこと、白い道化メーキャップのオーストリア人の女の子が、リュ・ドゥ・ブシを歩いていた、ボーイフレンド二人引き連れて。あの夏の感覚、ベルファストやダブリンを離れて、外国の大都会に初めて来た興奮、それを伝えたかった。だが、その終わりの部分、夏が終わったときの悲しさは言わなかった。クイーンズ・ユニバーシティの四年間。アルスターでもう四年間閉じこめられることになるのだったから。

　彼と並んで歩いた。リュクサンブール公園を小石を踏みしめて歩いた。プルーストの時代そのままのキオスクをいくつか通り過ぎると、昔風の木造駄菓子屋があった。店の中にはいろいろなものがあった。なつかしいふうせん、木のフラフープ、おもちゃのボート、コマ、ホイップ、ゆで菓子。そこから円形交差点と八角形の池のところへ出て、あの夏の日曜日の記憶そのままの樹木や芝生、緑青に覆われた詩人の彫像のたたずまい、整然とした広幅の道、ゆとりの小道をゆっくりと歩いた。

　彼といっぱい話した、忘れていた、心揺さぶる熱情をこめて。家ではもう久しくなかったことだ。家では会話というものがなかった。ふつうの会話を一時間ほどもしようとすれば、心もとなく水上を漂う感じがした。もうだめだ沈む、と思った瞬間完全に沈んだ。そのあとは、ケヴィンはテレビへ、彼女は本へ。ちょうど飲酒のように、彼女は最近読書にのめりこんでいた。だが、この会ったばかりの青年といっしょにあの夏のことをしゃべっていると、いくらでもよどみなく言葉が出てくるのだった。あの夏の自分とエドナ・モリシー。ふたりともなんとも純粋無垢だったこと、エドナの母親が送金先を間違えたため、二人がバゲット一つで二日過ごしたこととか。今までアメリカ人に対して、なんと自分は偏見を持っていたことか。トムは、ツア・バスでアイルランドを旅行する、ダブル・ニットを着こみ、やりきれない大声でしゃべるヤンキーとは大違いだ。

　パレの時計が十一時を告げた。彼はそっと手を彼女の服に触れた。「ところでそろそろコーヒーはどうですか?」カフェ・ド・トゥルノンのテラス。上院議院の入り口の下で、白手袋の巡査が交通整理をしており、共和国親衛隊はトリカラーの台の外側で見張りをしていた。トムは彼女の方に前かがみになって、触れないではいられないとでもいうように、知らず知らずのうちにまた彼女の腕に手を置いた。「ご主人と会うのは何時ですか。ご主人はニースから直行されるんですか」

「今日は来ないわ」

「え?」

　ケヴィンが、金曜日まで来るのは延期なのだと言った。「金曜日もさあどうかしら、分からないの。ものすごく忙しい人なのよ」

「じゃ、場合によっては、来られないことになるかもしれないのですか？」

「まあ、金曜日には来るでしょうよ」彼女は、こんな事情を言い出してしまった自分が腹立たしくなった。

「ご主人が今日来られないのなら、あなたパリにいたらいいじゃないですか。ペグのところに泊まるといい」

「でも、もうヴィルフランシュのホテルから飛行機のチケット、なにもかも予約してあるんですもの」

「チケットなんかキャンセルしたらいいですよ。ホテルも部屋は確保しておいてくれますよ」

「それはだめ」神経質に彼女は言った。「ペンションの予約がしてあるんですもの。すごく面倒なことになるわ。それに、ペグは忙しい人だもの、迷惑かけたくないの」

「そんなこと平気ですよ。ぼくはひまだし、ぜひ案内してさしあげたい。まずお昼だ。あとで航空会社に電話を入れます、それからホテルにも。ぜんぜん問題ありませんよ」

でもそんなに簡単じゃないわ、と彼女は思った——彼には簡単かもしれない、けれどわたしはこういうことはすごく恐い。わたしはヤンキーじゃないもの。ホテルに手紙を送って頭金を払い、ルーム４５０に予約してチケットを入手、アドレスと電話番号をミセス・ミリガンにもう渡してある。それに、万一ケヴィンの気が変わって、ヴィルフランシュへ明日来たらどうなるか。「だめよ」と彼女は言った。「ステキなアイデアだけど、それはできないわ」

「とにかくランチを食べてくださいね。午後ゆっくりの便で行けばいいですよ」

しかしそうなると、英国航空に電話してキャンセルし、後便のキャンセル待ちとかいうことになり、ヴィルフランシュには夜遅く着く。だいいちホテルに、午後早く着くって言ってあるんだから。「だめよ」彼女が言った。「ペグのアパートでスーツケースをとってきて、アンヴァリッドへ行くわ」

「ほんとうにそれでいいんですか」

「ええ、いいの。わたしは頑固なのよ」

彼が笑った。「一緒に行きましょう。荷物運びますよ。それから空港まで車で行きましょう」

「なんのためにいっしょに来るの？ 長い道のりだし、ただ往復するだけじゃないの」

「なんのためかですって？」また笑って彼が言った。「理由なんかいりますか」

彼女は笑ってしまった、べつにおかしくはないのに。そうだ、自分はなぜいま笑っているのだろう。二人はなぜ笑っているのかしら。分からなかった。彼女は、カフェ・ド・トゥルノンで笑っている自分は、まるで家庭を放棄した人間のようだと感じた。アバコーン・カフェの爆発のあった後クイーンズ・アーケイドで見た、あの女がまた思い出された。彼女のブロンドの髪は汚れ、顔には血のかたまりがこびりついていた。神父が瀕死の老人に悔悟の儀式をしている間、ミセス・レドンは神父の帽子を持ってその傍らにいた。そこへあの女が飛び出してきて、この光景を見た。女は憎悪に満ちて腕を振り上げると、ミセス・レドンの手から神父の帽子を叩き落し、彼女の顔を殴って叫んだ。「フィーニアンのバカ野郎！」まるで、自分たち三人が爆弾を仕掛けたとでもいうように。ほんとうは、彼女も自分たちも同じ犠牲者なのに。

パレの時計を見、それからダーク・ブルーの制服を着た交通整理の巡査を見た。巡査は白い手袋をした手でシグナルを送り、送るとすぐ、反対方向の車の波にロボットみたいにうなずいている。新聞記事にこんなのがあった。ちょっとそこまでとタバコを買いに行き、そしてそれきり二度と戻ってこなかったという、そういう男の話だ。ここはパリ、わたしはパリにいる。わたしが帰らなかったらどうなるのかしら？

彼女の飛行機の搭乗案内が二回あった。今、最終案内がアナウンスされている。これ以上絶対待てない。さよなら言うしかない。彼に背中を向けて身体検査を受ける、飛行機に乗る、それしかない。急に不安になった。出発の不安が襲ってきたのだ。「じゃあ、もう入らなければならないわ」

彼がじっと彼女を見つめる。その目は、訊きたいことがいっぱいあるという表情を見せていた。なにか彼女からサインが出るのを待っている、とでもいうような目だった。

「じゃあね」と彼女が言った。

無言の彼。

「アイルランドへ来ることがあったら、ぜひ立ち寄ってください」

トムは、彼女の方に近づいた。彼女はトムがキスすると思ったが、ぎこちなく手を差し伸べただけだった。シーラは一瞬、フランス流に頬にキスして、ジョークでごまそうかと思ったが、その勇気はなかった。握手して、セキュリティ審査に向った。チェックラインに、どっさりプレゼントの箱を抱えた夫婦。振り向くと、彼はまだそこにいた。手を振ると、ほほ笑んで彼が手を振った。検問エリアに入った。そこから中へ入ってしまうと、もう出発ロビーは見えない。機内に入ると、すでにシートベルト着用サインがついていた。坐るとすぐ、スチュワーデスが雑誌を差し出した。急いで一番上のを一冊とった。通路の向こうのターミナルに面した窓からトムを見たかったので、スチュワーデスに早く行ってほしかったから。

だが、彼女に見えたのはターミナルの壁だけだった。彼の姿は見えなかった。飛行機のドアが閉まり、機体は誘導路を離陸に向けて移動した。彼女は、マヒしたように雑誌のカバーをみつめた。

「レクスプレス」――ポンピドウ後

死亡した大統領の写真と見出し――

ジョルジュ・ポンピドウ

誰にも未来は開かれていない。『ガムベッタ』。

機体が離陸体勢に入った。彼女の頭の中で、このフレーズがくり返し浮かんだ――誰にも未来は開かれていない。エンジン加速、機体が滑空路を滑走して空中に舞い上がった。窓外は雲で覆われていた。天国の廊下のように雲が開いたり閉じたりする真っ青な大空に機体は突っこんでいった。シートベルト着用のサインが消えた。インターホンに女性の声で、飲み物と昼食が出されるというアナウンスが入った。二ヶ月前ベルファストの英国航空のオフィスで、チケットを予約した時のことを思い出した。この昼食つきの便は満席だということ、三時の便に空席があるということが分かった。昼食が含まれた便にしたかったので、この便をキャンセル待ちにしておいた。あんなことしなければ、今頃はトム・ロウリーとパリでランチを食べていられたのに。どうして今朝予約を変更しなかったのか? あの古いくだらないホテルにどうしてあんなにこだわったのか？　常識ばかりにとらわれて、たった一回だけ、ほんとうに自分のやりたいことのできるチャンスをとり逃してしまうなんて。未来は誰にも開かれている、自分で自分に歯止めをかけない限りは。

九十分後飛行機は、サン・ラファエルとカンヌの上を、海岸線沿いにニースへと進路をとっていた。窓から見えるのは、崖上の別荘、エメラルドのプール、湾に点在する、羽毛のように真っ白いヨットの帆。ずっと昔ハネムーンのとき、この海岸を見下ろして彼女は言った。「ああ、ケヴィン、ずっとここにいられたらどんなにすてきかしら」彼は彼女の言葉を文字通りにとって、「一生水上スキーでもやってるんならね」あのときの会話を思い出したそのとき、ホイールをだして、機体は今まさに着地しようとしていた。眼下を車が走る、リボンのような海岸通りを糖蜜のようにゆっくりと。しゅろの並木道の上を、飛行機がかすめるように飛ぶ。白い長方形の格納庫の並びを飛び越えると、気分の悪くなるような着陸装置の振動とともに、機体は着地した。

ニース行き小型路線バスは、プロムナード・デ・ザングレからコルニシュ通りへ、そこから一路ヴィルフランシュへと走った。ケーキのように幾層にもなった瀟洒なホテル群のテラスの下、高い崖に埋めこまれたように点在する別荘を通り過ぎ、壁で囲われた庭からのぞく鮮やかなブーゲンビリアを横目に、長く続く湾曲した個人所有ビーチに沿ってバスはひた走りに走った。シーラはまた思い出した。ハネムーンのとき、故郷の冷たい雨の降る海岸と、海岸沿いの町に続く前面が石灰岩の賄い宿から、正反対の風土であるここへ来たときのことを。彼女は今、ヴィルフランシュの上のほう、道路の行き止まりのところでバスを降りた。スーツケースを持って、海岸のほうへと向った。ヴィルフランシュは、彼女の記憶のイメージ通りで、ちっとも変わっていなかった。この十六年のうちに変わったのは、アイルランドの方だ。ベルファストは爆破され、バリケードが設けられた。ダブリンでは新しいアパートとアメリカの銀行が、セント・スティーヴンズ・グリーン界隈のジョージ王朝の静寂を台無しにしてしまった。アイルランド各地の小規模の町や村にも、新しい住宅やモーテルがいっぱいできた。車があふれ、田舎でも車は必需品で一戸に一台は必ずあり、馬やロバは過去のものとなりつつあった。西部のいなかの村ですら、昔みたいに朝便バスが一日の大きな出来事ではなくなった。だが皮肉なことに、ここリヴィエラではなにも変わっていない。まるで、ずっと昔、海岸沿いのこのあたりに家々、テラス、曲がりくねった通りが造られたときのままの姿のようだ。家も通りも崩れ荒れ果てたベルファストが、彼女には今や異国の地に思えたのだ。今ついたフランスのこの小さな町、彼女は過去に戻ってきたのである。自分の国たる過去、狭い曲がりくねった通り、噴水、みやげもの屋、ほこりっぽいオレンジ色の税関、埠頭に並ぶ漁船、これらすべてが彼女の記憶の中で、懐かしく見覚えのある場所だった。

　ホテル・ウェルカムも昔と同じだった。赤褐色のホテルの外壁は、百年前に描かれたヴィルフランシュの港の絵にあるのと同じだった。だがミセス・レドンは、ホテルのロビーに入り、ポーターがスーツケースを運びに来たとき、なにかがちがっていると感じた。ゲストの食堂は一階だったよね？ ディナータイム、血色のよい慇懃な主人、ムッシュー・ギーがゲストのテーブル、とくにここは初めての客のテーブルを回って、にこやかに外のパステルカラーの空を指差し、「青の時間、たそがれでございます。これでこのコートダジュールは世界に知れ渡っております」と言ったものだ。

「ダイニング・ルームはどうなりました?」ミセス・レドンが受付に聞いた最初の質問がこれだった。驚いた様子で受付が、「レストランは階下にございます、マダム。埠頭です」と言った。「お部屋をおとりしましょうか」と訊いた。

「わたしはミセス・レドンです。予約してあります」そのとき彼女は、フロントのオフィスで請求書を整理している、顔色の悪い主人の妻に気づいた。シーラは彼女にフランス語で、ダイニング・ルームはどうなりましたかと訊いた。「ああ、それはもうずっと昔のことでございます。マダム」と言った。「現在は、泊りのお客様も泊りでないお客様も、ごいっしょのダイニング・ルームでして、それがこの下、埠頭にあるレストランでございます。レストランは、以前はこの階にありました。お泊りのお客さまのダイニング・ルームが、お客様のおっしゃっているものですが、これは今はテレビ・ルームになっております。この頃は、テレビなしではいられませんので。大してもうけにもならないんでございますが。バーも昔の面影はありません。お客様が、初めてここへいらっしゃいましたのはいつのことでしょうか、マダム」

「もうずっと前のことです」ミセス・レドンは礼を言うと、ポーターについて、予約してあった四五〇号室へ向った。エレベーターの中で、ポーターにムッシュー・ギーのことをたずねた。すると、すでに故人だという。亡くなったのが日曜日、シーズン最中ということでもあり、バケーションを楽しんでいるゲストに死亡の知らせはそぐわないというので、伏せられたというのだ。夫人と家族は平静を装い、葬儀も内輪ですませたそうだ。

「このホテルでは長いですか」ミセス・レドンがポーターに訊いた。ポーターがシャッターを開けると、見慣れたヨットの停泊所の光景が眼前に広がった。

「長いです、十年にはなります」

チップを出すと、ポーターはキーを渡し、おじぎをして出て行った。ミセス・レドンは室内を歩いた。予約したこの部屋は特別な部屋、ハネムーンで泊まった部屋だ。ここは、このホテルで一番見晴らしのいい部屋だった。家具は彼女の見覚えのあるものだった。ベッドは変わっていたかもしれないが、大きさはほぼ同じ、ハネムーン第一日目の午後、ビーチから戻ってセックスしたとき、ケヴィンがころげおちたあのベッドだ。同じ化粧台、イミテーションのグリーン・レザーの肘掛け椅子、狭いバルコニーに同じ小さなテーブルとカフェ・チェア二脚。このバルコニーで、二日目の朝食をとった。隣の部屋のカップルも同じことをしていた。ハネムーンのドレッシング・ガウンを着こみ、ぎこちなさで硬くなって黙って坐っていた二人。隣人はイギリス人。とっさの機転で彼女はケヴィンにフランス語で話しかけ、彼はぼそぼそ返した。と、イギリス人は慇懃に彼らにうなずき、もう構わなくなった。後ほどバスルームの戸を閉めて二人は大笑いした。あの頃はよく笑った。楽しかったもの。

すべては時の流れとともに変わる。スーツケースを荷ほどきし、まず化粧道具をバスルームへ運び、それを広げ、避妊具をちゃんと持ってきたかチェックした。自分のドレスはベッドルームの棚にかけ、タンスには、ケヴィンの服のためにスペースをたっぷりあけておいた。パリを去った後彼女は少しさびしかった。ペーパーバックを少し持ってきていたので、一冊持ってテラスへ行った。テラスから埠頭を歩く人たちの方へ目をやった。

荷ほどきが終わるとベッドに横になった。開けた窓から暑い太陽が射しこんで、海の匂いが漂ってきた。ゆるやかなエンジンの音がして、漁師一人の小さなボートが停泊地をぐるっと回って出て行った。ハネムーンのとき、ワインを飲んでから、泳ぎに行くためこの部屋へ着替えをしに来た。彼女がドレスを脱ぐと彼は彼女のパンティを脱がせた。欲望に屹立するペニス。最も頻繁に激しく体を求め合ったのがこの部屋だった。それが、ダニーが生まれてからはガラリ変わった。ケヴィンの言うとおり、結婚は子どもができて初めて意味を成す。わたしはあまり勤勉じゃなかった。仕事といえば、セント・メアリ校で少し教えたことがあるだけ。だから、母のキティとうちでいつもいっしょというわけだった。父が亡くなり、アイリーが結婚し、オウエンは医者の見習いに出た。だからうちでわたしは母と二人きり、なにかとよく衝突した。わたしにとって結婚は、こういう生活から逃げるためのものだったのだ。

これが彼女のこれまでの人生。そう悪運というのでもない、でも取り立てて幸運というほどでもない。今朝はすばらしかったわ。リュクサンブール公園を大好きな人といっしょに歩いた。笑った。心躍る時間だった。彼だったら全身全霊のめりこめる。なにをバカなことを言っているのかしら。もうすべては終わったのよ。

立ち上がり、服を着替え、顔を直した。絵葉書をここから送れないことないわ。ペグに電話して、礼を言うついでに彼のアドレスを聞けばいい。

ベッド・テーブル横の引き出しには、紙も封筒もなかった。下へ行って絵葉書を買ってこよう。いい時間つぶしになるわ。

二年前にダブリンのドナルド・デイヴィーズで買ったリンネルのドレスを着て、河岸沿いにゆっくり歩いた。港に面した四軒のレストランの前を通り、それぞれの印刷されたメニューを読み、河岸の端の店全部に入ってみた。岸壁に坐ってサン・ジャン・カプ・フェラの方に目をやった。河岸の向こうの方につないであるヨットや小型船舶を調べ、絵葉書を四枚選び、ニヴェア・ソレール、クレム・ブロンザントを買った。これだけのことをしてもまだ二時間と経っていなかった。一人だと、時間の経つのがとても遅い。

ホテル・ウエルカムの外に坐って、コーヒーを飲みながら、ミュリエル・スパークの小説に目を通すことにした。葉書はあとで書こう。彼女はずっと前に、この小説の好意的な書評を読んだことがあった。だが、数ページ読むとやめた。なんだかこういう新しい小説ってピンと来ない、昔のと違うもの。彼女の心は、なにをしてもどうしてもトム・ロウリーに戻っていってしまうのだった。彼は夕べ、彼女をアトリウムまで送ってくれた。今朝はリュクサンブール公園で、そして空港で彼と一緒だった。バスも一緒だった。ほんとうに不思議な出会いだ。ベルファストにいたら、新鮮な出会いなんてものにはまず出くわさない。ペグに電話して彼のアドレス訊かなくては。それと、なにか気のきいたことを一言書き添えること。それとも、とても楽しかったということをさりげなく言おうか。会いたい。でも、会いたいとストレートに言ったのではバカみたいだし。とにかくまずお風呂に入ってから、ゆっくり考えることにしよう。それから、ディナー前にゆっくりくつろいで、飲みながら葉書を書こう。

エレベーターの中で、若いフランス人カップルにぎゅうぎゅう押された。男は、よくフランス人にありがちの冷やかな、人を値踏みするような目で彼女を見て、それからプイと横を向いた。女にしては背が高すぎるな、とでもいうように。でもそれも一瞬のことで、べつに悪意はなく、親しみのある視線だった。彼女は、自分の階で一人降り立った。

せまいバスルーム、熱いお湯を入れ、寝室で服を脱いだ。化粧台の鏡で裸の自分を見た。きれいに焼きたいな。スリムなボディ、背が高いのでなおさらスリムに見える。白いミルクの肌をした少女のようなボディ、君の体を見ると、罪ということをどうしても考えてしまうなとケヴィンが言ってたっけ。彼女は熱い風呂が好きだった。お風呂は熱いほどいいわ。湯ぶねにゆったりとつかる。湯がだんだん増してきた。右手を腹の上において、陰毛をもてあそぶ。湯ぶねにつかっているとき、胸、腿、腹を触ってみる。そんなときは、自分の体がまるで他人のそれのように感じられた。時々、男のことを考えてストーリーを作った。そのストーリーに興奮して、熱い湯の中で絶頂に到達したこともしばしば。でもその後ではいつも、もっと孤独を感じた。

風呂でくつろぎながら彼女は、うちへ電話しようかと思った。夫はまた延期だと言うかな。いつもいつもケヴィンは、彼女に待つことを強いてきた。彼は一家の稼ぎ手で、計画を作りまたそれをこわすのも彼。夫が彼女に相談することはほとんどなかった。彼が主人、財布の元締は彼、だから采配を振るのは当然と考えていた。

風呂を出ると六時をまわっていた。ミセス・ミリガンが、なにか脂っこい料理を作っているところか。ケヴィンとダニーはテレビを観ているんだろう。彼女は体を拭きながら考えた。三十分後にかけてみよう。ダニーに、ラグビーの結果はどうだったか訊くのを忘れないようにしなきゃ。彼女が、タオルで体を拭き終わろうとしていたときだった。ベッドルームで電話が鳴った。はだかでバスルームから飛び出し、電話を取った。

「どなたか訪ねてこられています」

「だれ？」

「男の方です。降りていただけますか」

ミセス・レドンは一瞬無言。だれだろう？

「降りてきていただけますか」英語で受付がくり返した。「でなければ、そちらへお越し願いましょうか」

「行きます」でも服を着てないし、髪も顔も風呂上りで準備できていないし、どうしよう。「すぐ行きます」とつけ加えた。

服を着ながら、なにかのまちがいだろう、でなければ英国航空から航空チケットのことで来たのか。ケヴィンが急に計画を変更してやって来たのだったら、まっすぐ部屋へ来るはずだし。ブラ、パンティ、ドナルド・デイヴィーズ・ドレス、それからサンダル、口紅をさっと引き、ぬれた髪に一櫛、大急ぎでこれだけやるとエレベーターに乗った。エレベーターが一階に着き、一呼吸置いて扉が開いた。彼女の目に入ったのはトムだった。ロビーに彼が立っていたのだ。彼女を見るとさっと顔を上げ、とても興奮したようすでにっこりほほ笑んで、彼女の反応を見守っていた。

「やあ、シーラ、ぼくやって来たんだけど、よかったですか」

「ここにあなたの用事はないでしょ」

「空港で一人ぼっちになっちゃっていやだったからですよ」

じっと彼を見つめる彼女。「いつ着いたの」

「ほんのちょっと前。すぐ近くに宿を取りました。レ・テラスというところです」

「宿をとったですって」ぼんやりと彼女が言った。

「べつに会わなくてもいいですよ」

「あ、いえ」顔を赤らめて彼女が言った。「ほんとうはわたし、ずっとあなたのこと考えていたの。こうしてまた会えるなんて夢のようだわ」

「だって、金曜日まであなた一人だって言ったでしょう。だれかいた方が寂しくなくていいかなと思って」

「実はわたし家に電話して、ケヴィンが金曜日に来るのかたしかめようとしていたところだったの」

「ああ」トムはちょっと困惑したようすだった。「ぼくのことは気にしないで。電話でも何でもしてください」

彼女はチラッと壁の時計を見て言った。「ちょっと上に行って電話だけしてくるわ。あとでいっしょに飲みに行きましょう」

「オーケー。ここで待ってましょうか」

顔と髪のことがあった。「そうねえ、七時にここでということでいいかしら。一時間後だけど」

「いいです」ちょっとがっかりしたようすだった。

エレベーターに乗り、振り向くと彼が手を振った。なんだかもう戻ってこないんじゃないかと恐れているかのように、自信なさそうだった。

二十分後、ベッドに腰かけてハンド・ドライヤーで髪を乾かしていると電話がつながった。「ロンドンがつながっています、どうぞ」ロンドンからベルファストへつながった。リーン、リーン、ホールの、彫り物をした象牙の飾りの下、使いこんだモンクス・ベンチの渦巻き装飾の上においてある黒い受話器。象牙の中には、ケヴィンの祖父所有の古い真鋳のディナー・ゴングがある。電話は鳴り続けた。だが、誰も受話器を取らなかった。みんな、奥の部屋でテレビにかじりついているのだ。

「ダブル・フォー・ワン・ダブル・ファイヴ」ミセス・ミリガンが、ケヴィンに教えられたとおりの数字を言った。

「ミセス・ミリガン、ミセス・レドンです」

「ああ、奥さん」ミセス・ミリガンのドニゴール・アクセントだ。「大丈夫ですか、奥さん？ フランスかどこかにいらっしゃるのでしたね。ドクターに代わりましょうか？」

「わたしは元気ですよ。そちらはどう？」

「昨晩ディヴィス・ストリートに爆弾が仕掛けられましてね。大きな爆発でしたよ。アルスター自衛軍の仕業と言われてますけどね。死者二人、けが人がたくさん出ましたよ。犠牲者の中のある家族がドクターの患者さんです。気の毒に、ドクターは夜中に長く外でこの仕事ですよ」

「今うちにいます？」

「ええ、いらっしゃいます。晩ご飯を召し上がっていらっしゃるところです。ちょっとそのままでお待ちください、お呼びしますから」

ケヴィンが電話に出た。「シーラ？」

「はい。あなた、だいじょうぶ？」

「忙しい」

「夕べはずっと外だったって、ミセス・ミリガンが言ったけど」

「ああ、ディヴィス・ストリートの家の前で爆発があった。ぼくの患者だ。気の毒に父親は死亡、二人の子どもの顔が半分吹っ飛んだ。子どもたちはは今、産院にいる」

「まあ、それはたいへん」と彼女は言ったが、実はなにも感じなかった。もうそんな話は耳にたこができるくらい聞かされているし、聞いたらいつも気分が悪くなるだけだった。

「君はどうだ？ ヴィルフランシュはどうかね。ずいぶん変わったかい？」

「ちっとも。ねえあなた、金曜日は来られます？」

すぐには返事が返ってこなかった。来るか来ないか、彼がまったく考えていなかったことは明らかだった。「どうかなあ、木曜日に緊急手術の患者があるんだが、これはぼくがやったほうがいいんでね」

「ケヴィン、つまり来たくないということなのね？」

「そうじゃないんだけど、あんまりいろんなことが一度に起こってね。もっとはっきり言えるといいんだが」

「いいのよ」とシーラは言ったが、まるで自分の中にいる全く見知らぬ他人が言ったみたいだった。

「木曜の朝電話するよ」と彼が言った。「楽しい？」

「ええ。ここすてきよ」

「一人ぼっちで寂しくない？」

「だいじょうぶ。来てくれれば、もちろんもっとステキだけど」

「そうだな」

「ダニー、そこにいます？ 話できるかしら。あの子元気ですか？」

「ああ、元気元気」フランスへ行くことはまずないということがはっきりしたみたいに、急にケヴィンの声に元気が出たようだった。「ただね、今ここにいないんだ。カーンズのうちで泊まりなんだよ」

「ならいいです。わたしから電話があったと言っといてください」

「ああ、言っとくよ、シー」

シーというのは、彼だけが彼女のことを呼ぶのに使っている呼び方だ。めったに使わないが。「じゃあ、おやすみなさい、ケヴィン」と彼女が言った。

「おやすみ」

受話器を置いた。カーラーしても七時に下へ行けるわ。化粧テーブルの鏡の前に再び坐った。と、そのとき彼女は、別にミラー専用ライトがあるのに気がついた。それをつけると鏡の周りにライトがつき、彼女を化粧室の女優のように浮かび上がらせた。彼女が歌を口ずさんだ。その声は小さくてたゆとう、思い出を手繰り寄せるような声だった。

暗闇で踊る
この曲が終わるまで、暗闇で踊り続けよう

ちょうど七時に間に合った。バーは混んでいた。ウェイターがドリンクの注文を取ってはカウンターへひっきりなしに足を運び、せわしく動き回っていた。「外へ出ない?」彼女が言った。

「いいですよ」

が、そのとき髪のことを思い出した。スカーフを取ってくるので待っててと言い、部屋に戻った。ちょうど客がディナーに向う時間で、エレベーターをかなり長く待たなければならなかった。やっと部屋に帰ると、ケヴィンの母親からクリスマス・プレゼントにもらった、真紅と白のジバンシーの大型スカーフを出してみた。それをバブーシュカふうに巻いた。ところがどうもうまくいかなくて、結びなおしたのだがやっぱりうまくいかなかった。別のがあったはず、黄色のコットンのスカーフだ。それもなかなか見つからなくて、やっと出てきたのでつけてみたのだが。最初の方のがましだわ。もういや。髪が崩れてしまったので櫛を入れた。もう一度ジバンシーをつけてみた。今度は結び方を変えて。もう泣きたくなってしまった。たくさんいいのがあるのに、どれ一つとしてぴったりじゃないっていうのはどうしてかしら。鏡よわたしにやさしくしてと祈りながら、今度こそ今度こそと試してみた。でも鏡は冷たかった。競馬場の女王陛下みたいに目立つわ。

他四人とスシ詰めの下りエレベーター、今度は各駅停車でいちいち止まった。この間買った濃いブルーのサン・ハットがあったわ。取りに行こうかしら? でもねえ、散歩してからディナーをどこかでとるでしょ。サン・ハットなんかかぶっていてどうするのよ。

ホテルのロビーに等身大の鏡が置いてあり、そこを通りかかると、多少自虐的だがどうしたって自分の姿を見ないわけにはいかない。彼女が鏡を見ると、ホテルの正面玄関を出たところで彼女を待っている、トム・ロウリーが映っていた。彼が鉄柵にもたれて、下の埠頭を行きかう人々を見ていた。鏡を通して見ると、彼がまた違って見えた。今見ると彼はまるで相棒を待つ共謀者のようだ。そういう自分は、見られないでこっそり彼を観察するという、ひそやかな愉しみを味わっているのだが。だが急に、彼と一緒のところを見られたい、なにもかも捨てて彼と一緒にどこかへいってしまいたいという、矢も楯もたまらない欲求が起こってきた。彼女は鏡から身を引き離して外へ出ると、急いで彼のところへ行った。

「ご免なさい、エレベーターがすごく手間取っちゃって」

「いいですよ」遠くを指さしてトムが言った。

「ビーチがありますね」

「ええ。石ころだらけだけどね」

「あそこへ行ってみましょう」

石段を降り、河岸に沿って並んで歩いた。この日の午後、彼女が歩いたのと同じ方角だった。日が落ちると、レストランがだんだん混んできた。街の芸人たちがいた。おなじみのエンタメ、女もののフリルつき帽子をかぶり、一輪車で行きつ戻りつ走りまわるおふざけ自転車乗り。ひじにお猿さんを抱えた若い黒人男が、イタリアの歌を歌っていた。華奢な小さいサルはチュチュをつけて、怯えた子どものように飼い主にしがみついていた。新顔もいて、アマチュアっぽいジーンズのアメリカ人三人が、あっちこっちのレストランを渡り歩いて、ギター片手にか細い、物悲しげな声でロックを歌っていた。

歩いていると、とつぜん申し合わせたように、レストランのダイニング・テーブルのライトがいっせいについた。まもなく、河岸につないであるボートもいっせいにライトアップした。ずっと向こうの方、港に停泊していた豪奢なヨットが、これ見よがしにライトアップした。索具装置からデッキまで、船首から船尾まで、巨大な船体を浮かび上がらせる、たわわに実ったフルーツのように並ぶカラー電球の列。数分たつかたたないうちに、港全体が舞台のように、ヴィルフランシュからカプ・フェラまで明るく照らされた。後方、大劇場の上には暗い夜空が広がっていた。音楽の音が高まった。歌声に耳を傾けながら人の流れを見ているミセス・レドンの目に、快い涙が浮かんできた。トム・ロウリーと石ころのビーチを歩き、海岸通りの奥、狭い裏道の続く旧市街への入り口を通り過ぎると、ヴィルフランシュの記憶がよみがえってきた。何年も前、アメリカの第六艦隊がここを海の要塞にしていたこと、アメリカ人たちがこの地中海地方特有の狭い小道に、アメリカの道路標識を掲げたことなどを思い出した。このあたりのナイトクラブ、バーは、ワイルド・ウエストの歌やアメリカ音楽を演奏し、屈強な沿岸パトロールが酔っ払いを見張っていたことも。あの年の夏、地元ホテルの経営者たちが、アメリカ海軍兵の妻たちが、プラスチックのカーラーをつけた格好でビーチで戯れることに抗議したということなども思い出した。リゾートの雰囲気を壊すというわけだった。

彼らはいろいろなことを話した。気をつけて彼女は選んだことだけ話したわけだが。何年にここへハネムーンで来たとかは伏せておいた。どこがおいしい?と彼が訊くと、メール・ジェルメヌがいいと彼女が言う。その店へ行くと、ちょうどさいわい年配のカップルが食事を終わって勘定を済ませたところだったので、その席を譲り受けた。そこは港を一望できる最高の席だった。ウェイターが地元のロゼ・ワインを運んできた。トムがミセス・レドンにワインを注いだ。そのときになってミセス・レドンは、あのひどいスカーフを頭に巻きつけたままであることに気がついた。ぎこちなくそれをほどくと、ひざに丸めて髪を振り払った。彼女がほほ笑んで訊いた。「よくこういうことあるの?」

「こういうことって?」

「思い立ったら五百マイルをものともしないで出かけてくること」

「ありませんよ」と彼は言った。「あなたといっしょにいたかっただけです。空港でさよなら言ったら寂しくなってしまって。ばかげているとは思うけど。初めてですよ、こんなこと」

「話は変わるけど」と彼女が言った。「主人と電話でちょっと話したの。医者と結婚すると困るのは、前もってプランを組めないこと。彼、いくら急いでも金曜日前に来ることは無理みたい。場合によってはもう来ないんじゃないかと思うの。とにかく、木曜日に電話かけるって言ったわ」

「こちらへ来ないいですって？」

「ええ。すごく忙しいのよ。それに、最初から海外で休暇をとることには乗り気じゃなかったし。故郷のビーチで十分満足している人なの」

「たしかに、あなたの住んでいる北アイルランドの海岸はとても美しいところですからね」

わたしの住む北アイルランド、か。彼女は、港に停泊している、億万長者の豪華ボートの色電球に目をやった。長い間忘れていたのだが、ずっと昔、自分がまだ小さかったころのある一日を思い出した。夏のグリーンのブレザーを肩に引っかけ、白いテニスシューズ、クリーム色のフランネル姿の父は、ポートスチュアートの遊歩道を彼女と一緒に散歩していた。父は彼女の手をにぎっていた――彼女は十二才――反対側に首席裁判官、マゴニガルがいた――父は彼をジョニーと呼んでいた。「ああ、ジョニー、ジョニー」と父は言った。「ダンの子どもたちがイギリスの学校へ行かされてね、イギリス・アクセントでしゃべるんだ。イギリス人にされてしまった。わたしはね、子どもたちにはこの北アイルランドにとどまってほしいと思ってるんだ。彼らはここに根づいているんだからね。たしかにダンは素晴しい業績をあげた。国連、ヨーロッパ、貿易協定、実に立派だ。だがね、ダンはわたしの実の弟だが、会うといつも思うんだ。イギリス・アクセントでしゃべっているのを聞くとね、どうもこうなんというか、軽蔑したくなってね、どうしてもそれを抑えることができないんだよ。ダンには結局確固たる自分というものがないんだよ。ジョニー、君やわたしは変わらないなにかがある。ダンは舞台俳優みたいに、役しだいでころころ変わる」父は彼女を抱き上げて、もじゃもじゃのヒゲを彼女の鼻のあたまにこすりつけた。「この子もね」と父が言った。「この地を離れて、よそへ行ってしまったらどうなると思う? それはいかん、いかん」父はセンチメンタルにそう言うのだった。「そりゃわたしだって若いうちにロンドンへ出ていたら、華々しい成功を収めて今頃もっとはぶりがよかったかもしれない。だがそうしてたらこの子はいなかっただろうしね。サマンサとかベリルとか、イングリッシュ名の子を抱いてたかもしれないね」父は、傷ついた、含みのある青い目で彼女を見た。「アイルランドにいてくれるね?」

「いるって言ったら、マース・バー買ってくれる?」そう言うと、マゴニガル判事は大笑い。「花よりだんごだな、ティム」父も苦笑い、彼女を降ろして一シリングくれた。

彼女は、回想から眼前の光景にひきもどされた。ここにいる、自分に情熱を傾けている、このあいだ会ったばかりの男をじっと見た。彼が彼女にほほ笑んでワインを飲んでいる。「わたし分からないわ」と彼女が言った。「生れた土地から出たくない人もいるし、かと思うと、もの心つくとすぐ出て行きたくてたまらない人もいるし」

「あなたはどっちですか」

「逃げ出す方よ」

「でも別に逃げなかったじゃありませんか」

「ええ、それはそうだけど」と彼女は言った。あのサルを連れた芸人がすぐ近くに来ていた。サルを見せようと、サルの手を取って肩にまっすぐ立たせようとしたのだが、サルはサッと降りて飼い主の胸にしがみついてしまった。震えている。「こわがってるわ」

「なに?」

「あのサルよ」

ウェイターが最初の料理を運んできた。小さな魚のフライだ。歌い手は、歌い終わると金を集めに回った。あのサルが空きカンを差し出した。ミセス・レドンは一フラン入れてやった。歌手がレストランから出て行くとあの一輪車が忽然と現れ、猛スピードで河岸の端まで走り、ピタッと止まると、コンガふうにバックペダルで走った。ミセス・レドンは笑っていた。心かき立てる音楽に身を任せてトムの方に目を移すと、彼も彼女をじっと見詰めていた。一時間前に自分が鏡で見た、あの熱意と秘密のまなざしで。ダニーとケヴィンは、今ここで起こっていることなどなにも知らないで、ベルファストの家にいるのだ。そのとき急にトムがなにか言った。彼女は笑った。罪の意識は消え去り、彼女は興奮の渦に巻きこまれていった。

二人の時間が始まった。二人は、客のことをあれこれあげつらってバカなジョークを飛ばす。ワインが空になった。二本目をオーダー。いっぱいしゃべりにしゃべった。読んだ本のこと、観た劇のこと。家では家族がいっしょに話をするということもなかった。おしゃべりにつぐおしゃべり。高揚した気分でレストランを後にし、ゆっくり遮断壁沿いに、ポール・ダルスまで長い長い海岸をそぞろ歩いた。何十艘ものレジャー船が舫《もや》っていた。一本マストの帆船、小型ヨット、いかだ。スマートなクリス・クラフト、オーナーが船尾のデッキチェアに寝そべっている。彼の葉巻が、ヴェルヴェットの夜に小さなバラ飾りのように浮かぶ。小石だらけの坂を上った。旧市街に続く道だ。草の生えた小道に立っている一つきりの街灯の下で、四人の男がペ、タ、ン、クをやっていた。金属ボウルがドシンと落ちる音、ものをはたく音、こんな遅い時間なのでなんとなく不吉に聞える。狭い人気のない道を通ってホテル・ウエルカムへ。着いた。ロビーに明かりが煌々とついていた。フロントの係りは、こっくりこっくりやっている。広間の二つのテレビはもう切ってある。テレビが、まるで大衆の代弁者よろしく立っている風に見える。観客はイス数脚。二人はエレベーターでバーへ行った。まだ数人の客がいて、最後の一杯を乾しているところだった。奥のテーブルについた。ウェイターがコニャックを持ってきた。ミセス・レドンは彼にルーム・キーを見せ、つけにしておいてくれるように言った。

「明日の予定はどうですか」

彼を見るシーラ。「カプ・フェラには砂浜があるの。ボートで行けるわ。行きましょうよ、ホテルの弁当持参で」

「いいですね。何時にします?」

「朝ごはんが終わったらすぐ行きましょうよ」と彼女が言った。「わたし、肌をこんがり焼きたいわ」

「朝ごはん一緒に食べませんか。テラスで八時にどうですか」

「いいわよ」

その時彼女は、自分がイニシアチブをとらねばと感じた。立ちあがってシーラが言った、「じゃあね。すばらしい夜をほんとうにありがとう」

「もう行くんですか」

「ええ」と彼女は言うと、サッと向きを変えてエレベーターのところへ行った。エレベーターが開いて待っていた。エレベーターに乗ったときも、彼女の高まる気持は続いていた。振り向くと、テーブルの横に立ってトムが彼女を見つめていた。ああ、彼のところに戻りたい。ボタンを押し、エレベーターのドアが閉まった。カメラのシャッターがサッと閉まるように、彼の姿も消えた。

翌朝七時にシーラは目を覚ました。とつぜん、ここはどこでなにが起こったか思い出した。心弾んで飛び起き、木のシャッターを開けた。冷たい朝の光の中に億万長者のヨットが港に浮かんでいた。コットンのナイトガウンの彼女が、シャッターのカギに手をかけた。デッキの神秘な沈黙にグッとつかまれる感じがした。だいぶん前のことだが、あるときゴールウェイでケヴィンと狭い田舎道を歩いていると、後ろからロールス・ロイスの巨体が現れたので、仕方なく掘割に下りて車をよけた。老婆が一人、コッテージからこの大きなシルバーの車を見ていた。彼女は思った、この老婆の夫が一生かかっても、このロールス一台も稼ぎ出せないだろうと。同じように、ケヴィンが縫合糸、メス、血と格闘して働いても、あのヨットを買うような金はない。ああいう特別な暮らしをする人間とはいったい何者なのか。ヴィラ・カラ、グロートアセブロークスウェグ、ヴァッセマー、デン・ハーグなど、子どもの頃オーウェンと行ったダン伯父の住む高級地を思い出してごらん。イタリア風庭園、運転手つきメルセデス、白い手袋の召使たち、大きなダイニング・ルームで、ダン伯父、メグ伯母とランチを取った。オランダの白いダブル・チューリップがテーブルを飾っていた。十二才のわたしが彼の肩くらいの背丈だった、第一書記ブローガンがわたしとテニスをした。このオランダのアイルランド大使館での経験が、わたしがあのヨットの世界に最も接近したときだったろうか。こんな場面を想像してみる。目を覚ますと、白い手袋のスチュワードが一輪の赤いバラをのせた朝食の盆を運んでくる。船長に、ランチの後マヨルカのフォルメントルに船を向けてよと言う。河岸に降りていくと自家用モーターボートがやってきて、トムとわたしをあのヨットまで運ぶ。碇《いかり》が上がり、スチュワードがシャンペンをそそぎ、星空の下デッキで踊り、アゾレス海峡から南太平洋へクルージングする、などなど。そんな生活って実際あるのだろうか?

けたたましい目覚ましの音。七時に合わせておいたと思ったのだが、それより遅く鳴った。ナイトガウンを脱いではだかで化粧台に向い、ゆっくり時間をかけてていねいに化粧した。旅の前に、マッケルヴェイでマッジ・スチュアートに化粧方法を訊いた。マッジはロンドンのエリザベス・アーデンで修行した人だ。彼女に聞いたとおりのテラコッタ・メーキャップ、強烈な太陽にピッタリの方法らしい。まず目のところ、アイライナーは強く引きすぎず、マッジのいう自然な感じに。頬の上のところにすこし紅、それを額のヘアラインに沿って少し焼いた感じで。いい感じだ。黄色のサンドレス、ポータブル・アイロンを少し当てる。ブルーの水着をスーツケースから出して、タオル、サンタン・クリームと一緒に小さなバッグにつめた。サン・ハットもいっしょに入れた。全部ヴォーグの今年の流行だ。はだかのままバスルームへ行った。髪をとかす。サングラスを忘れないようにしなきゃ。最後にリップスティックをつけて、鏡を見た。

えっ、ひどい、やりすぎよ。なんだってマッジの言うことを信用したのかしら。どうして家で一回やってみなかったのかしら。とりわけだいじな今日という日に、これじゃ見られたもんじゃない。アイライナーが濃すぎるわ、トーンダウンしなけりゃ。六時に起きなきゃいけなかった。紅がつけすぎ、パウダーもだ。やり直し、でも時間がない、弁当も頼まなくちゃ。彼女は泣きたくなった。だけど、今泣いたら目がとんでもないことになる。彼女はメーキャップをこんなにも気にする今朝の自分に驚いた。でもそうなんだから仕方ない。とにかく自分はものすごく気にしている。

もうしょうがない。あきらめて、下着をつけ、黄色のサンドレスを着た。下へ行ってサンドイッチ弁当を頼み、なんとか九時前にテラスへ着いた。彼はもう来ていた。早く来たのだろう。さっと立ち上がってほほ笑んで言った。「わあ、きれいですね。おはようございます」

「うまくいかなくてすごく変なのよ」

「ゴージャス！ステキなドレスですね」

アイリッシュだったら、こうすらすらと女の衣装なんかほめないはずだ。「ありがとう」と彼女が言った。

十時、カプ・フェラ行きのボートに乗った。ここのビーチは絶好の隠れ場、トラックが運んできた本物の砂が石ころの上にまかれ、しゃれたプライベートな空間を作っていた。奥の方にレストランと更衣室があった。小さな突堤のところで降りて運賃を払い、すぐ着替えに行った。数分後のミセス・レドンは水着姿、ブルーのサン・ハット、大きなサングラス、水着は白い肌がことさら目立って、ほとんどはだかの感じだった。水着は新しく買ったもので、これもブルー。ビーチに下りていった。背高のっぽの自分を少しでも小さく見せようという心理か本能的に肩を丸めて、新品サングラスを通して見える色つきの世界を、彼女は心もとなげに見ていた。

ほっそりした、きれいなココア色に焼きあげたティーネイジャーの女の子が二人、抗議するような目つきでサッと彼らの横を通り過ぎた。それから一組のカップルとすれ違った。二人は隠れるか隠れないかというギリギリまで肌をあらわにした格好。どちらも競走馬を思わせる筋肉質の体で、馬場を行く馬よろしく堂々と通り過ぎた。彼女は砂を踏みしめながらぎこちなく数歩歩いたが、ビーチ・マットレスのオンパレードを前にして足が止まってしまった。

そのとき彼が彼女のところへ来るのが目に入った。白い水着トランクスの彼。「エアマットを二つ確保しましたよ」と彼が言った。「こっちです」

「どこ?」彼女は太陽を見あげた。

まるでそれが一番自然であるかのように、彼が彼女の腰に手を回した。彼女は少しためらったが、彼と歩調を合わせて歩いた。彼の腕は彼女の腰をそっとかかえて。

エアマットのところまで来ると彼女は、旅行バッグを片方に置き、足を折り曲げて坐った。「こんなにたくさんの人々の中にいると、わたしなんだか死んだみたいに感じるわ」

「そんな感じはすぐに消えますよ。日焼けどめクリーム持ってますか?」

彼女はうなずいて、日焼けどめクリームを取り出した。「よかった」と彼が言った。「少し塗ってくれますか? あなたのほうは、あとでぼくが塗りますよ」

くるりと向きを変える彼。言われるままにクリームを少し手に取り、背中にすりこんだ。がっちりした背中、青年らしい厚い胸板。ケヴィンよりダニーにむしろ近いボディだ。クリームをもう少し取って、パンツのすぐ上にすりこんだ。

「ありがとう」さし出す彼の手にクリームをおくと、トムは胸、ひじから手首までまんべんにすりこんだ。チューブをとって彼が言った。

「こんどはあなたの番、横になってリラックス」

メーキャップに気をつけながら、リロにタオルを広げて横向きになった。本のページを繰るように、地中海の波が静かに寄せては返す。故郷北アイルランドの海は違う。間断なく引いてはまた打ち寄せる冷たく長い波浪、人気のない砂浜、雨の日のゴルティーン浜、その美しさ。彼女の肩、首筋をトムがゆっくりとマッサージする。背中から腰のところへ、そしてその逆へと、器用な手の動きだ。ミセス・レドンはマットレスに体を預けたまま、官能を刺激されて。背後の、このあいだ出会ったばかりの男の力強い手が彼女の体を愛撫する。急に彼の手が止まった。

「足もやりましょうか」

「あら、足は自分でやるわ」と彼女が言った。身を起こし、リロに坐った。マットレス脇にひざまずいていた彼は、彼女が急に向きを変えたので、まるで陰部を隠そうとするかのように両手をたれた。彼女は顔がほてるのを感じた。温かい静かな波の方につま先を向けて、こんどは足にクリームをつけた。「デビー、昨日行ったかな。パリについた日にあなた、彼女に会いましたよね」

ガンと彼にぶん殴られた感じ。「え、どうしてわたしが彼女に会ったことを知ってるの」

「彼女がぼくに言いましたから」

「彼女ってあなたのガールフレンド?」

「デビーのこと? いいえ、ちがいますよ。ぼくの妹の友だちです」

「彼女、かわいいわね」

「そうかなあ、いやなやつだと思うけど。マーサの手前適当につきあってるけど、ちょっとふとり気味だと思う」

「あなたの妹はいくつ?」

「二十四です」トムはトランクスの腰ベルトから財布を出して、シーラにスナップショットを見せた。

「これ、妹のマーサです」

写真に見入るミセス・レドン。テニスのラケットを持った黒髪の少女がほほ笑んでいる。

「親父とおふくろ」トムがもう一枚の写真を見せた。「夏にスプリングスで過ごした所です」

日光浴用テラスで白い籐イスに腰掛けている夫婦。背後にこんもりと茂った木々が見える。ロールネック・セーターの男性、ケヴィンよりちょっと年が上のようだ。夫人は夫よりずっと年上に見える。ああよかった。「お父さん、若いわね」

「いいスタイルを維持しているからね。でも五十六才ですよ」

彼女が写真を返した。ケヴィンより十二才上だ。

「祖母です」湾曲した高い背もたれのイスに、老婦人が坐っていた。ミセス・レドンはなぜか、南太平洋を舞台にした映画を連想した。夫人がカメラをじっとにらみつけている。その目は孫と同じような真剣な黒い瞳だ。「祖母はテディ・ルーズベルトびいきでね。静かな話し方をする人。大きなステッキを片時も放しません」

「それってどういう意味？　聞いたことないわ」

「そう？　祖母の大きなステッキというのは強力な金の元締めということ。ぼくたちの教育資金にと祖父が信託に金を預けておいてくれたのですが、それを祖母が管理していたのです。数年前に祖母が、ぼくも父のように医者になれというので衝突しましてね。それで、プリンストンじゃなくてアイルランドのトリニティで、博士号をとるということになったわけなんです」

「学費は誰が？」

「ああ、最初の二年は父が、そのあとは祖母が引き継いで管理してくれていました。結局祖母は寛大で、学位をとったときには、教育資金用の信託資金の残りを全部送ってくれたのです。プレゼントとしてくれたんですよ」

後ろのビーチ・レストランでは、若い女性がギターの弾き語りでスペイン語の歌を歌いだした。「あなたは？」とトムが訊いた。「兄弟多いんですか？」

「ううん、四人よ。長兄ネッドはコークで歯医者、つぎがオウエン、ベルファストで医者をしているの。妹のアイリーは技師と結婚していて、ダブリン近くに住んでるわ」

「ご両親は健在？」

「ううん、父は数年前に亡くなったわ。母も去年の春に」

「じゃあ、寂しいですね」

「さあ、どうかしら。よくけんかしたし、母さんわたしのこと、うそつきは性分だと言ったわ。絶対赦せない、そういうふうに言うなんて」

トムが笑って言った。「どうしてそんなこと言ったんだろう」

「それはね、小さい頃わたしは自分を現実とは違うものに作り変えたりしたからかなと思うの。探検家の娘とか、有名人の親戚だとか、作り話ばかり。ほんとうは、ベルファスト、チチェスター・テラス一八のシーラ・ディーン。ごく普通の女の子よ」

「それで、うそつきは性分だ、って言われたわけですか」

「ええ、そう。別に母がとくにいやな人だっていうのではないの。いつもタバコをくわえたままで話をするので、タバコが動くようすとか思い出すわ。話がすごく上手で、ファンも多かった。ちょっと問題なのは、笑わせるためにはどんなふうにでも作り変えてしまうところ。真実というものがないの、自分についても人のことについてもね。ガンで亡くなったわ」

「タバコが原因?」

「でしょうねえ。父方も母方もうちの家系はガンが多いのよ。父の兄もガンで亡くなったわ」

二人は沈黙したまましばらく横になっていた。温かい日光をあびてシーラは眠くなってきた。家のことを思った。ミセス・ミリガンが料理に使ってくれるようハムの大きな塊を用意しておいたし、ちゃんと野菜を一杯食べさせてねと指示しておいた。来週はローストにしてくれるよう言っておいたけど、してくれるかしら。彼女の料理はたいていフライだから、わたしが帰るまではダニーもケヴィンも、フライとケーキばかり食べることになるのだわ。ダニーに比べればケヴィンはまだまし、週三日はちゃんとしたランチが病院で取れるのだから。

母キティはもういない。父もとっくに亡くなった。父が亡くなった夜、パジャマのオウエンが私たちの部屋へ来て、大きな寝室へ行くように言った。行ってみると、キティが泣いていた。父はベッドに横たわっていた。真夜中の寝ている間になくなったのだ。キティは一緒に寝ていたのだけど気づかなかったらしい。あのときだけは母を気の毒に思った。かわいそうなママ。朝起きたら夫が横で死んでいるなんて。スパニッシュ・ギターが止み、あの女が歌い出した。フランス語の叙情的な歌で、どこかで聞いた覚えがあった。だが、歌の題名をミセス・レドンは思い出せなかった。知っているかトムに聞こうと、振り向くと彼はそこにいなくて、彼女はびっくりして立ち上がった。

水辺でボートの少年と彼が話していた。彼女が呼ぶと、彼が振り向き、彼女にこっちへ来いと合図した。

「ペダロを借りたんです」と彼が言った。「乗りましょう!」

笑いがこぼれる彼女。ケヴィンならこんなこと絶対しないわ。

後ろにもたれて力いっぱい足をバタつかせて進む。湾に出た。崖の上に大きな別荘があり、そのローズとホワイトの壁の下を走っていった。海の匂いが鼻孔をくすぐる。紺碧の空の下を小さなボートがゆっくりと進んでいく。ヴィルフランシュ海岸通りの向こうの方に装飾壁が見え、ニースの熱気がもやとなって漂っているようすも見えた。彼女はメーキャップのことはもうすっかり忘れて、聖壇上の聖体のように顔を太陽に向けた。傍らにはこの青年。ホリデー、ホリデー、ホリデー、ねがわくは終わりなく続けよかし。

後ほど更衣室へ戻ってシャワーを浴び、黄色のサンドレスを着た。ホテルが用意してくれた弁当を運んだ。鮮やかな赤、白、青ストライプの、チンザノ・パラソル下のテーブルでトムが待っていた。その側に地元ワインがアイス・バケツに入っていた。ケヴィンならきっとビールだろう。パラフィン紙に包んだ弁当を開けてテーブルの上に広げた。とてもカラフルだ――チキン・ブレストの白、二種類のチーズの黄色、新鮮なイチジクの黒、トマトのくすんだ赤、ぶどうのグリーン、パリッとしたパンの茶色。二人は腹ペコの子どものように全部平らげ、ワインも飲み干した。彼女は大分酔っぱらった。

「泳ぎましょう」彼が提案した。

「食べたばっかしでしょ」

「体がすっとしますよ」

彼が泳ぐ、うまい。彼女は浅瀬だけ、髪を濡らしたくないから。泳いだ後、リロに寝て休んだ。泳いでいた人たちはほとんどが昼飯を食べに行ったので、ビーチには人気がない。静かだ。彼を見ると、その目は閉じられていた。そっと肘をついて彼の顔をじっと見た。眠っている彼、ほんとうに若い。彼が目を開け、彼女にほほ笑んだ。リロに仰向けになる。ちょっとしてから彼が手を取ろうとした。彼女は引っこめた。

「どうしたの」

「べつに」

また手を取ろうとした。

「だめ」困惑し、起き上がる彼女。ひざをかかえる。

「ねえ、レストランへ行ってコーヒー飲みましょうよ」

レストランのテラスであの筋肉質カップルとすれ違った。彼らは、角のテーブルに坐ってオレンジエードを飲んでいた。白と黒の小石の乗った台を見つめている。トムが、あれは日本の碁というものだと言う。もう安心、ミセス・レドンはまた快活になった。「今夜はどうしましょう？　ニースの街を歩いて、どこかいいところでディナーをとりましょうか」

「それがいいですね」と彼が言った。コーヒーを注文した。テーブル越しに、彼が指で彼女のほほに触れた。緊張で硬くなる彼女。「あなたの顔、すごく熱いですね。ちょっと焼きすぎたかな。だいじょうぶ？」

「だいじょうぶよ」

だがしばらくして更衣室で、肩のあたりがひりひりしてきた。顔がほてった。太陽、潮風、そしてワイン。突堤でヴィルフランシュに帰るボートを待つ間に彼女は眠くなってきた。ボートが湾を通過し、彼女のホテル下の埠頭で下船する頃までにはますます眠くなってきた。目覚ましにシャワーしよう。「どうしましょう？　五時頃ここで待ち合わせて、バスでニースへ行くというのはどうかしら？」

「オーケー」ホテル・ウエルカムを見上げてトムが訊いた。「あなたの部屋はどれですか」

「四階よ。そこから見ると左から三つ目のはずだけど」

「バルコニーはあります？」

「ええ」

トムは彼女を正面入り口まで送った。「ちょっと散歩しようかな、ホテルにはあまりいたくないのでね」

「ホテル、ひどいの？」

「まあまあです。ねえ、なにか読むもの持ってます？」

「ペーパーバックを少し持ってるけど」

「どんなのを?」

「ミステリーと、ミュリエル・スパーク、ドリス・レッシングなんかね、好きなのとって」

「ありがとう」

ホテルのロビー。フロントに誰もいないので、棚から部屋のキーをとった。

トムがエレベーターのボタンを押しておいてくれた。

「ぼくもいっしょに行きましょう」言ってしまってからドギマギしているのが、彼女にはわかった。

「あら、いいわよ、すぐとってくるから」エレベーターが来た。ホテルはひっそりして誰もいないみたいだった。まだ皆ビーチにいるんだろう。彼もついてきたらいい、誰も見ている人間はいないのだから。本をドアのところまで持ってきて、その中から彼が好きなのを選べばいい。エレベーターで二回も上がったり降りたりする必要はないわ。

エレベーターが来た。彼女無言。彼がドアを開けた。「一緒に行きましょうか」と訊いた。なんと言えばいいのか。彼女がうなずいた。二人は小さなエレベーターに乗った。エレベーターが上がっていった。四階で止まった。廊下には誰もいなかった。部屋へ歩いて行った。少し後ろからトムがついてくる。部屋を開けた。そうだ、今朝散らかしっぱなしで出てきたのだった。「見ないでね、散らかってるのよ」弁解して言った。トムはほほ笑んで廊下で待っていた。ところが、すでにメイドがベッドを整えてくれてあって、部屋はきれいに片づいていた。窓のシャッターが開いていて、外の景色が見えた。六冊ほどのペーパーバックを出した。ペンギンズ、パンサーズ。シーラは振り向いて、ドアが開けっぱなしになっているのに気づいた。トムは廊下で待っていた。

「ステキな眺めですね」彼が言った。

「いいでしょ、港全体が見渡せるのよ」なにも外にいなきゃならないことはない、部屋の中へ入ったらいいじゃないか。彼女が言った。「入ってきて、いい眺めだから。部屋もきれいにしてくれてあってよかったわ」

中に入り、彼は小さなバルコニーから港湾駅とチャペルを見下ろした。「あのチャペルはね」と彼女が言った。「漁師のチャペルだったもの。ジャン・コクトーが改装したのよ」

チャペルを見て彼がまた彼女に言った。「すばらしい眺めですね」部屋に戻って、ベッドの本を手にとった。「これ、おもしろそうだな。キングズリー・エイミス。これ、スリラー?」

「わたし、まだ読んでないの」と彼女が言った。入ってきてもらってよかった。

「じゃ、五時にね」開いたドアから廊下へ出ようとして、彼が彼女の側を通り過ぎた。とそのとき、かすかに二人の体が触れ合った。彼女が手をそっと彼の腕に触れて言った。「ほんとうにすてきな一日だったわ、トム」

一瞬なにが起こったのか分からなかった。彼が、彼女にぶつかったみたいにぎこちなく彼女に頬ずりした。ペンギンをもったまま彼女の腰に手を回し、彼女を抱きしめた。震える彼女。抱きしめられ頬ずりされるがままに、夢を見ているかのように身をよじらして彼をじっと見た。唇を合わせる。彼女の半ば開いた唇に、ゆっくり軽く彼の唇が触れた。彼女は気が遠くなるような感情に包まれた。

二人の体が離れた。彼女はドアを閉めた。彼女がベッドの端に坐ると彼が彼女の横に坐った。ぎこちなくキスする彼。彼の手が太ももからサンドレスの中へしのびこみ、彼女の肌に触れた。

「シャッターを閉めて」と彼女が言った。

言われるままに彼は立ち上がった。彼女はさっとバスルームへ行き、黄色のサンドレスのボタンをはずし、ブラジャーとパンティーをとった。鏡を見た。腹部中央に縦一筋の白い線、帝王切開の跡だ。一瞬かばうように手をその上においた。だがすぐ、一糸まとわぬ姿でベッドルームへ戻った。

彼は彼女を見た。驚いたようすだ。だがすぐ、シャツのボタンをはずしてかなぐり捨てると、ベルトをはずし、ズボンを脱いだ。彼が白のジョッキー・ショーツを下ろした。彼女が彼のペニスを見ると、欲望に燃えるペニスが彼女を求めて屹立していた。トムは手を彼女の肩に回し、首のつけ根のへこみにキスした。彼女がペニスを握る。ゆっくりフロアにひざまずくとペニスにほほずりし、亀頭にキスした。それを見てトムは、そっと彼女の頭を抱き、ひたいにキスした。やさしく唇を重ねあう二人。彼女の意識が遠のいていく。朝お互いの体にクリームをすりこんだときと同じように、彼が彼女の肌を優しく愛撫する。彼の手が背中から腹へ、さらに股間へと動いて、彼女の腿の間をさぐる。ふたたび唇を合わせると、無言の了解で二人は立ち上がり、彼女がベッドカバーをとった。目を射る真っ白のシーツ。横たわる彼。彼の手が彼女の胸を愛撫している間にも彼女の腹、へそのすぐ下あたりに激しく息づくペニスが彼女を求める。ペニスを握り締める彼女。彼は彼女をベッドにひざまずかせると、彼女の後ろに回り、真っ赤に焼けた脈打つペニスが背後から侵入した。彼女は、こんなふうにしたことはなかったのでペニスが肛門に挿入されるのではと一瞬恐くなったがそうではなかった。顔を枕に押しつけてうつぶせになった彼女のヴァギナへ怒涛のようにペニスがのしかかり侵入した。若い、たぎりたつ欲望に動かされたペニス、男の手が彼女の体を鷲づかみにし、乳首を愛撫し、情欲にさ迷う。彼女は目を閉じて巨大なペニスをイメージする。若い引き締まった体、あの体のあのペニスは今自分の体の中に。彼女は狂おしくクリトリスへ手を差し伸べると、かつて知らぬ快楽に目くるめく思いで燃え上がる欲望に投げこまれた。初めてのこのラーゲ、抑えられない快楽の声。「いい」背後で彼の声、クライマックス、あふれる歓喜の涙。

熱くまた同時にぞくっとした感じがないまぜになって体内が浸されるのを感じつつ、彼女は彼を抱きしめ、激しい彼の心臓の動悸に耳を澄ました。ケヴィンとは一度だって感じたことがなかった快楽をともに味わった、まだ出会ってまもない人。閉じたシャッターのこの熱い部屋で、打ち返す欲望の波にまたもまれるのも遠からず。つぎの波はすぐそこまで来ている。彼女はひざまずき、彼の目、うなじ、ペニスにキスした。恥ずかしさはなく、ひたすら貪欲に欲望を追いたい気持でいっぱいだった。こんな自分は初めて。知らなかった自分に目を見開く彼女。彼の手が彼女をわしづかみにして起こした。女は男に跨り、見下ろす。しりを下げていく、男を感じるまで。さらにさらに深く彼が中に入ってくる。

六時に彼は自分の部屋に戻った。二人は「ホテル・ウエルカム」で七時に会い、テラスのテーブルに坐った。彼がテーブルの下で彼女の手を握った。二人とも、あの過ぎ去った激しい時間には触れなかった。「ニースへ行きたい?」彼が訊いた。

「ううん、ここにいましょうよ。ここで食べましょう、私のつけにして」

「それだとあなたが困ることになる。ぼくが払いますよ」

黒いスーツの若い男が(この日二階のメイン・ロビーで彼女はこの男を見た)バーからテラスへやってきた。誰かを探している様子だった。驚いたことに彼は彼女のところへ来た。

「ミセス・レドンですね?」

「ええ」

「電話です、イ、ア、ラ、ン、ド、から。この上のキ、ャ、ビ、ン、で取れます」

「夫だわ。ここで待ってて、すぐ戻るから」

ホテルのスタッフについて行った。パニック——学生時代、テストの朝感じた恐怖に似ている。大きな教室に入る。監督が通路を降りてきて問題用紙を配る。そのとたん急に頭の中が真っ白になる感覚、あれだ。スタッフがスイッチボードのところでイヤホーンをとり、キオスクへ入るよう彼女に合図した。電話が二度けたたましく鳴った。受話器を取り上げた。「ハロー」わたしはつとめて平静にしなきゃ。

「シーか? ハロー?」シーと呼ぶときは調子がいいとき、それともなにか要求があるのか。

「ええ、わたしよ。ケヴィン、だいじょうぶ?」

「君はどうだ。そっちの天気はどうだい」

「素晴しいわ。今日も一日ビーチで素晴しい時間を過ごしたわ」

「それはよかった。実はね、シー、こんなこと言ってほんとうに悪いんだけど、来週代わりを務めてくれることになってるマーチン・デンプシーがひどい風邪なんだ。本当に困ってる」

「まあ、そう」

「マクシェリになんとかならないか打診しているところだ。金曜日まではにはっきりする。たった一週間のうちになにもかもメチャクチャになるなんて信じられないくらいだよ」

彼女は考える——ケヴィン、来るつもりは毛頭ないな。

「シー、聞こえた? 怒った?」

「なんで怒らなけりゃならないの。じゃ、わたし、うちへ帰った方がいいの?」

一瞬ポーズがあった。頭を一方に傾げ、目を細める、なにか問題があるときにケヴィンがするしぐさが想像できた。しばらくして彼が「君は帰りたいのか」

「でもないわ。今日なんかとても楽しかったもの」

「じゃいたらいいだろう。お互いホリデーをエンジョイしよう。土曜日までには行けるかもしれないし」

「そう、じゃそういうことで。ダニーはどう?」

「忙しそうだな。明けても暮れてもラグビーさ」

「ちゃんとした食事を取らせてね」

「ああ、そうだな」

「電話切るわね」

「ああ、おやすみ、シー。金曜日には知らせるよ」

「そう、おやすみ、ケヴィン」

キオスクから出てくると、あのスタッフがほほ笑み、手を振った。彼女も手を振る。「どうも、、、、ありがとう、」

「どうい、、、、たしましてい」

エレベーターのボタンを押して下へ。ケヴィンは来ないわ。一週間トムと二人きり。シーラはバーからテーブルへ小走りで戻った。

「彼、来ないわ、土曜日までは少なくとも」

「ほんとう?」

「本当よ、ラッキー!」

ジョークを言いあう子どものように二人は笑っていた。今泣いたカラスがもう笑った。ほんとうにほっとしたから。笑って笑って、息をひそめ、そしてまた笑った。だがそのうちに笑いはいつしか消えて、後ろめたい気持が残った。

「わたしってひどい人間よ」

「そんなことはないよ」

「でもこんなことは初めてよ、あなたは信じないかもしれないけど」

「信じるよ。実はぼくも同じ気持なんだ。あなたの後を追っかけてここへきたけど、もうしゃべってくれないかと思ってどんなに恐れたことか。アイラヴユー」

そのとき彼女は急に彼をまともに見られなかった。彼女はうなだれて言った。「あなた、わたしには若すぎるわ」

「ナンセンス。年なんて関係ないですよ」

「そうかしら。あなた、いくつ?」

「二十六」

「わたしは三十七」彼女の目に涙があふれた。

「ああ、ダーリン、そんなこと考えないで。ぼくたちぴったりなんですよ」

彼女はハンドバッグからクリネックスをとり、目をふいた。「お願い、部屋へ来て」

「今？」

「ええ」

バーの奥にあるエレベーターが待っていた。乗客は彼らだけだった。四階でカギを探していると、カーペットにカギが落ちた。それを拾って彼がドアを開け、中に入った。くしゃくしゃのベッド、開け放したシャッター。ミセス・レドンは鏡の中の自分を見た。涙に汚れてぐしゃぐしゃになった目を見て、彼女はまた泣き出した。彼は彼女を抱き、ベッドの端に坐らせた。パニックにおびえたように、彼女は激しく狂おしく彼の唇にキスし、指をシャツにすべらせた。彼は化粧台のまばゆい光の中で、彼女を脱がせる。彼女は一糸まとわず。彼が彼女の胸に手をさしのべ、指先で軽く彼女の乳首を愛撫すると、乳首が強く硬く立った。彼のズボンをおろし、ひざまずいてショーツをはずした。激しく脈うつペニスを手に握りしめる。快感にのけぞる彼女の下半身に後ろから侵入するペニス。狂おしく快楽に突き動かされて、すぐに絶頂に達しそうになる彼女、とても我慢できない。嗚咽に咽ぶ。ああこの快感よ続いて、いつまでも続いて……


余韻の中で安らぐ、明かりはない、ベッドルームの窓から夜空が見える。埠頭下テラスのテーブルで食事を楽しむ人たちの声が聞えてくる。食事しなくては。それに髪も整えなければ。

「お腹すいたわ」彼女が言った。

彼は起き上がった。「ぼくも。食べに行きましょう」

「わたし、ひどい格好よ」

「すてきだよ、あなたは。気にしないで」

バスルームへ彼が行った。スイッチがついてそこから洩れてくる光が、暗いベッドに光の旗模様を作った。彼女は左手を上げてウェディング・リングをじっと見つめた。ケヴィンがサミュエルズで購入した、ゴールドとプラチナを絡み合わせたものだ。まるで自分のじゃないみたいだった。少しずらすと指に白いリング跡が残った。彼女はリングをまたはめなおした。

「早く！」彼がせかした。「早く行きましょう。ワインをたっぷり飲みたいな」

立ち上がって彼女は化粧台の鏡の自分を見た。「顔を直さなくちゃ」

「そのままでいいよ」

でもやっぱり顔だけは直した。


ミス・パーデュが遅くディナーにやってきたとき、ミスター・バルサーはコーヒーを飲んでいた。ウェイターのアーメドがそばのテーブルに案内した、二人の新客に彼は注目していた。ミス・パーデュのために、ミスター・バルサーは立ち上ってイスを引いた。「今日はどうだった？」

「すてきだったわ」とミス・パーデュが言った。「あなたのほうは？」

「今日の午後ニースへ行ってきたよ」とミスター・バルサーが言った。「いいのが二人いたよ」

「誰？」とミス・パーデュがイライラした声で訊いた。

「ネグレスコ・ホテルから出てきたウイリー・ブラント。ブラントはポリ公のエスコートつきだった。それからさ、一時間くらい前にキャロライン・ケネディも見たよ」

「どこで?」

「プラース・マッセナだよ。最初は彼女だと分からなくてね。追っかけまわしているパパラッチに訊いてみたんだ」

ミス・パーデュは落胆した。この二人、一週間前にこのゲームを始めたのだ。有名人をこっそり見て、ディナーのときに報告しあうというゲーム。ミス・パーデュ、今日はついてなかった。「五時ごろちょっと映画を見ただけ」と彼女が言った。「だから特になにもないわ」彼女はアーメドからメニューをとり、レストラン内をぐるっと見回した。

「新しいカップル?」

「おもしろいんだよ」とミスター・バルサーが言った。「ここに泊まっている客らしいんだ。とにかく、彼女がここに泊まっていることは確かだ」

「なんで分かるの?」

「あの財布の横においたルーム・キーさ」

「普通じゃないわね、あの二人」ミス・パーデュが言った。二人は興味津々、彼らの方へ無遠慮な視線を投げた。カップルが今、埠頭すれすれを一輪車で乗り回している芸人にすっかり気を取られていることを、二人はちゃんと知っていた。

「ウェディング・リングだわ」ミス・パーデュが言った。「夫婦かしら?」

「男は夫じゃないな」ミスター・バルサーが断言した。「彼女、いくつだと思う?」

「四十かしら」

「おいおい、ちょっとひどいぜ。三十代半ばってところだろうな」

ミス・パーデュは、じっと彼らの話し声に耳を澄ましていた。「彼女、アイリッシュだわ」

「ほんとか」

「ロンドンに住んでいれば分かるわよ。回りにアイリッシュがいっぱいいるし、爆弾事件でも起これば、テレビはアイリッシュ・アクセントの大氾濫だもの」

「男はアメリカ人だな」ミスター・バルサーが言った。「でなかったらカナダ人か」ミスター・バルサーはカナダ人だった。

「その逆かも」ミス・パーデュが言った。「彼女がアメリカ人だったらもっとつじつまあうでしょ」

ミス・パーデュはメニューを取り上げてアーメドに合図をした。ミスター・バルサーはずっとカップルを見ていた。彼らを見ていて実は彼、ちょっと腹を立てていたのだ。六十年この方ああいうことは自分に起こらなかった。あんなうっとりしたまなざしで女から見つめられたことなんてない。テーブルの下で手を取り合っている。彼らの笑い声、幸せそうな声、ワイン・グラスを触れ合わせた。ミスター・バルサーはコーヒー・カップを取り上げた。コーヒーの残りかすが冷たかった。


夕食が終わったときミセス・レドンが、埠頭をまた散歩しましょうよと提案した。彼女の腕を彼が取ったのだが、かわりに彼女は自分の腕を彼の腰に回した。二人は、水際に舫う遊覧船の揺れるライトのところを通り過ぎた。彼が言った。「土曜日にご主人が来るとすると、あと二日しかないですね」

「来ないかもしれないわ」

「でも、もし来たら?」

「そのことは考えないでおきましょう」

「考えないではいられないじゃないか」怒ってトムが言った。「こそ泥みたいに人目を避けて、人妻なんかとゴタゴタやるなんて」

「してくれって誰も頼んでないわ」

「ご免」そう言って彼は、彼女の肩にそっと手を回した。「ご免、シーラ。今夜泊まっていい、明日の朝早く帰るから? 誰にも分からないようにね」

彼女はなにも言わなかった。

「それか、君がレ・テラスへ来てもいいし」

「ケヴィンが真夜中に電話してきたらどうするのよ」

「してくる?」

「してこないとは言い切れないわ」

「心配しないで」と彼が言った。「あとで君の部屋へ行くよ。ぜったい誰にも見られないようにするからね」

「そう、じゃあ」

だが後で、これみよがしに一人だというように部屋に行きながら彼女は、子どものころ他の子と秘密のことをした後ろめたい感じ、あれを感じた。恋していると分別がなくなってしまうのだわ。ベッドルームへ行き、明かりをつけてベッドを整えた。彼と初めてセックスしたあのとき、バスルームから一糸まとわぬ姿で彼の前に姿を現したときのことを思い出した。彼、わたしがたくさんの男となんどもこういうことをしたと思ったに違いない。ペッサリーのことを思い出した。あの日、化粧台一番下の引き出しにあったカーディガンへ、こっそりペッサリーを隠した。あの時もそれから後もあれ使わなかったわ。ああ、もし彼の子を妊娠したらいったいどうしたらいいのかしら? 引き出しを開けてカーディガンの下を探り、プラスチックのケースに入ったペッサリーを取り出した。帝王切開一回、流産二回、ケヴィンのアドバイスで初めてペッサリーをつかったとき感じた罪の意識。以前はすごい罪悪感を覚えたものだった。だが今はちがう。つければ安全は保証されるのだから。いったいどうしてつけなかったのだろう?

ノック。彼だ。「ちょっと待って」と言い、急いでバスルームへ。パンティを下ろして避妊具を入れた。上気した顔でそわそわとベッドルームへ行った。ドアを開け、彼を部屋へ通した。

「誰にも会わなかったよ」そうささやいて彼は彼女を抱きしめた。カギをかけ直した。突然、サイレント映画のように急ピッチで彼が服を脱いだ。彼女も彼を真似て脱いだ。ところが、ワインを飲んだせいで動きが不安定、パンティを脱いだときバランスを崩して倒れてしまった。立ち上がる。彼は服を脱いでしまうと、頭上のライトを消した。シャッターを下ろした暗がりの中、地中海の月明かりも見えなかった。彼女はベッドにもぐりこむと、ペニスをさぐりそれを口に含んだ。彼の太ももが痙攣し、手を彼女の頭の上において押しよけようとした。「あまりすぐ行くのはいやだから、待って」彼の口が彼女の乳首を含む。手が彼女の腹を愛撫し、唇が彼女の体の下部へ動く——こんなのケヴィンはやったことがなかった——読んだことはある。フェラチオ。トムの舌が彼女の中へ、忍びこんできた。つき上げる衝撃と快感。ああ、今度は自分の方が行くのを抑えなきゃ。

暗闇で彼女の上体を起こすと、彼が今度は後ろから侵入してきた。古びたベッドがきしった。両隣の部屋の泊り客にきっと聞える大きな音だ。でも、めくるめくエクスタシーの中ですべてを忘れ、なにも聞えず、情熱の嵐が二人を駆り立て一気にクライマックスへと導いた。過去はもうない、これだけ、この今があるのみ。

彼女は眠りに落ちて夢を見た。ケヴィンが北幹線で彼女を待っていた。プラットホームの端に立っていて、頭上に「デイリー・エクスプレス」と「ベルファスト・テレグラフ」の広告があった。なにか彼女をおびやかすような見覚えのある光景。前にどこかで起こった場面だということを思わせるものだった。ひどく汚れていてタバコのにおいがする駅。人気のないプラットホームに、無数のつぶしたフィッシュ・アンド・チップスの空箱がころがっていた。彼女は喪服、ダブリンでダン伯父の葬式に参列しての帰り路だった。駅で切符を出すところまで来て、急になくしたと思ってバッグを探った。なくしたらケヴィンが怒るだろう。見つからなかった。駅員がいらいらとチケット切りを握りしめ、彼女に他の客を通すよう手で合図した。財布に金を見つけたので、なくしたチケットの弁償をしようとした。金を出しているのをケヴィンが見ていないようにと願った。外に出て彼にキスした。だがケヴィンはよそよそしく言った。「帰ってこないと聞いたけど」誰がそんなこと言ったのかしら。「夜のフランスで男と遊んでたらしいな」「帰ったのよ」と彼女が言った。「もう終わったんだな。じゃあ家へ帰ろう」ケヴィンの新しいアウディに乗りこみ、駅を離れた。ダンケアン・ガーデンズでスコットランド兵に止められた。ふつうの捜索ではなかった。なにか大事件が起こったのだ。スコットランドなまりで叫びあっていた。ケヴィンの車が歩道に乗り上げた。前方になにやらもくもくと煙がたれこめていた。爆弾がしかけられたのはスワン・パブだった。

彼女はこのパブのオーナーを知っていた。もうずっと何年も前のことだったが、娘の一人は彼女と同じグレナーム校へ通ったのだった。赤毛のナン・ギャラリ。だが、翌日の「ザ・アイリッシュ・ニュース」の写真は白黒だったので、全然彼女に似ていなかった。パブ経営者と二人の娘の爆死。

彼女はその夢をまた見ていた。事件のいろいろな夢はそれぞれ違った場面だったが、スワン・パブの事件以来なんどとなく見た夢の光景だった。今度の夢はバスに乗っているところだった。彼女は一人ぼっちで、ケヴィンもダニーもいなかった。バスが柵のところまできた。警察のでなくアイルランド国境だった。税関が出てきたが、彼女のほうは見ずに、バスに行けと合図した。彼女はバスのチケットを持っていなかった。道の真中にイギリス兵がいた。バスは速度を落とし、エア・ブレーキのけたたましい音とともに止まった。兵士がバスに入ってきて、ライフルを彼女に向け、出ろと言った。叫ぶ彼女。

暗い部屋で彼女は目を覚ました。大声を出したかどうかは分からなかった。ケヴィンの目覚ましの蛍光灯が見えるかと思って、右のライトをつけてみた。だが、手に触れたのは誰かのはだか。時計はなかった。

彼はぐっすり眠っていた。目に見えない剣を引き抜こうとしているかのように、一方の腕を胸においていた。夜明け前、曙光がシャッターからもれて、化粧台と合成皮革肘かけ椅子の青い輪郭が見えた。もう一度彼女は彼を見た。彼の寝顔。本当に若い。イギリス兵が入ってきて銃をつきつけたら、わたしは身を投げ出して彼を守るわ。もうすぐ彼は起きて自分のホテルに帰る。いっしょにわたしも起きて髪を洗おう。

だが彼女はまた眠りに落ちた。目を覚ますともう八時十五分になっていて、彼はとっくに行ってしまっていた。髪を洗うひまはなかった。彼といっしょに朝食をとるんだから急いで準備しなければならなかった。

いつもの通り彼は先に来ていた。彼が、バーに入ってくる彼女にキスしようとしたが、彼女は他の客が見ているのに気づき首を横に振った。でも、そんなことしないほうがよかったとすぐ気づいたが、もう遅い。坐るとすぐテーブル越しに彼の手をとった。「ご免なさい、わたしばかだったわ。今朝何時に部屋を出たの?」

「六時半。だれも見ていなかったよ」

「キス拒んで怒った?」

「そんなことぜんぜんないよ」

「今日はどうしましょう」

彼女を見て「あなたがまだ行ってないところへ行こう」と彼が言った。

「どんなところかしら」

「ビーチだよ。あなたが夫と一緒だったという記憶のないところね」

「一般開放ビーチがいいわ」彼女が言った。「大したことはないけど、十五分くらいで歩いていけるから」

「彼と一緒に行ったことはないところ?」

「ええ。彼はそういうところはぜったい行かないわ。石ころだらけのビーチ嫌いだから」

「オーケー」

この日の午後、二人はピクニックを楽しんだ。肌を太陽で焼き、なんども泳いだ。石ころいっぱいのビーチに寝そべって、トムはこの上なく幸せだった。彼女を抱きしめて彼が言った。「すてきだ、ぼくが夢見たことそのままだ」

「石ころ一杯だけど?」

「石ころがあっても平気、理想的だよ。今朝、ご主人とのこと言ってご免ね。前に来たことがあったらいろんな思い出があるのは当然さ」

「もう終わったわ。わたし変わるんだから」

「変わる?」

「そうよ。今からわたしたちはおおっぴらに恋人同士よ。あなたはわたしの部屋へ来ても、人前でキスしても、なにをするのも自由よ」

「ほんとうにいいの?」

「ええ」

「ここいいね。明日も来ようよ」


ミスター・バルサーはビーチが嫌いだった。日光浴も水泳もしなかった。それでも休みの間中、毎日彼は昼食後散歩した。埠頭に沿って歩き、一般開放ビーチまで行ってそこでペースダウンし、小石の多い海岸線を見ながら遊歩道を歩いた。下の方に日光浴をしている人たちが見えた。ピチピチした若い女性がいるし、楽しい。スタイルはフランス人らしく(スカンジナビア人ならもっと露出)モノキニ、むき出しの胸とか。ときどきセックス中もあった。ビーチで堂々とやるのはいないけど、岩陰とかでやっていた。

金曜日の午後三時頃，ミスター・バルサーがいつものように散歩していた。すると、見た見た、あのホテル・ウエルカムのアツアツ・カップルだ。ミス・パーデュが夕べ空いたテーブルを指差して、カップルは絶対チェック・アウトしたと言い張ったのだけど、ミスター・バルサーは異議を唱えた。テーブルは二人用に予約されていたし、予約札に書かれていたのは同じルーム・ナンバーだったから。今、彼以外には誰の目からも隠れた岩陰にカップルを見つけたミスター・バルサー。最初は彼らとは分からなかった。顔を見ずに、彼らがいましていることに目が釘付けになっていたので。とくに女がしていることにひきつけられた。そっと近づいた。最初は二人が大きな白いタオルに横たわっているのが見えただけだった。ミスター・バルサーは、湾のヨットを見るふりをして岩に登った。女が手を男の股の付け根に触れ、それからゆっくりと愛撫する…ミスター・バルサーは、自分の股が愛撫されている気になった。青年の白いトランクスが盛り上がった。ミスター・バルサーの息が荒くなった。彼は、彼らが自分のいることに気づかず行為を続けてくれるよう祈った。青年が女の青い水着のブラに手を差し入れてブラを下ろした。見つめあい、長く激しいキスを交わす。女のパンツ下ろせ！ミスター・バルサーは声にならぬ声で祈った。が、パンツはそのままだ。と、そのときだ。ミスター・バルサーは女の顔を見た。あ、あの女だ。ホテル・ウエルカムのいつものテーブルのカップルじゃないか。ぎょっとしてミスター・バルサーは、安全圏、遊歩道の壁へ引き下がって、歩道に降りた。顔を紅潮させ散歩を続けた。

その夜、いつものようにミス・パーデュとディナーで落ち合ったとき、ミスター・バルサーはすぐにはこのできごとをもちださなかった。レストランは満員、泊り客ではない客が列を成して待っているのに、カップルのテーブルは空いたままだった。九時ちょっとすぎにアーメドがやってきて、その席を四人用にチェンジすると、一般客四人を席に案内した。ミス・パーデュはコーヒーを注文した。アーメドが来た。

「ルーム・ナンバー四五〇のあのカップルもういないの？」「いえ、マダム。お二人は二週間の滞在予定です。今夜は来られませんでしたけど、もし来られたら、バーに席をお取りする予定でおります」

「本当に変ね」とミス・パーデュがミスター・パルサーに言った。「せっかく滞在費払っているのに特権を利用しないなんて。わたしはしみったれかもしれないけど、そんなもったいないことできないわ。浪費よ、浪費、アメリカ人らしいわ」

「ところでさ、今日ニースにだれがいるか新聞で読んだ？ケーリー・グラントだよ」

「ケーリー・グラントですって？すごい、三点は固いわね。ぜったい見たいわ」

「ぼくも見たい。『汚名』でケーリー・グラントは見たけど」

「へえ、そう」とミス・パーデュが言った。「それって三十年も前の映画でしょ」

コーヒーを飲み、ミス・パーデュと別れた後、ミスター・バルサーは食後の散歩に出かけた。できるだけ歩くようにと医者に言われていた。だけど、ちゃんとした目的（ビーチの女の子とか）でもなければ、ミスター・バルサーにはたいくつだった。広場を横切りながら、ブラジル葉巻がニース・モナコ通りのタバコ屋にあるか捜して、町の高台へ行くことにした。いつもだったらこの上り坂はミスター・バルサーにはきつかった。だけど今日はゴールがはっきりしているので、歩きも好調、旧市街の中ほどにある広場の階段を軽やかに上っていった。広場を横切りながら、レ・テラスという小さなホテルの一階にあるカフェを通った。待ち伏せするハンターの気分だ。エキサイティング！いたいた。食事も終わり頃だろう、二人が手を取り合って話しこんでいる。アイリッシュの女性は白いドレス、右胸に赤いカーネーション。丸いととのったむき出しの胸だったな。美人だ。ただちょっと背が高すぎるな、一六〇くらい？ 他の客を見下ろす感じだ。彼女を見るミスター・バルサー。あの女とやりたい、パンツに手を入れさせてさ、あいつをゴリゴリやる、お澄まし屋のレディーが自分とやってるのを想像するって興奮するな。速度を緩める、ペニスの興奮を感じつつ、コルニシュ通りへと歩いていった。ブラジル葉巻は切れたままだった。仕方ない。かわりに高級葉巻き、シメルペニンクを買った。広場を通って引き返した。レ・テラスの彼らのテーブルにはもうだれもいなかった。アイスバケツにさかさまに入れた手つかずのワイン・ボトルが寂しげだ。ホテルを通り過ぎるとき、上階に明かりが見えた。ミスター・バルサーは習慣から見上げた。窓は開いていて、チュールのカーテンが風に揺れていた。明かりにあのアイリッシュ・レディが浮かんだ。背後にあのアメリカ人の青年がいて、二人は港のライトを見ていた。ふーん？ 彼女はあのホテル・ウエルカムに宿をとってて、二人はいったいここでなにしてんだろ。ああそうだ！ これはあの男のホテルにちがいない。歩き続けるミスター・バルサー。明日ミス・パーデュにこのこと報告しなきゃ。ミスター・バルサーはホテル・ウエルカムに着いた。もうテレビも終わり、休憩室に人気はなかった。彼は古い「パリ・マッチ」をとって、テレビ室に坐った。そろそろ部屋へ戻ろう。その前に葉巻を吸って、と。あたりは静寂につつまれていた。と、そのときだ。ロビーに足音がした。女の声だ。

「メッセージはありません？」

「いいえ、マダム」

「電話もありませんでした？」

「はい、マダム。わたしはここにずっといましたが、電話はありませんでした」

「ありがとう」

イスから伸び上がってミスター・バルサーが見ると、あの女だ。彼女がロビーにいた。白いドレス、胸にとめた赤いカーネーション。

「キーをお持ちになりますか、マダム？」

「そうね、今もらっておいてもいいわ。ちょっと外の空気を吸ってから部屋に上がろうと思っているので」

「それでは、お休みなさいませ、マダム」

「おやすみなさい」

こんな時間にまた外に出るって？　またやりにいくんかい？　テレビ室を出、散歩に出かけるふりをして彼女のそばを通り過ぎた。やっぱり、いたいた、あの男が物陰で、夜の徘徊者のように待ち伏せしている。シンメルペニンクをふかしながらミスター・バルサーは広場を横切った。彼のそばを通り過ぎて、恋人のところへと急ぐ彼女の軽い足音。シガーを味わっているふりをして、ミスター・バルサーは速度を落とし深々と吸いこんだ。見ていると、男が暗がりから姿をあらわした。

「だいじょうぶだった？」

彼女がうなずいた。「電話はなかったわ」

「じゃ、明日は来ないね」

「そのようね。朝かけてくるかもしれないけど」

「夜かけてくるのも心配？」

「ううん」と彼女は言った。「もういいの」彼女は青年の頬にキスした。「あなたの部屋にもどりましょう」ミスター・バルサーは、シガーの先にちょっとつばをつけて巻きなおし、広場の方へ行く彼らを目で追った。彼は、彼女の指が男のペニスを撫で回すのを想像し、自分のペニスに手を持っていった。硬くなるペニス。向きを変えてホテル・ウエルカムにもどった。

レ・テラスのベッドは小さくて、たくさんの客に使い回されたマットレスにはくぼみができていた。彼を起こさないでベッドを離れるのは至難の業。気をつけて体を動かす。立つとベッドスプリングがキイキイいった。月明かりがチュール・カーテンからもれて、彼の顔を照らしていた。彼はぐっすり眠っている。肘かけ椅子とビデをうまく避けて通る。シャワーとビデはベッドの左側にあった。窓辺に行き、人気のない広場に目をやった。屋根の向こうに月光降り注ぐ湾、碇につながれたあの億万長者のヨットが見える。シーラは、興奮とそれに伴う不安な気持で何時間も眠れなかった。あと数日でこれもすべて終わるのだわ。ケヴィンが電話してきてこちらへ来ると言う、そのとたんすべてが終わりなのだ。ああ神よ、どうか彼を来させないで!

彼女もかつては「神」を考えたことがあった。でもこの頃この語が口をついて出るときは、ただの無意味な感嘆詞でしかなかった。彼女が神に祈るのをやめて久しかった。すべてがあの法王ヨハネ・パウロ二世のときに変わったことを覚えている。人々が地獄と破滅の恐れをなくしたとき、それは始まった。破滅の恐怖がなくなれば、天国を信じることもなくなるのだ。皮肉なことに、もう信じるものがなく、かつてのように教会へ行くこともなくなったら、前より宗教戦争がますますひどくなった。

二年前のことだった。ダニーが、父親がもうミサに行かなくなったことに気づいた。そしてある日曜日、ミサのための身支度を拒んだ。「お父さん行かなくてもいいんでしょ？ どうしてぼくだけ行かなきゃならないの？」ダニーがそう言っても、ケヴィンは怒ることもなく、笑っていたっけ。彼女は思った。二人ともまちがっているとは言えないじゃない。どうして無理に教会に行かなきゃならないの。わたしが最後に教会でひざまずき、祈ったのはいつのことだったかしら。だれも信じていない。ミサも聖体拝領もそのほかのことでも、行く必要はないわ。人々は今や、結婚式とか葬式のような大きな儀式の時以外は、教会に足を踏み入れることはない。プロテスタントもカトリックも同じだ。もちろん、神父が年二回やってきて、このごろ教会に来ませんねえと暗にほのめかすと、いろいろウソやら弁解やら言わなければならなかったが。またもちろん、人に聞かれれば、自分はカトリックだと言ったけど。今、アルスターでカトリックではないと言うことは、裏切りと取られかねない危険があった。だが、彼女は自分がカトリックとは思っていなかった。もうカトリックではなかった。

にもかかわらず今夜、「ああ神よ」という言葉が口をついて出たとき、かつては自分があらゆることに神の力添えを求めたことを思い出したのだ。昔さいなまれた、恐怖と罪の意識のことを考えた。学生のころ、罪の告白をした後、特別な幸福感で満たされたことを思った。次の日曜日、聖体拝領後通路を歩き自分の席に戻るとき思った。罪を告白し、赦され、魂が恩寵に浄化された今死んだら、自分は天国に行くのだ、と。祈りとか罪がリアルで、規律と報いが支配的だった昔、今考えると、あれはまったく別の世界と思える。だが今夜、夜の静寂の中、月光に照らされたこの部屋で、あの清らかな日曜日の聖体拝領の感覚がもどってきた。ショッキングだった。この青年とこうして不倫をしているこの状態が、どうしてあの清らかな平和の状態といっしょになろう、だが、だが、である。一方で、この今の状態は彼女を満たした。彼女を完全に占領したのだ。価値は転倒した。以前の生活、結婚、それらこそ罪と思えてきたのだ。この数日、トムと過ごした時間こそ恩寵そのものだった。ベッドへ、彼のところへ、彼を抱いて体を寄り添わせ、目を閉じた。今、わたしは恩寵に包まれ安らぐ。わたしの恩寵のうちに安らぐ。

翌日の朝食後あのホテル・ウエルカムへ行き、昼の弁当を頼んだ。受付のアドバイスで、カプ・フェラ半島を歩いてボリウの開放ビーチを探すことにした。昼飯の時ワインを一本また空けた。ベルギー人の少年がボールで遊ぼうと誘った。三人は三角形に陣取って、子どものようにボール遊びに夢中になった。もうどうでもいい、今この一瞬があるのみ、そんな気持で彼女は無心に鮮やかなピンクのボールを投げた。たくさん食べたくさんワインを飲むから、絶対体重が増えているのは分かっていた。でも彼女は構わなかった。順番は少年の方へだったが、トムがそのとき急に彼女にボールを送ってきた。絶対最初のミスになりたくなかったので、浅瀬にかけだし受けた。ナイスキャッチ！男性二人がパチパチ拍手。ふくらはぎのところへヒタヒタ押し寄せる波。どっちに投げようか。こっちへこっちへとサインを送る二人。トムに投げるとみせて、少年に送った。少年はうまく受けた、それも片手で。彼は投げ返さなかった。ちょっとポーズをとってから、時間を訊いた。三時過ぎだというと、少年はにっこりして二人と握手し、両親が町で待ってるからと言った。恋人たちは腕をからませて、彼がビーチを駆け上がっていくのを見送った。

「わたしたちも帰りましょうか。今日はあなたのホテルへ行きましょ」

「オーケー。ただ、途中であのホテル・ウエルカムに寄ってチェックしたほうがいいね」

彼女は彼を見て言った。「一日中メッセージを心配してたの?」

「うん、まあ。あなたは?」

「してないわ。その方が楽ですもの」

一時間後、半島を歩いて帰った。ヴィルフランシュで埠頭沿いに歩き、ホテル・ウエルカムの表玄関へ向かった。「ここで待ってて」と彼女が言った。「すぐよ」

ロビーでは受付が電話中だった。彼女は郵便受けを見たが、メッセージはなかった。

「なにか届いてますか、四五〇室ですが」

「なにもありません、マダム」

「電話もありませんでしたか」

「ありません、マダム」

ホテルを出て、彼にVサインを送った。

「なにもなかった?」

「ええ」

「オーケー」彼が言った。「じゃあ、ぼくの部屋へ行って着替えよう」

「寝るってことね」と彼女が言い、二人は笑った。

五時。レ・テラスの狭い路地裏のどこかで、教会の鐘の音が時を知らせた。彼はぐっすり眠っていた。彼のシングル・ベッドにできた深いくぼみに横たわって、彼女は窓に顔を向けた。チュール・カーテンが夕陽を浴びて揺れていた。わたしが選ばなければならないのだ。そのことを彼は知っている。だから彼は怒って、初めて人妻とこんな関係になったと言うのだ。

彼女は目を開けて横になっていた。教会の三十分のベルが鳴った。そろそろ髪を洗わなきゃ。セットして、今夜着るシフォンのドレスにアイロンをかけよう。ニースでディナーをとるのだ。起きて、メモを置いておこう。

意を決してベッドを出る、と、彼の手が彼女の腕首をつかんだ。「どこへ行くの？」

「ホテル・ウエルカムよ。髪を洗ってくるわ」

「ここで洗ったら？」

「だめよ。着替えもしたいし」

「ベッドにもどって」

「だめ。七時に会いましょ。ディナーはニースへ行ってとりましょうよ」

「ニース？ どうしてニースで？ お別れディナー？ 最後の夜？」

「最後じゃないわ」彼女が言った。

ホテル・ウエルカムで女主人が、ディナーはどうしましょうと訊いた。ホテルでは取らないと言うと、食事予約のことをまた持ち出した。

「分かっています。それは払いますよ」

「分かりました、マダム。どうぞご自由に」

四階の自分の部屋。きれいに整えられたベッドが彼女を責めていた。ほとんど使わない部屋。食事が予約してあったけれども、外で食べるから無駄づかいだ。シフォン・ドレスを取り出し、まるで生きた人間のようにベッドに広げた。これはわたし。はきものは、このドレスにいちばん合うブルーのサンダルにした。シャワーを浴び、ドライヤーをかけて鏡に向った。ドレス・アップ、メーキャップ。彼はわたしを、わたしは彼を、たがいに相手のことをパーフェクトだと夢見ている。共犯者の二人。鏡はいつも敵だ。でもこのオリーブ色の肌、この目の輝きだけは鏡も否定できないだろう。彼女は鏡にほほ笑んだ。このシフォン・ドレス、すてき。わたし、すてきだわ。恩寵に恵まれて。

七時十五分前、彼女はハミングしながら、おてんば娘みたいにバッグをゆらゆらさせてエレベーターのところまで来た。エレベーターを待っていた二人の年配の婦人が、弾む足取りで近づいた彼女を見て互いに目配せした。まるで彼女が酔っ払っていると言わんばかりの目つきだ。彼女がエレベーターに乗り二人にほほ笑むと、彼女たちはしぶしぶうなずいた。「こんばんは」と彼女は声をかけた。「すてきな日でしたね」と彼女が言うと、二人はぎこちなく「そうですね」と言った。ハミングしながら、バッグ振り振り、ロビーでキーを受付に預けた。ホテルから出ようとしたときのことだ。女主人がグレーの封筒を手に奥から出てきた。「電報です、マダム。ずっとお部屋に電話していたのですけど、いらっしゃいませんでしたので。今降りていらっしゃるのを目にしましたので」
「どうもありがとう」封筒を取ってバッグに入れ、外に出た。車が何台も舗道に駐車していて、小さな広場の真中は混雑していた。反対側に行くには、駐車場のようにぐるっと回らなければならなかった。レ・テラスの方へと続く階段のところへ来るまで、彼女はバッグを開かなかった。爪で口をあけ、タイプ電報メッセージを見た。

二回電話したけど不在。
エールフランス四二便日曜日
午後着。ラヴ　ケヴィン

二回読み、電報をバッグに戻した。上の空で階段をゆっくり上がり、中ごろでストップした。来た道をとって返す。駐車している車の間を駆け足で、ホテル・ウエルカムに戻り、早口のフランス語で、ベルファストの自宅につないでくれるよう頼んだ。部屋で電話を取ろうと四階へ急いで行った。部屋のドアを開けると、すでに電話が鳴っていた。リーン、リーン。ベッドに腰かけて待った。オペレーターがつないでいる。


「ダブル・フォー・ワン・ダブル・ファイヴ」ダニーの声だ。

「このままでお待ちください。国際電話です、どうぞ」

「ダニー?」

「ママ? だいじょうぶ? 天気はどう?」

「元気よ、あんたは? 約束どおり、ちゃんと野菜食べてる?」

「うん」ちょっとイライラした声だ。「パパと話したい?」

「ええ」

「パパ出かけてるんだ」

「どこへ」

「呼ばれて出て行ったよ。すぐ帰ってくるって」

「晩ご飯は食べた?」

「まだ。パパ待ってるから」

「パパが帰ったら、ホテル・ウエルカムに電話してくださいって。帰ったらすぐね。大事な用事だからって」

「ホテル・ウエルカムだね。パパ、番号知ってるの?」

「知ってるわ。今週ラグビーの試合ね」

「火曜日に施設チームとやるんだ」

「ニールはどう?」

「元気だよ。誕生日プレゼントは十段変則自転車だって」

「すてきねえ。パパに電話してって、忘れないで言ってね。ここで待ってるから」

「分かった。あ、ちょっと待ってママ」

「ダニー、これ長距離電話だから」

「でもママ、車の音がするから」

「そう、じゃ行って見てきてくれる?」

待った。急に寒気がしたようにブルっと震えた。ダニーの足音、車が帰ったか裏へ見に行く。声がした。ケヴィンの声か？ そうにちがいない。そう、ケヴィンの声が聞こえた。「つながったままなのかい？」

シーラは震えていた。表玄関の、磨き上げられたモンクスベンチの木肌に沿う電話のコード。ケヴィンが受話器をとると、大きな音がした。

「ハロー？」

「ケヴィン？」

「シーラか、電報受け取った？」

「ええ」

「九時と四時頃に電話したんだが」

「ビーチに行ってたから」

「そうだと思ってた。だから電報にしたんだ。なにかあったのか、ダニーが緊急だとか言ったが」

「ええ、まあ。あなたほんとうにこの休暇、こっちへ来たいのかどうかってこと。正直に言ってちょうだい」

「ああ、すべて落ち着いたんだ。マクシェリが代ってくれるからね」

「ケヴィン、わたしの質問に答えてないわ。あなた来たいの、それともわたしが帰るまでうちにいたいの」

「いや、そっちへ行くよ」

「なぜってね」と彼女が言った。声が震えていた。彼女は彼が声の震えに気づいたかしらと思った。「あなたが来なくてもわたしは平気っていうことなの。あなたが来ないなら、パリへ戻ってペグと二人で残りの自由時間を楽しむ事だって出来るし。できればそうしたいのよ」

「君はぼくがいてもいなくてもどうでもいいって言ってるのか」一語一語正確に言うケヴィン。

「そうじゃないの。あなたは忙しいから、ほんとうに来たくないのなら、わざわざ時間使ってくることないじゃないかということなの」

「だけど、そういうふうにプランを立てたんじゃなかったかい。今キャンセルしたら自分がバカに思えるよ」

彼女には分かった。代ってくれと一旦頼んだマクシェリに、もういいとは言いにくいというケヴィンのジレンマが。「あのね」と彼女が言った。「マクシェリに、わたしがショッピングしたいのでパリに行くこと、あなたは、今回は見送ってまた夏にコネマラへ行くと言えばいいのよ。彼は満足だと思うわ」

ふたたび沈黙。ダニーがミセス・ミリガンに「デザートはなに?」と訊いていた。

「わたし、ほんとうにパリへ行きたいの。こないだはたった一晩だけだったたから、なにも見られなかったわ」

「ヴィルフランシュの予約はどうする」

「ああ、それはだいじょうぶ。キャンセル待ちのリストは一杯よ」

「だけど、えらく急な話だなあ」

「そうね、でもそれが一番いいじゃない?」

「パリにはいつ戻るんだい?」

「明日か遅くとも月曜日には戻るわ。ペグのところに泊まるからオーケー。ね、そうしない？」

「ふうむ」と彼が言った。「マクシェリに今夜電話しようと思えばできるな。明朝九時に、ぼくに代わって虫垂除去手術をすることになってるんだ。まあ、君がそう言うのなら」

「ケヴィン、これは言うのがちょっと恐かったんだけど、正直言ってわたしはここよりパリの方が好き。ショッピングしたいのよ。でもショッピングって、あまりあなたの好みじゃないでしょ」

「そうだな。それからさ、あのペグ・コンウェイ、ぼく嫌いだな。彼女、目下のボーイフレンドはだれだい」

ギクッとした。ボーイフレンド、それはつまりペグのボーイフレンドということだから。「ユーゴスラヴィア人よ」と彼女は言った。

「うへー」

「じゃ、それでいいわね。わたしはパリへ、あなたは家を守る」

「ああ。一つだけ言わせてくれよ。今年行かなかったから、来年また南仏へ行くんだなんて言わないでくれよな。いいかい？」

「約束するわ」

「まったく」と彼は言って笑った。「君は今年、ぼくを南仏へ行かせようとして大騒ぎしたんだから」

「すみません」

「オーケー。じゃ、飛行機はキャンセルしとくよ。パリで金を全部はたいてしまわないでくれよ」

「それはないわよ」

「ああそうだ。そういえば、金のことはだいじょうぶか？ ホテル代とか、十分あるかい？」

「だいじょうぶよ」

「パリへ少し送ろうか、ペグの住所宛に」

「だいじょうぶよ」これ以上彼から金をもらうなどとんでもない。

「困るんじゃないか？ ショッピングはどうするんだ」

「バークレー・カードがあるわ」

「万一ってこともある。百ポンド送るよ」

「本当にいいのよ、ケヴィン。わたし自分のお金があるの。母の遺産よ。オウエンが利子を少し送ってくれるので、それを使いたいの」

「なぜだい」

急に恐くなった。これっぽっちでも疑いをおこさせるのはまずい。「そう、じゃあ百送ってくださる？ 後で利子から返すわ」

「オーケー」

「じゃ、おやすみなさい」

「おやすみ、シー。それからね」

「え、何？」

「愛してるよ」

なぜそんなこと言ったのかしら。言わなくなって久しいのに。胸糞悪い。

「じゃ、電話切るよ。ミセス・ミリガンが晩ご飯の支度を終えたようだ。おやすみ、シー」

「おやすみなさい、ケヴィン」

「パリから電話くれよね」

「はい」

レ・テラスへもどると、トムはまだ眠っていた。ドアをノックして起こした。

「いま何時?」

「七時十分よ」

「え、もうそんな時間か。ご免ね、急いで支度するよ」

「急がなくてもいいわよ」窓辺のイスに坐った。彼は青と白のフレンチ・セーラーシャツを脱いだ。昨日彼が買ったものだ。ショーツを脱いでシャワー、しまった腰からしりの線、長い筋肉質の足、魅力的な黒い毛が生えた手。彼女はなにか言おうとしていたのだが、忘れた。シャワー、彼のペニスをじっと見た。シャワーの湯はほんの少ししかなくて、すぐ冷たくなった。彼が叫んで飛び出してきた。タオルを持っていく。「拭いてあげるわ」

「ありがとう」

彼の胸、腹とタオルで拭いた。彼はされるがままになっていた。ダニーのことを思い出した。数年前、恥ずかしがって体を拭かせなくなったっけ。彼女が彼の背中を拭いている間に、二つ目の小さなタオルでトムが髪を拭いた。シフォンのドレスをつけ、髪もメーキャップもよそ行きの彼女。彼女はタオルをほうりだし、彼のぬれた体に寄り添った。「愛してるわ」

しばらくして、彼が彼女の体を離した。「ニースのようなところへ行くならシャツとタイつけなけりゃ」

「ニースに行きたくなければ、ここでもいいわよ」

「どっちにしても」と彼が言った。「電話がくるまではプランは立てないでおこうよ」

彼女はバッグをとって、中から電報をとり出した。「これが来たの」

「いつ来たの」

「ここへ来るちょっと前」

彼が電報を読んだ。「日曜日。というと、明日だ」

「ええ、そう」

彼の頬の皮膚が緊張でこわばった。「君はどうしたいの、シーラ?」

「あなたは?」

「ぼく?」彼はにっと笑い、髪を振り上げて言った。「ぼくなら、今夜中に荷物まとめて逃げるさ」

「それから?」

彼女の質問が分からないというかのように彼女を見つめた。

「すべてを投げ捨てるわけにはいかないじゃない」

「それでもいいさ」

「まあトム、まじめに考えてよ」

「まじめに考えてるよ。ぼくはなにも捨てるものはないんだ。ダメージがあるのは君だよ。それともだんなの元にもどりたいの?」

彼女は答えなかった。

彼女は待っていた。それから言った。「オーケー。すべてはあなた次第だ。だんなのところへ戻らないつもりなら、明日パリへ行こう。ビザをとってアメリカへ行こう。二週間もすれば君はアメリカだ」

「でもまだ結婚してるわ」

「離婚するんだよ。ハイチ離婚、簡単だよ。もししたければ、ぼくと結婚することもできる」

「それってプロポーズ?」彼女は笑った。大きな安堵の泣き笑い。「会ってまだ五日よ、なのに結婚したいだなんて」

「ぼくは向こう見ずだよ」ほほ笑んでトムが言った。

「そんな過激なことは考えなくていいの。ケヴィンは来ないわ」

「来ない?」

「ええ、この電報が来たとき、わたし電話したのよ。わたし、パリでショッピングしたいって言ったの。ケヴィンは最初から来る気はさらさらないのよ。もう来ないわ」

「どうしてそれをもっと早く言わなかったの?」

肩をすくめる彼女。

「ぼくをテストしたの? ぼくが逃げるとでも思ったの?」

「ご免なさい。あなたがどういう反応するか分からなくて。ご免なさい。すぐ言うべきだったわ」

トムは彼女をじっと見つめた。怒りは消えた。彼女を抱きしめて言った。「それは朗報だ。だけど、もしパリへ彼が電話してきたら?」

「そのことなのよ。とにかくパリへ行かなきゃ。ああそれから、わたしペグのところへ泊まるって言ったのよ」

「ペグはだめだよ。なんとかしなきゃ。ホテルに泊まろう。バルコンはどう」

「いいわ」

「さっき言った、アメリカへいっしょに行くというのは本気だよ。結婚するっていうのも本気だよ」

「あなた、わたしに飽きると思わないの」

「そんなことはない、絶対に」

「今日はニースはやめましょう。ここのどこかで食べましょうよ」

「メール・ジェルメヌ?」

「ホテル・ウエルカムでもいいわね、食事代入っているのですもの、ここで食べたらいいのよ」

「オーケー、パリはいつ行こう?」

「いつでもあなたのいいときに」

「じゃ、明日だ。明日行こう」


「明日お発ちになるのですね」夜間受付が、うわべは興味なさそうに訊いた。台帳の罫のついたページから、インクで書かれた予約を指でたどった。

「ええ、早く家へ帰らなきゃならないので。いいでしょうか」

受付は先日の夜、電話だと彼女を呼んだあの黒い髪の若い男だ。彼は機械的にうなずいて言った。「結構です、マダム。明日清算します。昼食前にお発ちでしょうか」

どうしようか迷って、トムを見た。彼がうなずいた。

「ええ」

「よろしゅうございます。キーは今お入用ですか」

「いいえ、バーへ行きますから」

エレベーターのところへ行った。「ほらね」とトムが言った。「ちゃんと言えばうまくいくよ」

「あのマダムでなくてよかったわ」ミセス・レドンが言った。うれしかった。なぜかはちょっと説明しにくいのだが。夫を裏切り危険を冒しながら、二週間の予約がしてあったその予定より早く出発することを、ホテルに言うのがすごくプレッシャーだったのだ。今は次の心配に移行した。「パリに着いたら、ペグに事情を説明しなければ」

「そうだね」

「ケヴィンは、わたしがいるかと電話してくるかもしれないわね。わたし本当はペグに事情を言いたくないんだけど」

「心配ないよ。だいじょうぶ」と彼が言った。「ぼくがついてるよ」

そういったとおり、清算を済ますと、荷物の管理、窓側に彼女の席をとる、スチュワーデスにシャンペンを頼んで機内食をゴージャスにするなどなどの配慮、トムは、痒いところにも手が届く面倒見のよさで献身的に彼女に気配りした。にもかかわらず、パリに着くと彼女は心配で一杯だった。ヴィルフランシュでは、彼らだけの世界があった。背景はビーチ、埠頭、レストランのテラス、ホテルの二つのベッドルーム。休暇を楽しむ他のツーリストの中に混じって、大衆の無名性に隠れることができた。だが今彼らは、彼女が捨ててきた現実生活により近い圏内へと入っていこうとしているのだ。彼らはパリ行きバスに乗りこみ、世界という敵に身を投げ出して、ふたたび危険な領域へ入っていこうとしていた。

ターミナルに着くと雨だった。彼はダッフル・バッグを開けて、ひどくゴワゴワしたアイリッシュ・スタイルの乗馬用レインコートを引っ張り出した。彼女はほほ笑んで見ている。平たいツイードのキャップをレインコートのポケットから出してかぶり、彼がおどけてみせた。「パーフェクト。オドノフー・バーの壁にもたれた常連客ってとこね」

アンヴァリッドからタクシーを拾い、オテル・デ・バルコンの風雪に打たれた正面ファサードで降りる頃までには、雨はほとんど止んでいた。強い風が吹き荒れ、髪の毛が彼女の目に入った。彼がタクシーの運転手に料金を払っている間に、自分のスーツケースを持って、彼女はホテルの玄関ホールへ駆けこんだ。落ち着かないようすで、彼女は彼が戻ってくるのを待っていた。ワックスでピカピカのフロントへ行き、ダブル・ルームはあるか尋ねた。受付の女性は疑わしそうに台帳を見ていたが、あるページを指してキーを捜した。彼女は突然にっこりすると、キーをとって二人を案内した。洗剤のにおいのするリノリウムの床。階段を二つ上に上がると部屋があった。ドアを開け、電気をつけ、いかがでしょうかと訊いた。いいと言うと、登録用紙を二点とキーを渡して引き下がった。二人きりになった。高い天井、大きなダブルベッド、黒い松材のどっしりした衣装ダンス。通りに面したバルコニーの窓はシャッターが閉まっていた。平凡な緑と褐色のこの部屋が彼女は気に入った。トムを抱きしめる彼女。一人旅ならさしずめ、煉獄の陰鬱さといったところだろうが。外界から切り離されたこの部屋で、彼女の高揚した気分が戻ってきた。これは彼らのホームだった。少ししたら外に出て、二人でパリを歩こう。ほかのことはどうでもいいように思われた。

彼が部屋の隅にダッフル・バッグを置いた。彼女は、バッグのサイドに書かれた刷りこみ字に注目した。「シグナル・コー。あなた、軍隊にいたの？」

「いや、ただの軍隊払い下げグッズさ」

「荷物はそれだけなの？」

「うん、これっきりだ」

「三年間の留学に、アメリカからもってきたのがたったそれだけ？」

「本とかペーパーもあったけど、先月片づけて国に送ったし」

「帰国予定はいつ？」

「二十八日にチャーター便があるんだ」

「今月の？」

「ああ」

彼女は窓のところへ行き、シャッターを開けてバルコニーに出た。

「雨が降っているだろう？」

彼女、無言。しばらくしてから彼女は部屋に戻ってきて、ベッドあたりにあったレインコートをとった。「コーヒー飲みに行きましょうよ」

「雨だよ」

「いいの」

サッとひざまずいて彼は、ダッフルコートからセーター、ソックス、スポーツ・ジャケットを取り出しにかかった。彼女はダニーのことを思った。数年前のことだが、スカウト・キャンプからダニーが帰ってきて、リュックサックから衣類を出していた。オースチン・リードで買った上質のツイード・ジャケットが床に丸められて置いてあった。見ると背中に大きな油のシミがついていた。このジャケットのことでダニーとけんかした。高いお金を出していいものを買ったのに汚してしまって、などと言ったっけ。トムが小さな携帯用の傘を出してちょっと開けてみるとポン、フードが開いた。「はいっ、マダム」

彼女は、ブルーのキャンバス地の帽子をかぶった。「さあ、行きましょう」

ところが、一つ傘に身を寄せ合ってカルフル・サン・ジェルマンへ歩いていくうちに、土砂降りになった。道路には水があふれ服もびしょぬれ、しょうことなく、サン・クロードへ逃げこんだ。彼はコーヒーを注文した。くつろいで彼が、通行人のことをあれこれおもしろくコメントした。彼女は一、二度笑ったが余りしゃべらなかった。雨が止んだ。彼女が、もう外へ出られるかしらと言った。プラース・ド・ロデオンまで戻り、エコル・ド・メディシンを越えて続いているらせん階段を上った。上りきったところは、ブルヴァール・サン・ミシェルをそぞろ歩いている人、人、人でごった返していた。遊園地の中心アーケイドみたいに、革のコート、ブルージーンズの店、セルフサービスのカフェテリア、本屋、ビアホール、みやげ物の屋台、コーナー・カフェ、映画館、クロック・ムッシュー、ホットドッグ、クレープ・ブルトンなどの屋台。この目抜き通りはいつも若者ばかりだ。毎年ひっきりなしに世界中から流れこんでくる移民の大群、長い人生の旅路におけるほんのつかの間の止まり木、パリ。カフェのウェイターだけが地元の人みたいだ。光沢のある黒いジャケット、スカートのようなエプロンをつけ、ナプキンで巧みにパンくずを払う、バランスをとりながら盆を運ぶ、おつり用の小額の札がぎっしり詰まった財布を開ける。彼らこそこの大通りの保護者、この巣穴の管理人。注意深く、だが自信に満ちた、さ迷える羊を統率する牧羊犬なのだ。

クルーニの中世遺構を擁する鉄柵のところへ来ると、立ち止まって彼が言った。「今日、ペグとコンタクトとることになってるんじゃないの?」

「電話は明日するわ」

「だんなが万一今日かけてきたらどうするの?」

「そうねえ。じゃ、今日した方がいいわね」

「しとかないと君、心配だものね」

彼女はトムに悲しそうに微笑んだ。「わたしのことあなたよく分かってるわね」

「あそこのバーに電話があるよ。それか、ペグのアパートはすぐ近くだから寄ってってもいいし。ペグに会っていく?」

「いやよ、それだけはしたくないの」

「それなら電話しとけばいいさ。パリに戻ったこと、バルコンに泊まっていること、それから、ケヴィンがかけてきたらホテルのナンバーを彼に教えてって。ぼくのことを言う必要は全然ないから」

「彼女のところへ泊まったらと言われたらどうしよう」

「夫が来るのでと言えばいいさ」

「頭いいわね」

彼は献身的に、彼女の手を取って角のビアホールへエスコート。客で一杯の部屋を通り抜けると、数段上がったところにトイレ／電話のネオン・サインがあった。彼はちょっと待ってと言うと、キャッシュ・デスクの女から整理券を買い、タイルの廊下へ彼女を導いた。電話は外にあり、大きなフットボール・ヘルメットみたいな球体で一部が囲われている。一つの球体に入り、ペグのナンバーを探し出して書きとめ、整理券を彼女に渡した。それから、自分は聞えない二階へ上がっていった。


その夜ペグ・コンウェイは、ディナーをとるためイヴォ・ラディッチに会ったときに言った。「あなたの言ったとおりだったわ」

「なんだった？」

「彼ね、彼女を追っかけてヴィルフランシュまで行ったのよ。そしてね、今一緒にパリに戻ってきてるのよ。信じられる？」

「いゝや、そうかあ」

「そりゃまあ、あり得ないことではないわよ。でもよりにもよってあのシーラ・レドンが！ 信じられないわ。シーラは最初は一人きりみたいなふりしてたのよ。でも、トムがヴィルフランシュへ行ったたって聞いたけど、偶然会ったのかって訊いたら、とたんにボロを出しちゃって。バルコンで二人一緒だって。もしだんなが私に電話してきたら、うちには部屋の空きがないんで、彼女はホテルに泊まってる、って言わなきゃいけない。あのシーラがよ！ ショック、ショック」

「どうして?」とイヴォが言った。「だれにだって起こることさ、アイルランド女性にだってね」

ミセス・レドンがじっと見ていると、彼はポケットからビザを出して彼女に差し出した。彼女は受け取らなかった。証拠書類のように、彼はそれをベッド・カバーの上に置いた。「バスで帰る途中見てみたんだけど、なにも問題はない。簡単だよ」

「どうして大使館へ行ったの」

「うん、まあ、アメリカン・エクスプレスを出たところで、大使館へ行くというアイデアが浮かんだんだ」

彼女は、寝室に一脚あるだけのイスに坐り、レインコートを化粧着のように羽織っていた。メーキャップをする間、むき出しの肩あたりまでコートを下ろしていた。この季節なのに温度は十℃、十月までホテルのヒーターは切ってあった。「今何時かしら」

「十二時近くだよ。今日はなにをしたい?」

肩をすくめる彼女。

「何か考えてよ。とにかくこれは君のホリデーなんだから」

「なにがホリデーよ」彼女は、眉ペンシルをトレーに放り出した。

「ご免。なにかまずいこと言ったかな」

彼女は立ち上がって、レインコートを肩まで引っ張り上げ、くしゃくしゃのベッドへ。ベッドに顔を埋めた。彼女の手が領事館のビザを払い落とした。トムがそれをひざまずいてひろい、くずかごに捨てた。

「分かった。ビザのことは忘れてね」

「でも捨てないで」

「どうして? 君にはビザはイライラするもとじゃないか」

「そうじゃないの。今日は考えたくないだけ」

彼が、くずかごからまたビザを取り戻した。

「いいかいシーラ、君がいやがるならぼくはなにもしないよ」

「あなたのせいじゃないわ。生理前の数日ってわたしひどい状態なの。今週始まるというのは分からなかったわ」

彼はベッドに腰かけ、彼女の髪の毛をそっとなでた。「ランチどうしようか。腹すいた?」

「ここへきてわたしを抱きしめて」

トムは横になり、彼女を抱擁した。レインコートに手をいれ、彼女のパンツを下ろしてももの内側をそっと愛撫した。彼女は彼にキスした。「メーキャップなんか時間の無駄だわ」と言って、彼女はすぐにパンツを上げた。ベッドから下りてレインコートを脱ぎ、茶色のタートルネックのセーターを着てスカートをはいた。「外へ出てサンドイッチか何か食べましょう。ペグに電話しなきゃ」

「電話するって言ったの?」

「本当は昨日しなきゃいけなかったの」

らせん階段を下りる間中、彼女を支えるようにトムはそっと彼女の腰に腕をまわしていた。「昨日はほんとうにステキな時間を過ごせたね。電話しなくてよかった」

「今日もいい日よ」

「君、生理ではないかもしれないね。どうなるか分からなくて不安定になるんじゃないかな」

ロビーに着いた。彼女は年配の受付の女性にうなずき、機械的に笑みを作った。が一歩外へ出たとたん、彼の目に入ったのは彼女の青白い顔と硬い表情だった。「それは言わないことにしたはずよ」

「ご免」

彼女は彼に背を向けて、彼から逃れるように一人狭い道をトットッと歩いていった。雨がまたザアザア降ってきた。彼女に追いつこうと急ぐ彼。黙って並んで歩いた。彼は物乞いみたいに彼女にくっついているが、彼女は無視している。ずっと先を見つめて彼女は歩いていった。するとまた、急に止んだ雨みたいに気が変わって、彼の腕をとった。「生理前だからよ。できたらどうしようってすごく恐かったんだから」

「子どもの名前、なにがいい?」

だが、彼女はにこりともしない。「あなたがアメリカン・エクスプレスへ行ったあと、わたし今朝なにしたか分かる」

「ううん。なにしたの?」

「早く起きて服を着てペグに電話しなきゃって、自分に言い聞かせながらベッドに横になっていたの。でも結局午前中ずっとそのまま、なんにもしなかった。生理前はいつもこういうふうなの。ダニーに何か起こって、ケヴィンがわたしに連絡しようとしてるという感じがするの。でもわたしはなんにもしなかったの。こういうときって、なにかしたからじゃなく、なにもしないからかえって不安なの」

「ぼくがペグに電話しようか。だんなから電話があったかだけ分かればいいだろう?」

「いえ、自分でやるわ。アトリウムへ行きましょう。あそこからかけるわ」

アトリウムの電話ボックスからペグに電話した。フランス語で女性の声が〝だれ〟と訊いていた。こちらの名前を言うとその女性は、「シーラ？ あら、わたしたちフランス語でしゃべってるわね」

「あら、ペグなの。かわったことはない？ 夕べはなんだか不吉な予感がして」

「どこにいるの」ペグが訊いた。

「アトリウムよ」

「よかった、電話してくれて。ちょっと面倒なことになったのよ。右河岸へ来られる？ ゆっくりはしていられないけど、お昼をいっしょに食べましょうよ」

「え？ ケヴィンから電話があったの？」

「そう。あなた今朝出てたの？ ホテルに二回かけたんだけど」

「いたわ、今朝はずっとホテルに」

「そうなの、ホテルってだめねえ。オーベル街のメトロポールというカフェへ来てくれない？ 三十分後、一時にね」

「分かった、行くわ」

ミセス・レドンは階段を上がった。バーで待っていた彼は、樽だしビールを注文していた。事情を説明すると彼は、「一緒に行くよ」と言った。

「わたし一人の方がいいわ」

「ビール飲んで行こうよ。地下鉄で行こう。ぼくは近くで待ってるから」

「ありがとう。ビールはちょっと今わたし飲めないの、気分が悪くて」

ミセス・レドンがメトロポールへ入っていくと、ペグ・コンウェイが、レストラン裏のブースでパーノを飲んでいた。向き合って坐るミセス・レドンにペグが、「あなた、わたしをアル中だとでも考えているんでしょう。でも、わたしにはこれが必要なの。なにか飲む?」

「ううん、ちょっと気分がよくないから」

「シーラ、わたしとんでもないへましたみたいなのよ」

ミセス・レドンが頭をたれた。「だいじょうぶ?」ペグが訊いた。

「だいじょうぶよ」

「てっとり早く言うと、日曜に電話であなたと話した後、イヴォと出かけたの。で、その後わたしうちへ帰っていないのよ。ケヴィンのことをすっかり忘れてたの」

「かかってきたの?」

「ええ。二晩とも」

ミセス・レドンはうなだれて「そうだと思ってたわ」

「とにかく、出勤前の着替えもあったので、今朝八時にうちへ帰ったのよ。するとそこへ電話、ケヴィンよ。で、あなたはここにいないって言っちゃったのよ。今いっぱいで、あいた部屋はないって。それだけじゃないの、このホテルに泊まってるって言っちゃった。番号を教えたのよ。ケヴィンが、『君は人を泊めてるとかだったよね』と言うから、ええと言うと彼が言ったわ。『そいつはおかしい、夕べも前の晩も

六、七回かけたがだれも出なかった。真夜中に二回もかけたよ』わたしあわてちゃって、余計なこと言っちゃったのよ。『そうよ、二晩とも出かけてたの』というと彼が、『何人か泊まっているって君言ったと思うけど』まるで証人喚問よ。『ええそうよ、二晩とも泊まりがある予定だったの、だけど彼らは結局来なかったの』ってわたし言ったんだけど。ケヴィンはしばらく考えてるふうだったわ。それからこう言ったの。『ペグ、ぼくはほんとうにシーラのことが心配なんだ。この四十八時間というもの、連絡が取れないんで心配で心配で。ほんとうのこと教えてくれ。なにかあったのかい？』なにもありはしないわって言ったわよもちろん。『ケヴィン、シーラは二、三日一人で楽しみたいって言ってるの。ここに泊まるって言っておきながら、ホテルへ泊まったってあなたに分かったらあなた怒るでしょ、ということなの』彼、まったくの沈黙。『ホテルの番号もう一度言ってくれるか』って言うから、番号言って、そしてここからが心配なの。オフィスに着いたら電話をかけて、あんたに気をつけてって言おうと思ったの。それでバルコンにかけたのよ。マダム・レドンをお願いしますって言ったら、いないって言うじゃない」

「あら、いたわよ、朝はずっとホテルにいたわ！」

「〝お出かけです〟って。お二人は発たれたって。念を押したけど、そうだと言い張るばかりだったわ。男性から電話があったか聞くと、あったと言ったわ。イギリス人かと訊くと、そうだって。二人がいっしょに出かけたことを彼に言ったかと訊くと、言ったと言うじゃない。ケヴィン、フランス語話せる？」

「ほんの少しね」

「わたしの言ってる意味、分かるでしょ？」

「二人がいっしょに、ね」

「そうそう」

しばらく二人とも黙ったままでいた。二人の後ろでフランス人の男性が二人、ブラジル・サッカーのスター、ペレがもうけた金がどうのこうのと話していた。

「ねえ」とペグが言った。「わたし、ちょっとなにか食べておくわ。会社に戻らなきゃいけないから。なにか食べる?」

「ううん」

ペグはウェイトレスに、ハム・サンドイッチを注文した。

「ケヴィンにね、ホテルがミスしたんだって言いなさいよ。よくあることなんだから」

「でもペグ、ケヴィンが空港直行、早便に飛び乗ってやって来るとしたら? ホテルへ行ったらどうなるかしら?」

「そうよ」とペグが言った。「だからね、すぐわたしのアパートへ来ない? あそこなら安心。彼が来なければ、つぎにうちに電話したときに、ペグの所にいるって言えばいいわ。わたしはイヴォの所へ行くから」

「そんな、あなたたちに悪いわ」

「いいわよ。さあ早く。これ、キーよ」

「あんたを追い出すことになるわ」

「いいって。わたしイヴォといっしょにいたいんだから、ちょうどいい口実ができるわ。すぐアパートへ行きなさいよ」

ミセス・レドンはキーを受け取った。「ほんとうにありがとう」彼女は泣き出した。

「さあさあ、心配するのはやめなさいよ」ペグが言った。

「わたし三十七よ。トムが何才だか知ってるでしょ」

「で、どうだっていうのよ？ 事実は事実でしょ」

ウェイトレスがサンドイッチを運んできて、涙のミセス・レドンをいぶかしそうに見た。急に旺盛な食欲が出たペグが、サンドイッチにかぶりついた。「彼はとてもすてきな人よ」と彼女が言った。「分別もあるし。それに頭が切れる。ヒュー・グリーアが、彼はこれまでで最高の学生だって書いてきたわ。あぁシーラ、泣かないでよ。こんなことザラよ。一夫一婦なんて古い古い。たった一回の人生、楽しまなきゃ」

「ええ、そうね」彼女が言った。「こんなこと初めて」

これどういう意味で彼女言ったのかなとペグは思った——まあ彼女の涙も止まったようだし、追求しないほうがいいだろう。「とにかく」と彼女が言った。「あっという間にこういうことになったなんて、ケヴィンには分からないでしょうね。ほんの一週間の間のことよ」

「でもわたし、ずっとウソをついてはいられないわ」

「いいじゃない。ウソも方便よ」とペグが言った。ペグは、友をじっと見た。あのシーラ・ディーンが。はにかみやで、本の虫で、自分にピッタリの背の高い男性なんて現れるかいつも心配して、そんな男がいたらすぐさま結婚して、かしずく専業主婦になる。なんのことはない、学位を取るため今までがんばった勉強も水の泡。そのシーラ・ディーンがこんなふうになってしまうなんて。ほんとうに人間は分からないものだ。

「管理人のマダム・チコは合い鍵を持ってるの」ペグが言った。「彼女が部屋の掃除に来るけど、あとはだれが来ても出なくていいわよ。今夜六時頃、わたしが少し着るものを取りに行くけど、用事はそれだけ。部屋は自由に使って。さあ急がなくっちゃ。心配しないで、いい？」

「ええ」と言って彼女は涙を拭いた。「いろいろほんとうにありがとう」

「いいからいいから」と言うと、ペグは出て行った。それにしても、困ったことになったなあ。


数分後ミセス・レドンがメトロポールから出てくると、トム・ロウリーが向い側で待っていた。九五番バスで左河岸に戻りホテルに直行、デスクの受付と話した。電話はなかったとのこと。「確かですね」ミセス・レドンが念を押した。受付は確かだと言った。だが、うそをついていないという確証はない。

二人はチェック・アウトをすませた。五時に、荷物を持ってペグのアパートへ行った。管理人が、マダム・コンウェイから電話があり、出かけるときはカーペットの下にキーをおいといてという伝言があったと言う。六時にペグが服を取りに来る。「買い物に出ましょ。ペグと顔合わせたくないの」ミセス・レドンが言った。

カルティエの狭い裏通りを探索した。ギリシャ料理店、チュニジア料理店でエキゾチックな料理を男たちが作っているところや、小さな映画館の外のスチール写真を見た。肉屋で調理済みチキンを注文してから、近所のマーケットで野菜とワインを買いこんだ。並んでパン屋でできたてのパンを買った。チキンを買って帰ったら、ペグは一度来て、もう出ていったあとだった。キーはカーペットの下に入れてあった。

「パーフェクト」とミセス・レドンは言った。「さあ料理するわね、できたらテーブルに並べましょう。チキンをオヴンで温めて、と。ワイン開けてくださる？」

電気をつけようとキッチンへ行った。彼がリビング・ルームでペグのレコードを調べていた。ぴっちりしたジーンズの腰のところから肌がのぞいていた。ペグの大きなぶちネコがすりよってきて、彼の足に背中をこすりつけた。レコードはバロック。ケヴィンはクラシックが大嫌いだった。見ていると、しばらくして彼は立ち上がり、キッチンへ来てワインを開け、彼女にグラスを渡すとベッドルームへ行った。ぼんやりと彼女はにんじんを切っていた。彼女の心は、彼と音楽でいっぱいに満たされていた。しばらくしてふと我に返り、急に後ろめたい気持が押し寄せてきた。台所の時計を見た。夕食を済ませて、今頃ケヴィンはテレビを観ているころだ。ダニーは子供部屋で、床に寝そべって宿題中だろう。ペットのターザンがダニーの横で寝そべっている。ケヴィンが、大きな革張りチェアでくつろいでいるのが目に浮かぶ。新聞が散らばり、大きな音でテレビがかかっている。外は雨、庭の奥のレンガ塀の向こうに、ナポレオンの鼻山がベルファスト湖に影を投げかけている。警察と軍の巡回があるだけで、市中は静かだ。水を張った鍋ににんじんを入れ、ガスをつけた。パチパチと小さな音がする。でも実は、ケヴィンがテレビを観てくつろいでいるなんてのはウソッパチだ。フランスにいる女房に昼夜かまわず二日も電話したのにいなかった。一体どこでなにしてるんだ、あいつは？ こんな状態で誰がくつろいでいられるものか。ケヴィンに電話しないなんてのはもう通用しない。かけねば。

彼女は食堂へ行った。サイドボードの引き出しからナイフとフォーク、ナプキンを出してテーブルを整えた。レコードが終わり、針がレコードをかきむしっていやな音を立てていた。ベッドルームから出てきて、彼が別のレコードに換えた。今度はビヴァルディかな?

兄のネッドはクラシック好きだった。独身のネッドはコークで一人ぼっち、もう一人の兄オウエンはベルファストに住んでいる。妹のアイリはダブリンで、子供の宿題を手伝ってやっている。彼らはみな、平凡に毎日アイルランドで暮らしているのだ。ケヴィンはアイリやオウエンと連絡取り合ったかしら。多分、そんなことはないだろう。

電話しなきゃ。でもまずご飯。いや電話が先よ。今しないなんてとんでもない。だけど…。電話は、ディナーが終わってから、ダニーが寝たころにするわ。

新しいレコード。今度はポップスだ。フランソワーズ・アルディが歌う今年パリで大流行の歌。リビングへ行くと彼が窓辺にいた。さっと彼女を抱きしめると、リードして歌に合わせてダンス。歌を口ずさむ二人。彼は素敵なテナー・ヴォイスだ。知らなかったわ。彼、わたしの彼。でも彼についてわたしの知らないことってほかにどんなことがあるのかしら。黒髪に縁取られた彼の広い額、ランプの光に目が輝いている。彼の過去の女性関係は? セックスすごくうまいじゃない。今も彼女のことを時々思い出すのかしら。それとも忘れたのかしら、ちょうどわたしが過去を忘れたように。過去が永久に忘れられるものなら。わたしの過去、わたしの人生という小さなストーリー。一九三七年十一月七日、チチェスター・テラス十八番地の家、最上階のわたしの母の大きな真鍮ベッドで始まったその物語。初めての聖体拝受、詩の朗読コンテスト、ナショナル・スクール、グレナーム校寄宿舎、クイーンズ・ユニヴァシティ、ベルファストの四年間。うちはいつも人間で一杯だった。子供四人とパパ、ママ、未婚の叔母二人。活気に満ちていた家庭は今はもうない。静かな記憶が残っているだけだ。あの頃を思い出させるものといえば、数冊の写真帳、結婚の知らせ、試験合格証、こういうものがすべて、サマトン・ロードの家の客間に置いてある書き物机最上段の引き出しに詰めこまれているのだ。引き出しがだんだん膨れ上がってくる——ダニーの洗礼証明書。帝王切開で生れた奇妙な赤ん坊。もしゃもしゃの黒髪、白い静かな顔はドクター・オニールによると、膣から引きずり出されたのではなく、人工的に腹を切り裂いて出されたからだそうだ。コネマラへ旅行した時のことだった。クリフデンでダニーが子馬から落ちて、あの子の小さな足の皮が破れ、白い骨が突き出ていて、見るも恐ろしかった。そのときは、二回の流産の時より恐かった。わたしの息子。あの子だけがこの世界にわたしが生み出したもの。あの子を除いてしまえば、わたしの人生は、今はなき両親の人生と同じく何も残らないことになる。これからもさらにまた、いろいろな書類が積み重ねられていくことだろう。そしていつか、あの書き物机もどこかに移されることになるのだろう。ダニーのところかもしれない。ちょうどわたしたちが、母キティが亡くなったとき、ほかのいろいろなものと一緒にあの書き物机をサマトン・ロードの新居に移したように。業者が机をヴァンから下ろして舗道に置いた。ほとんどはみすぼらしいものだった。近所のご大層な隣人たちが、窓からのぞいて品定めしていたっけ。あの机早く家の中に入れてほしいと思った。客間に入れた机は、ほかの家具と不釣合いだった。でも、わたしは、そこがいいと言い張った。あの机は今もある。わたしの過去、引き出しの中のわたしの過去。

九時、ペグのアパートのダイニング・ルームでディナーを整えた。彼が、ある年の夏、メインで森林警備隊の仕事をしていたときのおもしろい話をした。彼女は笑い、じっと耳を傾け、ほかのことは何も考えなかった。彼にフルーツとチーズを勧めた。と、そのとき、突然リビングで電話がけたたましく鳴った。

リーン、リーン。彼女は坐ったままだ。

「ぼくが出ようか」彼が言った。

「出ないで」

「ペグかも」

「ケヴィンかもしれないわ」

耳を澄ます。切れた。

「彼ってどうして分かる?」

「だって」と彼女が言った。「あのホテルが、わたしたちは出発したと言えば、ケヴィンがかけられるのはここしかないもの」

彼女はリビングへ行った。ダニー、怪我した足、皮膚を突き破って突出した痛々しい骨。コーヒー・カップを置いて、「ねえ、ちょっと外に出ててくれる」

「今すぐ?」

「ええ。ちょっと電話した方がいいから」

「そうだね」彼は彼女にキスして、すぐに玄関ホールへ行った。玄関の閉まる音がした。フランス語の電話帳で国際電話の番号を調べ、ベルファスト直通でかけた。一回鳴っただけですぐ通じた。

「ハロー」彼の声だった。

「ケヴィン、わたしよ。だいじょうぶ?」

「どこにいるんだ」

「パリよ」

「どこに泊まっているか聞いているんだ」

彼女は答えなかった。

「日曜日からずっとかけてるんだぞ」ケヴィンのいつものいらだちが声に出ていた。「いったいどこにいるんだ」

「日曜と月曜の夜はホテルにいたわ。あなた、あそこへかけたでしょ。ペグがそう言ってたわ。だけど、ホテルが間違えたのよ、ごめんなさい」

「ペグのところに泊まるとばかり思ってたが」

「ホテルの方がよかったのよ」

「どうして」

「その方がよかっただけ。ダニーは？」

「ダニーはオーケーだ、ほっといてくれ、気にしてもいないくせに。それより、いったいどうなってるんだ」重々しく、ゼイゼイ息を切らせて彼が問いただす。「おかしなことになってるようだな、誰かがうそついているのでなければだ」

「なんですって？」

「今、説明する。君の友人のペグに今朝電話して話は聞いた。ペグのアパートに泊まる予定だった客が結局現れなかったこととかな。聞いててなんだか怪しいと思ったんで、ペグが言ったホテルにかけてみたんだ。そしたら係りが、『お二人は出かけられました』と言ったよ。もちろん、なにかの間違いだろうと思ったがね」

「ホテルってミスだらけよ」

「フ、ラ、ン、ス、語でこの係りの女性に訊いてみた。君の名前のつづりを言って、イギリス・パスポートで旅行中の妻のことだが、彼女の部屋が違うとぼくが言ったんだ。すると彼女は、いいえそんなことはありません。レドンさまというのはマダム・レドンしかいらっしゃいません、男性とごいっしょでした。今朝ほどこの殿方とご婦人は出られましたと言うんだ。話ははっきりしてるようすだったんでね。ぼくがだからどういう気持でいるか分かるだろ、ハハ」緊張したときの彼の癖、作り笑い。「殿、方、と、ご、婦、人。よっぽど飛んでいこうかと思ったんだが、拳銃もってさ、ハハ。とまあ、こういうことだ」

彼女は心を決めた。「ご免なさい、ケヴィン、もっと早く言わなければいけなかったのだけど」

「なに？　冗談だろ、もちろん」

「待って、ケヴィン」練習不足のレッスンみたいに、うまく言葉が出てこない。「ホテルにいたの、わたし、男性と一緒よ。わたし今一人じゃないの」

「一体何を言ってるんだ」

「すぐ電話で伝えなければいけなかったのだけど、どう言ったらいいかわからなくて」

「なんのことだ」ささやくようにケヴィンが言った。

「ええ、あの、……」言葉を切り、息をついだ。「もう、うちへは帰りません」

「え、なんだって？　ちょっと待ってくれ、シーラ。なにがあったんだ。なにが起こったんだって？」

「わたし今ある男性と一緒です」

「だれだ」

「あなたの知らない人。そんなことはどうでもいいわ」

「ちょっと待って」と彼は言った。静かな声になった。彼が患者に使う声、制御され、静かな、生死の宣告をする医者の声だ。「君、気分はどうだ? なにか心配なことがあるかね? 言ってごらん」

「そんなことじゃないわ」

「誰だその男は」

「言いたくないわ」

「シーラ、自分がなにを言ってるか分かってるんだろうな」

「ええ」

「オーケー、そっちへ飛ぶことにする。朝には着くよ」

「いいえケヴィン、来ないで。もう少ししたら電話するわ。来てもなにもならない、もっと悪くなるだけだから」

「どこに泊まっているんだ」

「言えないわ」

「じゃあ、ダニーになにかあったらどうするんだ。どう連絡したらいいんだ」

「お願いケヴィン、これ以上言わないで。明後日かけるから」

「ペグはこのことと関係あるんだろうな」

「ないわ」

「そうか、悪かった。いいか、シーラ」病院のホールに立ち、口をすぼめて、危機の患者に話しかけるケヴィンが目に浮かんだ。「君の兄貴オウエンのことを茶化したりしたことがあったが、彼は一流の産科医だ。こういうことはよくあることだ。君はまだ閉経には遠いが、可能性がないとは言えない。なにかある。君には分からないだろうが、なにかトラブルがね。オウエンに電話してみるから、彼と話してみてくれるね？」

「いいえ」

「どうしてだ、君は兄さんと仲がいいじゃないか。彼は名医だ。君の電話番号とかけてもいい時間を言ってくれ。お願いだ、シー」

「電話切るわ、おやすみなさい」

「シー」話し続けようとするケヴィン。彼女は受話器を置いた。しかたがない。自分を患者みたいに扱うケヴィン、トラブルがあるといつもこうだった。ペグの寝室へ行き、クリネックスで鼻をかんだ。涙があふれた。反射的にアパートの玄関ホールへ行った。ドアを開けると、階段半分くらいのところに彼が坐っていた。「なんにも聞こえなかったよ」

「そうでしょ。ちょっとこっちへ来て」

「話した？」

「ええ」

彼が入るとチェインをかけた。彼女の頬に彼がそっと触れた。爪に涙がすっと伝った。

「あらあら」と彼女は言った。「ペグ、コニャックおいていないかしら」

彼女がそう言ったとたん、電話が鳴った。リーン、リーン。顔見合わせて二人は、金縛りにあったように立ちつくしていた。

彼は彼女のあごを指でそっと持ち上げ、彼女を見つめ、唇にぎこちなくキスした。彼女は彼にしがみついた。

電話が鳴った。止まった。彼女は、彼のほほ、耳へと唇を這わせ、彼の長い黒髪を愛撫し、盲目の人のように顔に指を滑らせた。二人は大惨事の生き残りのように肩を抱き合い、ぎこちなく、おぼつかない足取りでペグの寝室へ行った。

電話がまた鳴り出した。

彼は彼女を放し、ホールへ駆けこんで受話器をはずした。戻ってくるとせわしなく彼女にキスし、彼女の襟元のボタンをはずした。彼女は彼の手を押しとどめた。ホールへ行き受話器に耳を当てると、ダイアル音がブーブー鳴っている。彼女は受話器を元に戻した。暗闇で恋人たちは、まるで子どものように互いの服を脱がせあった、彼は彼女のボタンをはずし、彼女は彼を手伝って…。ブラインドは開けたままだ。下のほう、プラース・サン・ミシェルを走る車から洩れくる明かりが、高い古天井にまるで舞踏室の万華鏡のようなきらめく模様を作り揺れ動いた。外を走る車の音が上ってくる。ブレーキのきしる音、警笛が遠くに聞こえた。二人は手を取り合ってベッドへ行き、横たわった。彼女の顔には涙が残っていた。彼女の悲しみと彼を求める気持が欲望に代わり、彼の優しさは急激な衝動へと変化した。薄闇の中で、絡み合う肉体がうごめく。

電話だ。リーン、リーン。

彼女を起こし、後ろ向きにし、やわらかい枕に彼女は顔をうずめた。縛りつけられた生贄のように、背後から撃ちつけるように侵入する彼のペニス。電話が鳴ったけれど、彼が彼女の中に入ってくると、もう電話の音は彼女には聞えなかった。とうとう止まった。だが、彼女は気づきもしなかった。薄暗がりの中で、二つの肉体が絡まりあい悶えあった。いつまでも、いつまでも。

第二部

その夜電話が鳴った時、ドクター・ディーンの家族はもうベッドの中だった。十一時を回っていた。ドクターがパジャマに着替えていると、娘たちが寝室でレコード・プレーヤーをかけているのが聞えた。妻のアグネスがバスルームへ行く途中、娘たちの部屋のドアをノックして言った。「アン、イメルダ、もう少し音を小さくしてね。近所が目を覚ますわ」

彼女たちがボリュームを下げた、とそのときだ。電話が鳴った。ドクターは、患者だと思って受話器をとった「ドクター・ディーンです」

「オウエン、ケヴィン・レドンだ」

「ハロー、ケヴィン、元気かい」

「オウエン、こんな時間に電話したりしてすまないんだが、ちょっと困ったことがおきてね。今からそっちへ行っていいかい。シーラのことなんだがね」

「シーラ？　病気かね」

「いや、病気じゃない。ちょっとほかのことでね」

妻はシャワー中、蛇口をひねる音がした。ドクター・ディーンは声をひそめて言った。「ぼくがそっちへ行くよ、その方がいいだろう」

「こんな真夜中に来てもらうなんて悪いよ」

「平気平気」と言うとドクター・ディーンは、冗談めかして言った。「夜呼び出されるのには慣れてるよ」

服を着た。アグネスがシャワーをすませて、バスルームから出てきた。いつものように、娘たちの部屋のところで言った。「イメルダ、アン、歯みがいた？」

「はあい」

「オーケー。じゃ、おやすみ」

「おやすみなさい、ママ」

ツイードのジャケットのボタンをかけながら、ドクターが踊り場に出てきた。「玄関の明かりはつけたままにしておいてくれ」

「まさかこんな遅くに出かけるんじゃないでしょうね」

「しょうがないよ」

「今夜はどこ?」

「アントリム・ロードだ」彼はうそをついた。「そう長くならないことを願うばかりだ。君は寝てなさい」

「マフラーを忘れないでね」

雨だ。ワイパーを作動させながら、アグネスにうそを言ったことを思い出した。すごくいやだったがしょうがない。アグネスは妹に何でもすぐ言ってしまう、すると妹は母親に言ってしまう、というわけで何でも筒抜けだった。これはちょっとふつうじゃないな。ケヴィン・レドンが電話で助けを求めるなんて。ドクターとケヴィンは別にそう親しいというわけではなく、義理の兄弟として、家族のイベントで年二回会う程度だった。ケヴィンは大柄でハンサム、慣れないと当惑してしまう、気に障る神経質な笑い方をする男だった。シーラの伴侶というイメージじゃないな。彼女は読書や劇を見るのが好きだがレドンは正反対、本などおよそ読まないし、ゴルフとか釣りとかそういったことが好きだ。だがレドンは利口な男だ。王立外科医師会委員、王立病院、プロテスタント訓練所のスタッフだ、カトリックなのに、である。

なかなかのやり手ということだな。シーラは自分のことや将来のことが分からないうちに、とても若くして結婚したのだったが、彼の記憶にある彼女は、職業について真剣に考えたということがなかったし、それに、彼女にはどことなく落ち着かないところがあった。宗教とか人生で意味のあることってなにかなどについて、彼女と話し合ったこともあった。人格に不安定なところがあった。それは、彼女自身もよく分かっていない彼女の一面だった。

ドクター・ディーンが、サマートン・ロードのレドンの大きな屋敷に車を乗りいれてエンジンを止める前に、表玄関が開いてレドンが夜の中に出てきた。不安そうだった。握手。こんな遅くに来てもらってと、ケヴィンはひどく感謝した。シーラの姿はなかった。客間に入ると、シルバーの盆にウィスキー、ウオーターフォードの水差し、グラス数個がすでに準備してあった。

またくり返してケヴィンが、こんな時間に来ていただいてありがたい云々と言った。ケヴィンはウィスキーをつぎながら、ぎこちなく坐って暖炉のチロチロ燃える火を見つめていたが、突然堰を切ったようにしゃべりだした。南仏でのバケーション、シーラに合流する予定だったのがいろいろとアクシデント続きで行けなくなったこと、一人で彼女が行ったこと、などなど。そしてついに、電話のことを。「オウエン、ぼくには信じられないんだ。自分の耳を疑ぐったのは言うまでもないが、結論は、シーラはちょっと頭がおかしくなってるってことだ」

「病気だったのかい」

「生理前うつはあるね」

「ひどいかね」

「どうかな。君は産科医だが、ぼくは専門が違うから。なんかこう、閉経前の兆候とかそういったものじゃないのかね」

「彼女の年でそんなことはあり得ないな」

「分からん。この男が誰なのかもさっぱり分からんし。このあたりの人間と、色恋沙汰はなかったことだけははっきりしている」

「ふうん」とドクター・ディーンが言った。

「電話でシーラにね、兄さんが話をしてくれるかもしれないと言ったんだ。オウエン、兄としてまた婦人科医として、ね、ハハ」

「彼女、なんて言った?」

「それはいやだって。だからもう、ぼくはどうしていいか分からないんだ」

「それは困ったな」ドクター・ディーンにとって、それは思いがけないショックだった。シーラが外国人の男と恋仲になって、そしてそれを夫に電話で告げるなんて。どうなってんだ。ドクターはひどく心配になってきた。この夫婦関係、家庭関係のトラブルは、家の古傷ともいえるものだったから。真っ暗な過去の一つ、兄のネッドが思い出された。

「自分で行って確めるのが一番なんだが」とレドンが言った。「この段階では賢明じゃないかもしれない。彼女がほかの男と一緒だとすると、彼女に罪と向き合わさせることになるわけで、ぼくの言ってること分かると思うけど、ハハ。まあ、そういうことは後ではっきりするだろうね」

あの笑い、どうもいただけないが、まあともかく、ケヴィンの分別あるところはいいとしておこう。

シーラに戻ってほしかったら、絶対無理強いしないことだ。シーラはこずかれたらてこでも動かなくなる、がんこだから。

「シーラがどこにいるかも分からないんだ。ペグ・コンウェイのアパートにかけたんだがね、返答なしなんだ」

「悪いがね、ちょっと質問があるんだ」とドクター・ディーンが言った。「君とシーラはうまくいってたのかい」

「けんかしたことはないね」

「今まで男関係は？ 彼女にいれこんでる奴とかね」

「いや、なかった。シーラにはそりゃちょっと、男となれなれしくするところはあるがね。自分でも分かってなくてそういう態度を取っているんだ。まあその程度だ」

「旅行に行く前、彼女どうだった？」

「ちょっとナーバスだったね。それはぼくにも分かった。なにか起こって、旅行がだめになるんじゃないか恐がってたよ。そういうことは、アルスターに住んでいればふつうのことだけどね、もちろん」

「結局、この旅行は失敗に終わったわけだね」

「そうだと思う。まあ、ぼくの責任という部分もある。ぼくは、海外でバケーションを過ごすのがあまり好きじゃないんだ」

「シーラは君に兄の病気のこと言ったことある？」とドクター・ディーンが言った。

「歯医者のネッドのこと？ いや、ないよ」

「ネッドのことは知ってるね、もちろん」

「ああもちろん、だがもうずいぶん前のことだね。ネッドは結婚はしなかったんだよね」

「ああそうだ。ずっとダブリンにいて、今はコーク在住だ。三年ぐらい前に神経衰弱になった。それ以上は知らないがね。たまたまダブリンであった会合に出たときに、彼を目撃したことがあるんだ。ひどいことになってね、仕事どころじゃない。一日中坐ったきり、ときどきすすり泣いている状態だった。ある女にほれてね——大分年がいってからだったが——ところがこの女が彼を捨てた。そうしたらひどいことになったんだ、かわいそうに。とうとうぼくがスコットランドの病院に連れていった。医者は電気ショックを勧めたよ」

ケヴィン・レドンはヒューッと口笛。

「このことはすべて伏せてね。チケットに当たったのでクルーズに出かけているとかなんとか、ストーリーをこしらえてね。ダブリンで病院のアポを取った。精神がおかしくなったなんてことが知れたら、キャリアに影響する。それに、お袋のキティがネッドのことをだれにも知られたがらなかったから」

「もういいのかい」

「ああ、もうすっかり治った。二年前コークに移ってね、うまくいってるよ。あのときの症状はうつだと思うがね。で、このうつだがね、これはうちの家系の病気だ」

レドンはウィスキーを一呑みした。「ふうん」と彼は言った。

「お袋だが、この君の女房のケースと似通ったところがあるんだ。中年だから閉経のせいとされたんだが、パーティスバーン・アサイラムに数ヶ月いた。これはネッドとぼくは知ってたが、妹たちは知らない。それからぼくだが、父親の家系には潰瘍もちが多くてね、ぼくもアイリもやられてる」

「そうか」とケヴィン・レドンは言った「もう一杯どう?」

「もう結構だ」

が、レドンはグラスを取って、どうしてもつぐといってきかない。「シーラにも同じような傾向があると言うんだね、うつの」

「はっきりは分からないけどね。これまでに神経衰弱とかはなかった、それは確かだ。だがこういうことだと、なにかあるかもしれないね」

「この男が彼女を捨てたらということかい」

「いいかね」と、ドクター・ディーンが言った。「シーラは、べつにどこも悪くないかもしれない。まあ、会えば分かるだろう」

「そうだね。そうだとも、オウエン。君がなんとか彼女と話ができるといいんだが」

ドクター・ディーンはグイッとウィスキーを飲むと、部屋の隅にある書き物机をじっと見た。母のところから来たものだ。キティの書き物机。「木曜日が休みなんだ。日帰りでパリへ行っ、て、こ、ら、れ、る。金曜日の代りが頼めれば一晩泊まれるし、まあちょっと当たってみるよ」

「ああ、そうしてもらえればありがたい。もちろん旅費は出す。ぼくにできることっていえばそのくらいだ」

この男はまったく機転が利かないな。だが、そういえばアグネスだって同じようなこと言うだろうて。

「いいよ、いいよ」とドクター・ディーンは言った。「兄だよ、ぼくは」

「ああオウエン、そんなことといわないでくれよ」

「いや、ケヴィン、そういうことは気にしないでくれ。じゃあ木曜日に行くようにする。彼女とコンタクトが取れ次第電話するよ」

「ありがとう。君の言うことなら彼女も聞くだろう。いつも君のこと好きだと言ってる彼女だ」

「じゃあ」とドクター・ディーンは言った。「行けばどんな状況か分かるだろう」


水曜日の朝、ペグ・コンウェイはイヴォのベッドで目を覚ました。夕べアパートへ衣類を取りに行ったのだが、オフィスで必要な手紙を持ってくるのを忘れた。それで早く朝食をとり、サン・ミシェル河岸に電話した。だが応答はなかった。夫からの電話が恐くて、シーラは電話に出ないのだろうと思った。それで今朝、出勤途中で手紙をとりに立ち寄ったのだ。

八時十五分頃アパートに着いた。ベルを押したが応答がないのでもう一度押した。中で声がしてドアが開き、トム・ロウリーが現れた。ぬれた髪の毛と肩、ハンドタオルがかろうじて腹辺りを覆っている。ペグの欲望がムラムラと燃え上がった。

「お邪魔してごめんなさい。朝電話したけど応答なしだったわ」

「うん、そうなんだ。電話は取らないようにしているんだ」

「忘れものを取りに来たの」

「どうぞ」

ベッドルーム、乱れたベッド。セックスする彼をペグは想像した。イスに乗って、衣装ダンスの上から、私信が入っている段ボール箱を下ろした。サヴァル先生の手紙を探していると、トムがバスルームでなにやらやっている気配がする。ペグが部屋から出ると、体を拭き終わり、股下の浅い、古いブルージーンズだけはいた彼が、ホールで彼女を待っていた。ヘアがのぞいている。

「どうこの頃、うまくいってる?」彼女が訊いた。

「最高。ねえ、いっしょに朝ごはん食べていかない?」

「もう食べたの」とペグは言った。ペグは自分でも驚いていた、目が彼の腹に釘付けになって離せなかったからだ。これはたしかに、ケヴィン・レドンの太刀打ちできる相手じゃないな。

「コーヒーだけでもどうぞ。シーラもすぐ帰ってくるから」

「ね、いつアメリカに帰る予定? イヴォが言ってたけど、あなたチャーター機のチケットがあるんですってね」

「ああ。二十八日の予定。もし変更なしにぼくたちが行くならね」

「ぼくたち?」ペグが驚きをあらわにして言った。

「うん、そう」と彼は言った。「これは言わない方がよかったかな」

「そこまでいってるって知らなかった」

「そうなんだ。ぼくの幸運祈ってよ」

急に、自分が彼に感じた性的魅力が怒りに変わった。「さあ、それはどうかな」

「いけないかい?」

「あなたシーラにはちょっと若すぎるんじゃない? 彼女は結婚しているんだし、ティーネイジャーの子どももいるのよ」

「なに言ってるんだ、ペグ、年は問題じゃない」

大問題だわよ、青二才のおばかさん、そうペグは言いたかったが、しかし口をつぐんだ。二人を引き合わせてこういうことを引き起こしたのは、結局自分じゃないか。「いいこと、トム」と彼女が言った。「わたしはシーラと長い付き合いなのよ。今の彼女の家庭生活がどうだかそれは知らないけど、あなたとアメリカへ駆け落ちするってのは、とにかく彼女にとってこれはもうたいへんなことよ。お互い知り合ってまだ間もないし」

トムがうなずいた。「分かってる。ぼくは彼女になにも無理強いはしない。だれでも、最後の決定は自分でするものだ。彼女が家庭に留まるのを選ぶならそれもオーケー。彼女の決めたことを受けいれるしかない。きたないことはしない。それは約束するよ。これで、演説は終り」

「それならいいわ」とペグが言った。「厳しい言い方してご免なさい。じゃあね、シーラによろしく」

「ああ。君のアパートを使わせてくれて本当にありがとう」

ペグは階段を下りながら、二人の新たな発展をあれこれ考えた。ベルファストの生活があんまりひどいので、だれもかれもチャンスがあれば逃げ出したく思ってるのかなあ。会ってたった一週間しか経っていない若い男と駆け落ち。表のドアのところへ来ると、ちょうどドアが開いて、小さな包みを持ち、ブルーの綿の帽子を目深にかぶった背の高い女が入ってきた。彼女は、もうちょっとでペグとぶつかるところだった。シーラ・レドンだった。

「ああ、ペグ。部屋に行ってきたのね」

「ええ、手紙を取ってこなければならなかったのよ」

「クロワッサン買って来たわ。いっしょに朝ごはん食べましょうよ」

ペグは少しためらってからこう言った。「ねえ、わたしたちだけでちょっとその辺でコーヒー飲まない？ 少し話したいこともあるし」

「いいわ」ル・デパールでカフェ・クレームを二つ注文した。ミセス・レドンは、ブルーの綿の帽子を取った。

「アメリカへ行くってほんとう？」

びっくりしてミセス・レドンが目を上げ、一笑に付そうと口を開きかけたが、なにも言わなかった。

「トムがそう言ったの？」

ペグはうなずいた。

「まだなにも決まっていないのよ」

「それならいいけど」

「なにがいいの」

「ちょっとシーラ、いい加減にしなさいよ」とペグが言った。「あのひとのことなにも知らないじゃない。ねえ、家でなにかあったの？」

「べつになにも」

「じゃ、ベルファストのせい？ しょっちゅう爆発とかあっておちおち生活できないから？ それだったら、なにか過激なことしたくなるのも分かるわよ」

ミセス・レドンは、そわそわと帽子をいじっていた。

「そうじゃないわ」

「じゃなによ」

「分からない。あそこで暮らすことには慣れてるわ。変えようとも思わないし。この恋に落ちるまではそれが何かってことが分からなかったの。わたしの今してること、人からは身勝手だと思われるでしょうね。昔なら罪といわれるたぐいのものでしょうけど、でもわたしは幸せなの。今まで味わったことのない幸せ。これって罪かしら」

「罪ではないわ。だけど、アメリカへ行ってしまえば、ほかの人たちを不幸にするわ。ケヴィンとダニーをね。そして、結局自分をね」

ウェイターがコーヒーを運んできた。対岸のオルフェーブル河岸で警察のワゴンがサイレンを流し出した。ウーウー、ウーウー。ワゴンはあたりの車をけちらしてサン・ミシェル橋を突っ走り、トラックをひらりよけたかと思うと、ル・デパールの外の混雑に入りこみ、けたたましいサイレンを上げつづけてサン・ミシェル大通りへ入って行った。

静寂がもどったとき、ペグが言った。「シーラ、あなたが本気だとはわたしとても信じられないわ」

「本気よ」

「よく知りもしない若い男のために、ケヴィンを捨てるって、本気でそう思ってるの?」

「彼のことなら分かる気がするの。こんなに自分に近く感じた人ってわたし初めて」

「要するにほれたのよ。ハンサムでセクシーだから」

早く片づけたいというのか、ミセス・レドンはコーヒーを飲みだした。

「ご免なさい」とペグが言った。「悪いこと言っちゃったわね。でもね、一月もすれば見方がすっかり変わるかもよ。今極端なことやれば、一生後悔することになるわよ」

「でも、もう後へは引けないわ、ここまできたんですもの」

「いつだって引返せるわ。あなた、元に戻りたい？」

「わたしはなにもとくに望みはないわ。この恋のしあわせでいっぱい、今はただそれだけなの」

「でも、もし終わりが来たら？」とペグが言った。「わたし知ってるわ。ぜったいこれだけって今は思っている。恋が終わったらセーヌに飛びこむつもりって。でもね、人生って実は違うのよ、引き返せるのよ。誰でもみな、そうして行きつ戻りつしているのよ」

ミセス・レドンは伝票の上に金を置いた。「そうかもしれないわね、ペグ。もう行かなきゃ。トムがクロワッサンを待ってるわ」

「わたしに払わせて」

「いいの、もう払ったわ」

「悪いわね」とペグが言った。「ねえ、今夜うちに来ない？ みんなで一杯やりましょうよ」

「断ったら怒る？ わたしたち、二人きりでいたいの」

ペグが笑った。「あなた、正直なのは間違いないわね」

「それからね、ペグ、お願いがあるんだけど。今週一杯あなたの部屋借りていいかしら」

「いいわよ、もちろん」

急にミセス・レドンは、身を乗り出して、ペグのほおにキスした。「あなたもイヴォも、ほんとうにわたしたちによくしてくださって、どんなにありがたいか」

「さあ、早く行きなさいよ。急いで」と言ってペグはほほえみ、友を見た。ミセス・レドンは立ち上がって、ブルーの綿の帽子をかぶり、急ぎ足で角を曲がっていった。彼女の赤いドレス、彼女は多分ステキだと思っているのだろうけど、ちょっと流行おくれね。来週までアパートにいたいって彼女言ったわね。休暇が終わるの来週じゃない？ そうよ、来週の月曜までよ。そして彼女はうちへ帰るのよ。帰れば大団円、うまくおさまるわ。

トム・ロウリーはバルコニーで、セーヌの流れと町の通りを見ていた。舗道に一瞬彼女の姿が見えた、ちょうどバルコニーの真下だ。赤いドレスと青い綿の帽子が道路沿いのドアに消えた。少し前に、教会の鐘が時を告げたところだった。薄汚れた雲が、重苦しく空にたれこめていた。風が木のシャッターをたたき、バルコニーのグレーの床に雨が打ちつけていた。彼女はペグと会っていたんだろう。ぼくが若すぎるってペグがぼくに言ったけど、同じことを彼女にも言ったのかしら。彼はとつぜん緊張にとらわれ、部屋にもどって表玄関へ行った。ドアを開けて、彼女が階段を上がってくるのを見ていた。

「ペグに会ったの？」

「ええ」

「彼女、なんて言った？ ぼくたちのこと？」

「うん、まあ。電話は鳴った？」

「いや」

「そう」彼女はキッチンへ行って、クロワッサンを皿に盛った。「まず、朝ごはんを食べて、それから出かけるの。絵を見ましょうよ」

「もっといいアイデアがあるよ。写真をとって大使館へ行くんだ。君のビザをとるってのはどう?」

「ううん、それよりなにか楽しいことしましょう」

「そんなことできる?」

「できるわよ」

「いつ電話が来るかとか、彼がここへやってきて大騒ぎを起こすかもしれないとかいつも怯えていて、楽しいわけないじゃないか」

「ケヴィンは来ないわよ。今朝かけてこなければ、もう落ち着いたわけなんだから」

「オーケー。それはともかく、ビザのことはどう? ぼくのチャーター機は二週間先だから、もうあまり時間はないよ」

「ノー!」まるでぶん殴りそうな剣幕で、彼女は立ち上がった。「わたしはなにも決めてないわ。とにかく、生理が始まるまではなにも決めないの。できないのよ」

「ご免、許してくれ、悪かった」

　彼女は彼を抱きしめ、彼の頭を腿に押しつけた。彼女は震えていた。「ああ、トム」と彼女は言った。「ねえ、ジュ・ド・ポムで印象派の絵を見ましょうよ。明日まで、なにもしゃべらないようにしましょう、いい?」

「分かった」

翌朝、彼は夢から覚めた。妹と自分が、アマンガセットのコースト・ガード・ビーチを駆けていた。後ろから、ナイフをかざして、自分たちを殺そうと二人の男が追っかけてくる。目を覚ました瞬間、ボーッとして天井を見上げていると、だんだん記憶が戻ってきた。ここはパリ、ペグのアパートの大きなベッドの上だ。だが、隣にいるはずのシーラがいなかった。その辺にいるかと耳を澄ましたが、ペグの目覚まし時計のほかには物音一つしない。朝食のクロワッサンを買いに行ったのかもしれないと思いながら、彼はジーンズをはいて廊下に出た。だが、クロワッサンはもうキッチンの皿にのせてあった。クロワッサンの横にメモがあった――

早く起きて朝食をすませました。このクロワッサンはあなたの分です。コーヒーはストーブの上にあります。ちょっと出てきます。十時頃戻ります、ラブ、S.

メモを手に、彼は困惑していた。驚き、夕べの夢で感じたのと同じ、なにかは分からないのだがひどく動揺させるものがある驚き、を感じたのだ。キッチンの窓から中庭が見えた。雨が降っていた。この日の朝まで、彼女は片時も彼のそばを離れようとしなかった。昨日だって、ジュ・ド・ポムから帰り、彼女が髪を整えるというので、その間ちょっと外へ出ようとしたら、「いや、いや、行かないで。そばにいて。行かないで」、こう言えば満足するかのように呪文のようにくり返したっけ。そして今朝、彼女はいない。

ぼくは一人ぼっちだ。彼はコーヒーを入れて、しょんぼりと窓に打ちつける雨をじっとみつめていた。

アキュイ礼拝堂は、河岸沿いのノートル・ダム大聖堂の身廊からちょっと離れた脇祭壇にあった。告解室があり、祭壇前にランプのついたテーブルがあった。神父聴聞のときは、このランプの明かりがついている。左側壁にプラカードがかけてあった――

告解
英語専門
時間――八〜十　十二〜十五
M.ミシェル・ブロール神父

神父の前のテーブルに、大きな台帳とマニラ紙のファイルがおいてあった。ファイルの中には罫つき用紙が束にして入れてある。ミセス・レドンには、この台帳が一体何のためにここにあるのか、また、ファイルには何が書かれているのかは分からなかった。彼女は、暗がりからこのチャペルの方へやってきた。ここは暗い身廊と切り離されて、スポットライトのついた舞台みたいだった。主要登場人物、神父が目を上げると、彼女が入ってくるところだった。神父は、自分と向き合って反対側のイスにかけなさいと、身振りで示した。

神父はひどくなまりのある英語で、「告解ですか、マダム」と訊いた。

「いえ、ただ、だれかに話したいだけなのですが」

「お聞きしましょうか」聖職者らしくない、夏物グレーのコットン・ジャケット、祖国北アイルランドで、プロテスタントの牧師が着ているのをよく見かけるが、それに似ている。ストック・タイもグレー、白のセルロイド・カラーに当たるところがすり切れている。何年か前に父が言ってたことを思い出した。父がフランスへはじめて行ったとき、聖職者の身なりが余りにもみすぼらしいので、父はこれは不名誉なことだと思ったそうだ。でも、実はこの貧しさが彼女をひきつけた。聖堂に入り、祈ることもしないで身廊を行き来している、大勢の観光客に彼女ももまれていくと、脇祭壇のテーブルにこの神父が坐っていた。鼻にのっかった安物の眼鏡、くたびれたグレーのジャケット、ぶかぶかのズボン。聖職者は、すべからく清貧でなければならぬ。アイルランドの聖職者はちがった。

神父が彼女を見た。彼は、彼女の方から切り出すのを待っていた。

「友だちのことなのですが」と彼女は言った。こう言おうと彼女は決めていた。「友だちが自殺を図ったのです」

神父はうなずいた。のん兵衛のような、ふくらんだあばたの鼻だ。今誓いを立てているみたいに台帳においた大きくて白い手、労働をしたことのない手。こんなふうに切り出すんじゃなかった、と彼女は思った。間違いだった。「神父様、自殺する人は、する前に自殺のことを考えるってご存知ですか」

「ふつうそうでしょうな」

「そうでない場合もあるのでしょうか」

神父は親指と人差し指で鼻をつまみ、考えこんだ。「そういうこともあるでしょうな。あなたはそういうケースを知っていますか」

「さっき言いました女性は、それまで自殺というのは考えたことはなかったようです。ですがある晩目を覚まして、急に死にたくなったみたいなんです」

「あなたにそう言ったんですか」

ミセス・レドンはうなずいた。

「マダム、あなた自身は自殺を考えたことがありますか」

彼女は、キッとにらむように神父を見て、「いいえ」と言った。「どうしてですか」

「知的な人たちはよく考えるからです。つまり、カミュも言っているように、多分、それこそ深刻な個人的問題でしょう」

アイリッシュの神父はこんなことはまず言わないだろう。この神父になら話せた。「すみません。うそをつきました。これは実は自分のことなのです。友だちというのはウソです」

神父はうなずき、彼女の次の言葉を待っていた。

「夕べのことです」と彼女は言った。「別に悪夢を見たとかではなかったのですが、目が覚めて、バルコニーへと自分がなにものかに導かれるように感じたのです。バルコニーの手すりを乗り越えて、飛び降りなければという気持がありました。何かにそうさせられているという感じでした」

「でも、やらなかった」

「ここにこうしていますものね」

弁解するように神父はほほえんだ。「そうですね。やろうとしたのですか」

「わたしが手すりをよじ登ったかということですか。ええ、しました。だけど踏みとどまって、部屋に帰りました」

暗い聖堂に突如響くオルガンの轟き、それはまるで神の大音声のようだった。オルガン奏者は、深い音に続けて高い鋭い音を弾くと、バッハのフーガになだれこんでいった。

「あなたは、罰したいと思う人がいるのではありませんか」

オルガンは、急ピッチで高く激しく頂上にかけ上がり、そしてとつぜん止んだ。石造の聖堂の高い屋根を、静寂が支配した。

「いいえ」

「自分が死ぬことで誰かを罰することを考える人がいます」と神父は言った。「自分自身を罰しようとするのです。他人をかも知れません」

「そうですね。ただ、罰したくはありません、人も自分も」

首が痛むかのように、神父が首をゆっくり回した。「ときに無意識にということもありますからね」

「そうですね。わたしは、自分のしたことに対して、自分を罰したいのかもしれません。でもそうは思えないのです。わたし、本当に今幸福なのです、ほとんどの時間」

「幸せな人たちは、自殺したいとは思わないものですよ、マダム」

「でも幸福なのです、わたし。今までで一番幸せ。これからは大変、道を決めなければなりませんから。でもやります」

「そう決めたら」と神父は言った。「あなたは今と同じように幸せですか」

彼女は目をそらせて、右の壁を見た。壁に大きな油彩画がかかっている――

サン・ピエール・ゲリサン
ロラン・ド・ラ・イール
金銀細工組合提供――一六三五年五月一日

「分かりません」と彼女は言った。「いずれにしても、これまでの人生は終わりました」

「マ、マ、マダム、あなたはカトリックですか」

「前はそうでした。今はそうじゃないと思いますが」

「今朝聖堂に入るとき、聖水で清め、十字を切りましたか」

「はい」

「そして、神はここにましますと思いましたか」

「いいえ、神父様。わたしは習慣でそうしただけです。それと、信じる人々を侮辱しないために。祈るためにここへ来たのではありません。ゆうべの夢は何だったのだろうと考えながら、セーヌ河岸を歩いていました。そして、医者とかだれかそういう人に話したほうがいいと思ったのです。聖堂が目に入りました。神父様ならこういう経験に出くわしたことがあるのではないかと思い、入ってきました」

神父がほほ笑んだ。上の前歯二本の間に、ひどいすきまが見えた。「そうですか。少しでも助けになればいいのですが。その、これからとろうとする決意とはなんですか。もし差し支えなかったら、言ってくれませんか」

身廊の静寂を破る観光客の声や足音。ガイドツアーが脇祭壇のそばを通った。好奇の目でミセス・レドンと神父を見る人もいた。神父は知らん顔だった。観光客が去ると、ミセス・レドンは神父を見て、首を横に振った。

「話したら楽になるのではありませんか」

ミセス・レドンは、急にイスを後ろに押し、立ち上がった。「ありがとうございました、神父様。お話ししてだいぶん楽になりました」

「だれかに相談された方がいいですよ」と神父は言った。「ご家族は？」

「います」

「それは結構。一人はいけません。友人に話をしなさい。いいですね？」

彼女はうなだれた。

「わたしのところでもいいですよ。日曜日以外は、毎日います」

「ありがとうございます、神父様」

「神のご加護がありますように」

オルガン奏者が再びフーガを演奏し始めた。澄み切った音が響き渡る。身廊に日本人の観光客が、今からなにか複雑なパフォーマンスが始まるので待っているといったようすで、ロボットみたいにぎくしゃくとあたりを見回した。音声解説の器具に付属するコードをぴっちりと耳に差しこんでいた。カメラを高くかざすと、フラッシュがやみに楕円を描いた。ミセス・レドンは脇祭壇を降りて、左の中央側廊の並んだイス席の横を通っていった。頭上の十字天蓋を見上げ、深いオルガンの音色に耳を傾けた。神父の質問は、「ここに神はましますと思いますか」だった。いいえ、いません。ノートル・ダムは博物館、古の敬虔は今はもうない。この側廊はかつては強い信心、祈り、巡礼に満ちていた。聖体が掲げられると、敬虔に巡礼の頭は恭しくたれた。神の家において人々はひざまずき、神の国に入るため現世を犠牲にすることに甘んじた。だが今、わたしたちは来世の約束など信じてはいない。あの神父はなんと言ったっけ。カミュ、自殺、唯一の個人的問題。脇祭壇を見ると、神父が目の前にあるあの大きな台帳を開き、白紙のページを開けて、古めかしい鵞ペンのまっすぐなペン先でなにか書いていた。わたしの訪問のことを書いているのかしら。神を媒介にした小取引、わたし、いい方、それとも悪い方？　どっちかしら。

冷たい風が渦巻く大司教庭園の壁に沿って行くと、大道デモを蹴散らすかのように、ハトの群れがチリヂリ吹き飛ばされていた。ミセス・レドンは、ブルーの綿の帽子を、飛ばされないようぎゅっとおさえこんだ。ポント・ドゥブルの時計が、もう十一時近くを指していた。急いだ。雨が降ってきた。

「心配だったかだって」彼が言った。「もちろん心配したよ。もうアイルランドへ帰ってしまったのかと思った」

「スーツケースここにあるわよ」彼女は笑って言った。「そんなことはしないわ、わたし」

「どこへ行ってたんだい」

「散歩、ちょっとそこら辺をね。ご免なさい。もう昼近くですもの、待ちくたびれたでしょう」

「ああ。さあ、外へ出よう、オーケー？」

「もちろん」

競争で階段を下りる。二段とびで彼の前にとび出す彼女、それを追いかける彼。今日は彼女ずっと元気だ。ランチのとき話を持ち出そう。

「どっちへ行こうか」と彼が訊いた。

「あなたのお好みのところ」

「レストラン・ダールはどうかな」

「パーフェクト」

雨は止んだようだが、灰色の空の雲あしは速かった。ダントン街を歩いていくと、風が打ちつけた。

「今朝の散歩、どうだった」

「セーヌ沿いに、ポン・ドステルリッツへ行ったの。そこから引き返して、途中でノートル・ダムに入ったの」

「ミサかなにかのため?」

「神父さんと話したの」

不安が急に彼を襲った。ヴィルフランシュで彼女は言った、もう教会へは行かないわ、と。でも、アイルランドに長くいた彼だから、そういう言葉が危険だくらいは分かった。神父と話したというのはあまりおもしろくなかった。「で、どういうことをしゃべったの」

「神父さんがカミュの引用をしたの。わたしびっくりしたわ」

「カミュのなにについて? 信仰?」

「ちがうわ、自殺よ」

「カミュは自殺についてなんて言ってるの」

「おそらく唯一の重要な個人的問題って」

「カミュは過大評価されてるね」

「そう？」

「唯一重要な個人的問題はなにか分からない？」

「なに？」

「ぼくたちだよ。ところで今日の気分はどう？」

「よくなったわ」

「あのことを話しあう元気はある？」

　彼女は首を横に振った。

「せかせてご免」トムが言った。

「でもそうね、あなたの言うとおりだわ。延ばし延ばししておくのももう限界ですもの。でも、とにかくケヴィンにかけなきゃ」

　汚れた青いコットンのスモックを着た浮浪者が、行く手をさえぎり、アカだらけの手を差し出した。ピンクの手のひらをつき出して、「金をよこせ」と言った。

　さし出す飢えた手、汚れた顔、どんよりした怒りの目をトム・ロウリーは避けようとした。「どけ」と言って彼が彼女を行かせようとしたのだが、なにかわけの分からないことを口にしながら、浮浪者は後から追っかけてきた。スモックの下からワインのボトルを出して、後ろからよろよろとついてきながら、男はワインを飲んだ。薄めた血のようなワインが男のあごから首を伝って流れた。「おい」と呼びかける。浮浪者から急いで逃げる二人。角を曲がってサン・ジェルマン大通りに出た。歩調をゆるめて、トムは彼女の腰に手を回した。「ねえ」と彼は言った。「電話今日するとしたら、だんなになんて言うの」と訊いた。

「分からないわ。とにかく、電話するって約束したのよ」

「でも、家へ帰ってこいと言われたらなんて言うの」

「ノー」

「ほんとうに?」

「ええ、帰れないわ。今となっては」

「じゃあ、ニューヨークにいらっしゃい。ぼくの考えた計画はこうだ。チャーター機が二十八日に出ることは言ったね。それで、これはまあ衝動的だったんだけど、同日夕方のTWAのチケットをあなたのために取ったんだ。つまり、ぼくの便がケネディ空港について一時間後、あなたの便がニューヨークに着く。ニューヨークで待ってるよ。ツーリスト・ビザはだいじょうぶ、時間は十分あるから。申請するとその日のうちに出るようなので」

彼女は彼をじっと見た。「わたしのチケットをとったですって?」

「そう。キャンセルしようと思えばいつでもできるよ。でも、キャンセルしないでほしい。ぼくといっしょに来てよ。結婚はしなくてもいいから」

「あなたと結婚はしないわよ」突然シーラが笑って言った。

「アメリカやぼくがいやになったら、ニューヨークの銀行にあなたの名前で千ドル入れてあるよ。それと帰りのチケット。これでいいかな」

「あなたったら、ほんとうにきちがいヤンキーね」

「オーケー出してよ。ヒモつきいっさいなし」

「そうねえ」と彼女が言った。「けっきょくわたしたち、あのこと話しあってるわね」

「そういう条件ならいいでしょ？」

彼女は急にうなだれた。「とにかく家に電話しなければ。どうしても電話しなきゃ」

「オーケー、電話を探そう」

「ううん。あなたはコーヒー飲んで待ってて。電信電話局があそこにあるわ。かけたら行くから」

彼は彼女にキスした。「オーケー。あそこのカフェにいるよ」

近くの電信電話局、電話は地下にあった。アフリカ、アラブの学生、ドイツ、英国の旅行者など、たくさんの人々が、長距離電話をかけようとひしめきあっていた。部屋の奥に、妊娠中のブロンド交換手が坐っていた。ミセス・レドンは交換手に番号を言った。交換手は、目の前のコピーブックにメモを取ると、坐っていてとミセス・レドンに言った。タールのような消毒液のにおいのする老人と、頬骨に灰色の通過儀礼の傷跡が残る黒人学生とに挟まれて、ブースに出入りする人々を見ながら彼女はベンチに坐って待った。交換手が彼女を呼んだ。「マダム、六番ブースへどうぞ」

ブースに入った。リーン、リーン。彼女が受話器を取り上げると、「どうぞ、マダム！」と交換手の声が響いた。バカバカしくて恐いドラマを演じる役者の気分で、金切り声の指示に従い機械的に声を出した。「ハロー、ハロー?」

「どなた?」電話の向こう側でアイリッシュ・アクセントの女の声がした。

「ドクター・レドンは在宅ですか」

「いいえ。どなたですか」

「ミセス・レドンです。あなたは?」

「ああ、ミセス・レドン。声が聞こえませんでしたよ。モーリンです。ドクターは病院です。ドクターが、奥さんから電話があったらこの番号を言うようにとのことです。いいですか?」

「ちょっと待って」ミセス・レドンはそう言って、小さい鉛筆つきの小さなアドレス・ブックをバッグから取り出した。「はい、いいわ、モーリン」

「4—5—4—7—7」

「4—5—4—7—7ね」

「そうです。パリはどうですか、ミセス・レドン?」

「とてもすてきよ。この番号にかけてみるわ。ありがとう」

ブースを出て交換手のデスクへ行き、並んだ。電話代を払い、別のナンバーを頼んでまた待った。二人の小柄なアラブ人の男が、横目で彼女をぶしつけにじろじろ見たり、彼女の足に視線を落としたりしている。交換手が合図して呼ぶ。「マダム」、再びブースへ入り、鳴っている電話を取り上げる。「どうぞ、マダム!」

「ハロー」

「市立病院外科棟です」と男の声が言った。

「ドクター・レドンの家内です。パリからかけています。主人を呼んでいただけますか」

「お待ちください、ミセス・レドン。お捜ししてきます」そしてこのとき、すえたタバコのにおいのするパリの電話ブースに立って、彼女はとうとうあの質問に向き合わなければならなかった。なんと言うか、なんと言えばいいのか。

「ハロー、シーラ」快活を装ったケヴィンの声が聞えた。

「ケヴィン」

「やあ。声を聞いてほっとしたよ。昨日かけてくるかと思ってたんだが」

「二日後にかけるってわたし言ったわ」

「ああ、そうだったな。この頃のごたごたで、ちょっとぼくよく寝られないんでね」

「すみません」

「それはいいんだ。どちらも感情の行き違いとかがあったんだと思う。ところで、送った金は届いたかい」

「お金?」

「君がヴィルフランシュからかけてきたとき、ショッピング用に百ポンド送るって言っただろ。ペグ・コンウェイのアパートあてに送ったけど。ペグに会った?」

「ええ。そう、まだ着いていないみたいね」

「おかしいな。着いているはずなんだが」

「ペグに訊いてみるわ。ありがとう。あとで返しますから」

「いいんだ、金のことは。今、ペグのところに泊まってるの？」

彼女は無言だった。

「いやそれはだね、君もペグも不在なら、金が着いてる可能性があるだろうと思って」

「だれかいると思うけど」

「どうかな、それは。こないだ電話したけど、だれも出なかったよ」

「受話器がはずしてあったのよ」

「じゃ、君いたんだな、ペグのアパートに？」

「ええ」

「そうか。で、今はどういう状況なのかね。どう言えばいいのか分からないんだが」

「わたしはだいじょうぶよ。ダニーはどうしてるかしら」

「ああ、あの子は元気だ。なにも言ってないよ、あの子には」

「そう」

「知らない方がいいと思うんだ」

彼女は何も言わなかった。

「ねえ、シー、そっちへ行って腹を割って話し合ったらと思うんだがどうだろう。話せば、どうしてこういうことになったか分かるんじゃないかな」

「だめです」

「シー、こういう危機はよくあることだ。オウエンとこないだ話をしたんだが、ネッド兄さんのことを言ってたよ。ネッドのことは君も知ってるだろ?」

「ええ」

ネッド。オウエンがネッドのことを話したですって? キティが、絶対他人にもらさないようにと言ったのに。「あなたオウエンに話したんですか? わたしのことを?」

「そうだ」

「このことについて?」

「ああ。だれかに言わずにいられなかったんだ。君のことがすごく心配なんだ」

「で、オウエンはなんて言ったんですか?」

「ネッドのことを出してね、三年前、ネッドにこれとよく似たことがあったって言ったよ。ネッドがそれで神経衰弱になって、電気ショック療法をしなければいけなかったとか」

「何ですって、ケヴィン」かっとなってシーラが言った。「どういう意味でオウエンは言ったのかしら。〝よく似た経験〟ですって? ネッドは一度も結婚しなかったわ。聖職者になる勉強をしたこともあったわ。覚えてます? それからある若い女性が好きになったけど、彼女は彼を捨てた。わたしのこととネッドのこととは、ぜんぜん話がちがうわ」

「ちょっと待って。なにか関係があるかもしれないというのは、オウエンが言ったんだ」

「どんな関係?」

「それは君が直接オウエンに訊いた方がいいな」

「わたし、だれとも話したくないわ」ケヴィンには言えなかった、すべては終わったのだ、と。話してもムダ。今はだめ。今日はダメ。「ねえ」と彼女は言った。「わたし、まだいろいろ考えなきゃいけないの。もう切るわ」

「今度いつかけてくれる？」

「土曜日は？」

「それまでは？」

「ノー」

「そうか、ぼくは待っていなきゃならないんだな」

彼女は無言だった。

「分かった。じゃ、体に気をつけて」

「さようなら。ダニーによろしく」

「分かった。かわいそうに、あの子は月曜日にはママが帰ると思ってるんだ。君が帰らなければ悲しむだろうな」

「さようなら」ともう一度シーラが言った。彼女は受話器を置いた。怒りの涙がこみ上げてきた。ダニーが悲しむですって！ ラグビーとバイクに夢中で、ご飯さえあればそれでいい。わたしがいてもいなくても知らん顔だ。

階段を上がって大通りへ出た。スレート色の空、冷たい冬の風が通りのゴミを吹き散らし、ちょっとした砂あらしのようになっていた。彼女は手で風をさえぎろうとした。とそのとき、白衣のネッドが自分の前に現れたような錯覚がした。歯科医、彼女と同じように背が高くて、それを多少ともかくそうとして前かがみになって。まばらに生えた赤茶けた髪、先がとがっていて赤い長い鼻。手に細いスチールの道具を持っていた。ドリルだと思って彼女が後じさりすると、にんまり笑って、「ただの鏡だよ」と言うと、その道具の先端についている小さな丸いものを見せた。「ほらちょっとのぞいてご覧」

オウエンが言ったっけ。彼がリーソン・ストリートのネッドの部屋を訪問した時はちょうど昼飯時だったが、ネッドは部屋着を着てじっと坐ったまま。オウエンが話しかけると泣き出した。坐りこんで、簡単なこともぜんぜん出来なかった。「栄養不良でね」とオウエンが言った。もう今はだいじょうぶだ。去年の夏、アイリーがコークへ行ったとき、ネッドが自分の車で彼女をドライブに連れて行ってくれた。二人は、コウヴの港や海へ行った。アイリーの話では、もうほとんど昔の彼にもどったそうだ。ただ、前ほどしゃべらないし、おもしろくなくなったって。

ネッドのことはだれにも言わないことになっていた。キティがそう決め、みんな従ったのだ。わたしはケヴィンにネッドのことを言ったこともない。そう約束してあったのだから。だのにこないだの晩、オウエンはそれを破ったのだ。

「どうだった?」彼女が戻ってきた。テーブルから立ち上がってトム・ロウリーが訊いた。

「まあまあ」

「心配そうだよ」

「わたしはだいじょうぶよ」

「コーヒーどう？ それかランチとる？」

「ううん」と彼女が言った。「あなた、なにか食べて。それからアパートに帰りましょう」

「書留が届いています、マダム」とコンシェルジュが言った。「そこへ入れておきました」

アパートのドアの下から書留が入れてあった。書留は、磨き上げられた木の床の上に、チラシ、新聞といっしょに並んでいた。英国のスタンプが貼ってあった。ケヴィンの医者特有ののたくる字体で、名前とアドレスが書いてあった。「これのことね」シーラは封を開けた。フランスのバークレー銀行に振りこんだ百ポンド郵便為替を出した。外科棟用紙に書いた彼のメモがあった。

ケヴィン・レドン、医学士、王立外科医師会委員
クリフトン・ストリート22
ベルファスト

シー、

ヴィルフランシュに君がいたとき、ぼくが電話で言った金だ。心配だなあ。ぼくじゃないよ、君のことをぼくはすごく心配してるんだ。ぼくたちのことを考えてくれ。ダニーがよろしくって。

ラヴ
ケヴィン

彼女は、手紙を丸めてバッグに放りこんだ。為替入りの封筒は、ホールのテーブルの上においた。「トム？」

キッチンからトムの声「なに？」

「横にならない？」

彼は笑って、彼女の腰を捕まえ、抱き上げた。

「わたし、子どもじゃないわ、下ろしてよ」

「ちがうよ、もちろん」ベッドルームに急いでシーラを運ぶと、ペグのベッドの上で手を離した。ドスン。彼女が「やめて！」と叫んだとたん、マットレスではねていた。「ベッドが壊れるじゃない」

「黙って」彼が言った。「脱いで！」

彼女はベッドの上に立って、パンティを下ろすと伝線がサッと走った。それから全部脱いだ。はだかで、彼の上に立った。彼は、かがんで彼女に背を向け、ズボンを脱いだ。彼女は柔らかいベッドの上で彼の上にまたがった。腕を彼の首に回して、子どもの時父がしてくれたみたいな肩車をした。彼は笑って彼女の足をつかみ、手を手押しポンプみたいにあげて、子どものように無邪気に居間に飛びこみ、くるりと向きをかえると階段をかけ降りてキッチンへ走りこんだ。彼女の種馬トムに、はだしの足で拍車をかけた！「ベッドへもどって！」「どうどう！」

ドアのベルが鳴った。

一瞬グラついて、ホールの真ん中でトムが止まった。「コンシェルジュかしら」彼女がささやいた。

彼は向きを変えて、シーラを肩車したかっこうのまま、ベッドルームに走りこみ、足でけ飛ばしてドアを閉めた。彼女を下ろすと、二人は耳を澄ました。コンシェルジュではなかった。ホールのドアは開かなかった。そのかわり、一息入れてまたホールのベルが鳴った。彼は彼女を見つめた。「だれだろう」

彼女が肩をすくめた。分からない。彼はジーンズに手を伸ばした。「ぼくが出ようか」

彼女が頭を振った。三度目のベルが鳴った。彼はジーンズをはいた。「のぞき穴から見てみる」

「あなたが映ってしまうわ」

彼女がベッドに坐った。彼も彼女の横に坐った。彼女は震えているようだった。坐っているとまた鳴った。二人は音の囚人のように坐って待っていた。五度目は鳴らなかった。しばらくたってから、彼女は下着なしで、スカートをはきブラウズをはおると、はだしで表玄関へ行った。彼もやってきた。彼女はかがんで、ドアの下から入れてあるメモをとっていた。それは、たたんだ一枚の紙で、裏にミス・P・コンウェイと書いてあった。

「ペグにだわ」と彼女が言った。だが開けてみると、レターヘッドが見えた。

ダンドラム・ロード五十四番地
ベルファスト
三・一五P．M．

親愛なペグ、
ぼくは今夜パリにいます。アングルテール・ホテに投宿しています。シーラになんとか連絡したいのだけど、どうしたらいいかわかりません。できたらホテルに連絡してくれませんか。君の帰宅が早いかもしれないと思い、角のカフェにしばらくいます。よろしく。

オウエン・ディーン
P．S．君の会社の番号にかけてみたのですが、君は午後外出とのことでした。

彼女は彼にメモを渡して、彼が読むのを見ていた。

「オウエン・ディーンってだれ？」

「兄よ」


祖国北アイルランドで、つぎの通りに狙撃手がいると言われた人みたいにびくびくして、彼女はプラース・サン・ミシェルの角まで来た。彼女は一瞬、オウエンがアグネスと一緒かもしれないと思った。アグネスなら、こんな難しい旅ではあるが、オウエンに自分を連れて行けと無理強いすることもやりかねなかったから。だがその予測は違った。もうすぐユシェット街というところにある、ル・デパールのカフェの奥まったところにオウエンはいた。一人だ。ビールと新聞が目の前にあったが、読んではいなかった。ギターを弾く若者や、広場の真中にある翼のゴルゴンや、苔むした噴水のところでキャンプしている若い女の子のほうに目をやっていた。

彼女にはまだ気がついていなかった。レインコート、グリーンの帽子、見るからに旅行者然としている。老けたなあ、兄さん。ずいぶんくたびれた顔してるわ。後ろめたい気持で一瞬思った——オウエンをトムに紹介することになったら、わたし自身がすごく年取って見えるんじゃないかと。その瞬間、オウエンは眼鏡を取り出し、若き日の彼を思い出させる熱心さで新聞を読み出した。気の毒に、彼女に会うのをどんなに恐れていることだろう。

新聞売り場の近くから現れて、知らないふりして通りすぎた。オウエンは気がつかなかった。彼女はユシェット街の角で止まり、振り返った。オウエンは反対方向を見ていた。急ぎ足でカフェに入り、後ろから彼の耳元でささやいた。「あなた、私立探偵?」

びっくり仰天、ぐるっと見回し、飛び上がった。眼鏡を鼻からはたき落とし、ぎこちなく彼女をつかみ、大きく手を広げて抱擁した。ヒゲは剃ってはあったがざらざらした。「シーラ。ほんとうに肝をつぶしたぞ」

彼女はオウエンを抱擁した。これまでは分からなかったのだが、兄と会って初めて、夫婦関係や、子どもとの関係が出来るずっと以前のつながり、兄弟にしか分からない親密さを感じたのだ。今はもうそれほど近しくはないネッドにだって、この同じ感情が働くのだ。どこか知らない国の生き残りみたいに、ちっぽけな国の細かな記憶が残っている。夏の日ホリデーを過ごしたポートラッシュの宿でスナップをしたこと、ある日の午後、お父さんに連れられてプールへ泳ぎに行ったこと、二人ずつ並んで行進したこと、気後れする詩の朗読大会でメダルを争ったこと、アニーというメイドが屋根裏部屋でネズミを殺したことなどなど。夕食後静かにしていた、あわよくばキティがロザリオの祈りを忘れてくれないかと期待しつつ。日曜スペシャルのごちそう、アイスクリームを、マッコートの店へ男の子が使いにやらされた。スライダーとレモネード二本も。お父さんが、庭の物置の前にはしごを置き、そこへ皆を乗せて写真を撮った。あそこにあるあの記念の家族写真だ。新品のコート、制服のキャップ、はしご四段、年の順に上から並んだ。くわえタバコのキティが、フラッシュを上げた。お父さんはローライフレックスをのぞきこんで、ハイ、チーズ、と言った。

はしご二段目から声がした。「ここへ来たってペグが言ったのかい？」

「ううん」と彼女は言った。「兄さんが来た時、アパートにいたんだけど出なかったの。後でメモを見たのよ」

「そうか」と言うと、オーエンは当惑したようすでテーブルを指した。「まあ、坐らないか」

「パリに着いたばかり？」

「うん、一時間ほど前だ。なにか飲むかい？」

「コーヒーにしようかな」

「酒は飲まないんだな？」

「へべれけにして家へ帰そうっていうの？」

オーエンがほほ笑んだ。「とにかく会えてよかったよ。最悪の場合、せっかく来ても見つからないとか、会えてもバッグでぼくの頭をぶん殴るとかね。すごく心配してたんだ」

「そうするかもよ」

オーエンは、あたりを見回した。「パリ。きれいな街だね」

「そうよね」

「うちはね、だれも海外でバカンスをとは考えないんだ。ドネゴルとかゴールウェイとかね、近場ばっかしだな」

「そうね」

「まあ、アイリとジムは、去年子どもを連れてスペインへ行ったがね。すごくよかったみたいだよ」

彼女が顔をしかめた。「コスタ・デル・ソルのイギリス休暇村？ つまんない。外国って感じじゃないわ」

「ぼくは非難出来ないんだ。アグネスもぼくもケリーが大好きだ。子どもたちもね。うちの別荘みたいなものだよ」

「みんな元気？」

「うん、みんな元気だ。イメルダがOレベルにパスした。ほんの先週のことだがね。うれしくてね。外でちょっとお祝いしたんだ。シャンペン一本買ってね」

「アグネスは元気？」

「元気、元気。これ言ったかな、彼女、ゴルフ・チャンピオンになったって。先月のクラブのレディーズ・オープンでね」

「そう、それはおめでとう」

「詩もやってる。最近宗教関係のジャーナルに発表したよ。「神の使い」という詩なんだがね。彼女はこれからいろいろやりそうだろ、ね？」

彼女は兄を見た。かわいそうなオウエン。「うん、きっとやるわよ」と彼女が言った。言葉がとぎれたところで、オウエンがウェイターに合図した。

「コーヒーにクリームをお入れしましょうか？」

「いいえ。エスプレソにしてちょうだい」と彼女がウェイターに言った。

「かしこまりました」

「そうだったな」とオーエンが言った。「君はフランスが居心地いいんだよな」

「そうなの。違和感が無いのね、最初から。自分の国では居心地がよくないの」

「いっしょにザ・ハーグへダン叔父さんに会いに行ったよね、で、ここに立ち寄った」

「不思議ね」と彼女が言った。「こないだ、わたしもそのこと考えてたの」

「ポーターにフランス語で話すのでびっくりしたよ。スラングっぽいのまで入れこんでね」

彼女はほほ笑んでうなずいた。いつ切り出すのだろう?

彼女が声に出して言ったかのようだった。彼女の兄は、みっともない帽子をぬいで、傍らのイスにかけた。毛が薄くなったこと。兄さんいくつになるかな? わたしの八つ上だったわね? 彼が、日光浴するみたいに顔を上げた。「で、シーラ、自分の体調とかはどう感じているんだね?」

「医者はこういうケースをどう表現してるの? 病気だとしても、事情を考慮すれば別に悪いケースではない、とか?」

彼は、体を回して彼女に向き合った。明るいブルーの目の下に、茶色がかった皮膚のたるみがあった。

「こないだの晩、ケヴィンに会ったんだよ」

「でしょうねえ。ケヴィンはこのことを他の誰かに言ったのかしら」

「誰も」とドクター・ディーンは言った。「アグネスは知ってるよ、もちろん。だけど心配はいらない。彼女、口は堅いからそれは請合うよ」

彼女の顔に不信の色が表れた。無理もない。彼はビールを飲み終えた。

「要するに、ケヴィンは兄さんになんと言ったのかしら」

「君が、もううちには帰らないかもと彼に言ったたって」

「ほかには?」

「だれか男といっしょだと言ったたって」

「びっくりした、オウエン?」

「ああ。もっとも、人生にはこういうこともあるとは思うけどね。人にはいろんな変化があるものだ。自分の人生を変えたいと思うこともある。いろいろな事例を扱って、ぼくはいっぱいそういうケースを見てきたからね」

「女の患者の場合について言ってるの?」

「ああ、そうだ。女性のケースを多く扱ってきたからね。だがこれは、男性にもあるものだよ」

「でも、なぜ人生を変えたいと思うのかしら」

「中年になって、なんだか不満を覚えるようになる。なにかしなければと焦るんだ」

「つまり、兄さんは、これを病気として扱っているというわけね」

「ぼくはそうとは言ってないよ」

「ケヴィンの考えはそうよ」

彼は彼女を横目で見た。「ケヴィンがそう言ったのか?」

「兄さんとケヴィンはわたしのことを相談しあった。その通りでしょ。兄さんは、ネッドの病気のことまで言った。兄さんひどいわ。キティもいいかげん困る人だったけど、一つだけ立派だったのは、ネッドのことはネッド一人の問題、余計なおせっかいは無用としたことよ」

「キティは故人だ」ドクター・ディーンは言った。「だからとやかくは言わない、だが、批判するんじゃないが、彼女は間違っていたと思うんだ。ネッドのことをはっきり友だちや家族が知っていたら、その方がネッドにとっても楽だったろうということなんだ」

「そうかもしれない。でも、だれにも言わないっていう暗黙の了解があったし、だからわたし、ケヴィンにも言ってなかったのよ」

ウェイターが、彼女のコーヒーを運んできて、請求書を受け皿の下に押しこんだ。ドクター・ディーンはグラスを指して、ぎこちなく「お代りを頼むよ」と言った。

「それで」と彼女は言った。「いったいネッドのこととこれとどういう関係があるの?」

「シーラ、少し質問していいかな」

「どんな質問?」

「なにか兆候なんかなかったのかね、食欲がなくなるとか、眠れないとか、めまい、集中力減退、いらいらするとか、どう?」

「べつになにもないわ」

「うつとか?」

「いいえ」

「夫、子どもを残して去るということでつらくない?」

「もちろんつらいわ。でも、うつじゃないわ」

「うつではない。だが、今自分がしていることで幸せを感じてはいないよね」

「分からないのよ、オウエン。複雑なの。大体いつもすごく幸福なの。今までになく元気なの。でも、たとえばこないだの晩、目が覚めたとき死にたくなった。理由は分かる気がするわ。今自分におこっていることに、面と向き合おうとしていなかったからなの。なにか逃げ道がないか探しまわったの。でもそんなものないわ。このままこの幸せが続いてくれて、しかもなんの代価も払わなくっていいっていう虫のいい考え。そんなこと無理だって分かってる。代償はなんらかのかたちで支払わなければならないわ。それが分かったの」

「で、君はどうやって支払うつもりなんだい？」

「分からない。ただ、家に帰れないことだけははっきりしてるわ。もう過去は終わったの」

「まだ終わっていないぞ」ドクター・ディーンが言った。「バカなことを言うな。夫と子どもを自分の一存で抹殺できるものか」

「できないかしら。現実から身を引く人間もいるわ。新聞にこんな記事があったわ。ちょっとそこまでタバコを買いに行ってくるって言って出たきり、二度と戻ってこなかった男の話。読んだことない？」

ウェイターがビールのお代りを持ってきた。「大事な点はだ」ドクター・ディーンが言った。「君は男じゃないし、いなくなってもいない。だいたい、消えるっていうが、そいつはかなり難しいぞ」

「女も消えることはあるわ」

「どうやって食べていくんだ」

「公債やキティの金があるわ。数ヶ月はそれでやっていけるわ。わたしの分は兄さんの名義になってるのよね？」

「ああそうだ」とドクター・ディーンは言った。「それを送ってほしいかい？」

「お願いします。そのお金を送ってください」

「そうすると、そのボーイフレンドはお前を養えないんだな」

「そんなこと言ってないわ」

「ご免」ドクター・ディーンは、ビールを一口飲んだ。「シーラ、ほんとうにどうしてこんなことになったんだ。家庭が幸せじゃなかったのか？」

「兄さんは幸せ？ 家庭で幸せな人っているかしら」

「紛争のことか」

「あら、ちがうわよ。紛争ねえ、なんでもかんでも紛争のせいにすることはできないわ。確かに口実にしてしまうことがあるけどね。紛争だけしかもう信じるものがないのよね」

「どういうことだ、シーラ」

「プロテスタントはイギリスに不信感を持ってるし、カトリックは神を信じちゃいない、だれも未来を信じていない」

「暗い予測だな」

「兄さんはなにか信じてる？ よい生き方をすれば天国へ行くとか、政治とか、この世界をよくしようとか。お父さんの時代は信じてた。未来があると信じたから現在が意味を持ったのよ。今、わたしたちが信じているものといえば快楽だけよ」

「だからこういうことになったっていうのか、快楽のため？」

「ではないわ。そうなっただけ」

「長続きはしないさ」ドクター・ディーンが言った。「分かってるだろ？」

「それはどうでもいいの」

「それこそ大事な点だ」とドクター・ディーンは言った。「まあ聞けよ、怒らないで。ケヴィンが正しいかもしれないなあ。お前のこの決定っていうのは、もしかすると精神に問題があるからかもしれない」

「ネッドのようにというわけ？　バカなこと言わないでよ、オウエン！」

「それはおくとして、ネッドの場合、病気は失恋からだった」

「比較してどうなるの」

「違う観点からだ。ネッドは神経衰弱になった。だがね、これはネッドだけじゃないんだ。うちの家族みんなが持ってるかもしれない傾向なんだ」

「だれが神経衰弱だった？　ほかに誰よ」彼女は急に恐くなった。

「キティ」

「キティ？」

「君が生れて間もなく、自殺願望にかかってね。三ヶ月パーティスバーン・アサイラムにいた」

「でもその自殺願望って、産後の女性によくある一時的傾向じゃないの？」

「産後うつ。ああそうだよ。だけど、キティの場合はそうじゃなかった」

彼女は前かがみになって目を閉じた。車の音がやたらうるさかった。「それで兄さんは来たの？」と彼女は言った。「わたしを脅すために？」

「できることなら君を助けるためにだ。ぼくは君が心配なんだ」

「つまり、神経衰弱とかなんとかにわたしがなると思ってるのね」

「〝アクティング・アウト〟と分析されているものにあたるのかもしれないが」

「わたしはただ恋に落ちたのだとは思わないの？」

「そうだろう、もちろん」とドクター・ディーンは言った。「だが、だから君はだいじょうぶということにはならないよ。ところでその君の相手だが、どんな男だ。会えるか？」

「だめよ」

「どうして？人前に出すのが恥ずかしいのか」

「彼はアメリカ人でわたしより十才年下。会ってからまだ二週間しかたってないけど、いっしょに暮らしているわ。わたしと暮らしたいと思っていて、わたしにアメリカへ来て一緒になろうと勧めてるの。結婚する気がないならそれは自由、わたしの好きなようにしたらいいと言ってるわ。これで全部よ。きっといい診断材料になることでしょうよ」

「診断なんてしてないぞ」

「とにかくそれが現在の状況よ。ちょっとそこまでってタバコを買いに行ったきり消えた男にわたしは似てるわ。わたしのことは忘れてよ。わたしの相続した不動産を売ってね。すぐに手紙で送り先を知らせますから」

「手紙を受け取りしだい処分するよ」

「ありがとう。さあ、もう家へ帰ってよ、オウエン。ここで兄さんができることはなにもないわ。兄さんは、わたしが気が狂ったと思ってるかもしれないけど、それはだいじょうぶよ。じゃあね、気持ちよくさよならしましょうよ」

「ちょっと待てよ。ご飯くらい一緒に食べないか」

「悪いけど、予定があるの」

「ぼくも一緒にではだめなのか」

「だめ」

そのとき彼女は急に恥ずかしくなって、テーブル越しに兄の手を取り、握りしめた。「ご免、オウエン」だがそのとき、五十ヤード先にトム・ロウリーが見えた。彼が、地下鉄の入り口に立って、自分たちを見ていた。なんだってわたしをスパイするのよ、アパートで待っててと言ったのに。腹が立ったが、同時に、彼のすがたを見て胸が弾んだ。兄の手を離し、「いいわ、明日立つのなら、わたし兄さんと朝食を一緒に食べるわ。八時頃兄さんのホテルへ行くわね」

「分かった。シーラ、今夜ケヴィンに電話しなきゃならないんだが、なんて言えばいい？」

「なにをしてもむだだって言っといて」

ドクター・ディーンはうなだれた。「ペグはどうしてる？ その辺にいるかな？」

「ええ。どうして？」

「ディナーをペグとできたらいいと思って。彼女に連絡していいね」

「ペグは兄さんの友だちでもあるわ」とミセス・レドンは言った。イヴォの電話番号を捜してメモをとると、立ち上がってそれをオウエンに渡した。「はいこれ、ホテルはどこでしたっけ」と彼女が訊いた。

「アングルテール・ホテルだ」

前かがみになって兄のほおにキスした。「じゃ明日の朝ね」と言うと、急いで外の通りへ出て雑踏に合流した。信号が青になり、通りの中間まで行くとそこでまたストップ。次の信号が青になりやっと通りの向こう側についた。振り向くと、後を追ってきたトムが赤信号でストップし、車をやり過ごして直前でジャンプ。彼が安全なところにたどりつくまで肝がつぶれるかと思うくらいひやひやする。やっと合流、「轢かれたらどうするのよ!」

彼女はトムを抱きしめた。兄を思い出してオウエンのいる方へ目をやると、オウエンが手を振った。彼女は兄にゆっくりと手を振り返した。


翌日の朝、ドクター・ディーンは妹と食事をした後、オルリー行きバスに乗った。三年前に禁煙したのだが、オルリーに着くと免税店へ行き、ゴロワーズを一箱買って、一つ開けた。一服深々と吸いこむとめまいを覚えた。吸いながら別のカウンターへ行き、改悛の気分で妻と娘たちにシャネルのトワレを買った。吸い続けながらバーに入って、ブランデー・ソーダを注文した。空港から電話して、今から帰ると言おうと思っていたのだが、ブランデーを一杯飲みほすと、もう一杯注文した。ロンドンからかけることにした。二杯目を飲んでいるうちに気が変わり、バーマンに電話の場所を聞いた。電話ボックスへ行こうと歩き出したとたん、ロンドン便のアナウンスが入った。

しょうがない。とにかく、アグネスにどう言うか考えとかなきゃ。堪忍袋の緒が切れてシーラを怒鳴りつけた、などとはぜったい言うまい。それこそアグネスの思う壺だ。ほんとうはそういうことになってしまったのだが。怒鳴るなんて、まったくなにが人助けだ。今朝ルーヴルへでも行って絵を見て、午後謝ったらよかったのに。医者は自分の家族は診てはいけない。それはまずい。親父が医者だったらどうしただろう。彼女になんと言っただろうか。ドクター・ディーンは、父と父の親友、ドクター・バーン、マゴニガル判事長のことを考えながら、待機している飛行機の方へ歩いていった。彼らがショーとジョイス、ムッソリーニ政策とバチカン、戦時中立アイルランドの倫理観など、いろいろな話題について意見を戦わせていたのを思い出した。彼らはインテリではないが、本をよく読み、議論好きでゴルフ嫌い、家の大きさがどうの、車の型がどうのなんて気にもかけない人々だった。彼らは古い世代の人間だったが、情熱的で、本に親しみ、敬虔だった。彼らは熱情と純真さで勝り、自分のことを主張するだけの後の世代より、素晴しいしおもしろいと彼には思えた。父だったら、シーラの言い分なんかこてんぱんにやっつけたことだろう。父だったら、シーラのように快楽を道理より優先するなどしないだろう。とくに恋愛問題なら、絶対しないだろう。もっとも、シーラの言うとおり、旧世代は確実な信念があった時代に生きていた。ここだ、ここがいちばん重要なところなのだ。これが一九三五年で、シーラが父の妹であったなら、罪の問題と収斂させられるところだろう。ぼくはこの問題を、病気という点からしか考えない。父なら、道徳的拘束力が内包された問題だと言ったところだろうが、ぼくには情緒面の危険を推測するしかないという気がする。

その場合だって、自分にはどれほど確信があっただろうか。彼女が病気だと言えるだろうか。もちろん言えない。自分の意見ではたしかに、彼女のしていることは、彼女の精神の健全性を危うくする可能性があり、彼女に悲しみと後悔をもたらす可能性があるとは思う。しかし、確実にそうだと言えるだろうか。これとは正反対の意見だって考えられないことはない。反対意見が出せるというのは知性のしるしだとか言われることもあるのだ。だが、ほんとうにそうだろうか。十五年前、ぼくたちはフロイトを金科玉条のごとく読み漁ったものだ。フロイトは天才だと思えた。今は、さあどうかな。でも今朝シーラと話していたときぼくのしゃべった言葉は、心理学のテキストからそのまま出てきたようなフレーズで一杯だった。自分の偏見に合う説明をしてくれるから、居心地よい理論なのだ。アクティング・アウト、徘徊症などなど。どれもこれも本から出てきた言葉ばかりだ。ぼくには、本は実人生の代わりだった。恋する女の気持ちが分かるか。くそったれ。彼女、幸せそうだったじゃないか。彼女が躁病だと言い張ることは出来る、だが、ぼくは精神科医じゃない、産婦人科医だ。なんだってこんなばかな畑違いのことに巻きこまれなきゃならないんだ。

なぜこんなことやってるかって？　それはネッドのことがあるからなんだ。ぼくが確実に知っているのは、ネッドの神経衰弱という地獄、それだけだ。でも――彼女なんて言ったっけ？――〝幸福〟だと信じている人間にこの地獄をどうやって説明できるというのか。

搭乗口に立つスチュワーデスが、彼のチケットを見てほほえみ、どこでもどうぞお座りくださいと言った。乗客は少なくて、三人分ゆったり使えた。帽子を「タイムズ」の上に置いた。夕べ、あのユーゴスラヴィア人が、あのアメリカ人はシーラに夢中だと言った。それでどうとオウエンが訊くと、ユーゴスラヴィア人が、恋愛は普通は純真無垢の人の行為、一端とっつかれると逃れられないと言った。フム、格言を使うのがうまいフランス人らしいフレーズだな。と言っても、彼はフランス人じゃないが。だが、ペグ・コンウェイは、来週シーラがこのアパートを出るとき、すべては終わると考えてる。ぼくもそう願いたいが、そうはならないだろうな。シーラは逃げ馬だ、きっとあの男と行ってしまうだろう。変わり者の血は家の伝統だ。精神不安定。ネッド、キティ、そして今度はシーラだ。それから自分のことも忘れるなよ。ぼくは自分のことを忘れてはいない。

離陸、上半身緊張、手はしっかりと座席の肘掛を握って。機体は雲海にぐんぐん突っこんでいった。左エンジンの音がどうもおかしい。以前なら、こんなときはすぐ改悛の祈りを捧げるところだったろう。だが今は、アグネスが言ったこと、なにか彼に起こったら、ドレス・ショップを開くんだという言葉を思い出していた。ナンセンスだ、まったく。アグネスはビジネスのセンスなんか皆無だ、店なんか運営できるものか。ガタガタ、すごい揺れだ。落ちてぼくが死んだら、アグネスはシーラを責めるだろうな。

急に機体が、雲海からどこまでも真っ青な大空へ飛び出した。シートベルト・サインも消えた。うちの家系に潜む変な傾向。シーラもちょっと考えたら、まずいということくらい分かりそうなものだが。ドネゴルの老婦人たちが、妊娠したある未婚女性について言っていたっけ。「楽しんだツケだよ」。シーラも同じだ。ぼくはそう言ってやった。「自分勝手な馬鹿女だぞ、君は。こんなことがいつまで続くと思ってるんだ。十年もしたら、君はこの男の母親然としてるだろう」

ふつうは伏せておく、耳の痛いことを言ったりしていたんだが、言うまでもなく、ぼくはもうすでに彼女をどなりつけていた。はじめのうちは穏かに話し合っていたんだが。「君は今幸福だと言ってる。だけどそれはどうかな。人間って幸福になるようにできてるのかねえ」彼女は笑って、ぼくに、相変わらずのカトリックだわねえと非難めいた口調で言った。ぼくは彼女に言った。「まじめな話、まあ人間、ときどきだれるのは大目に見るとしてだな、本当にずっと幸福でいられると思うかい。まともな人間なら、持続的にずっと幸福なんてのはふつうは難しいな。君がいつも幸福だとしたら、周りに充満する不幸に君が気づかないということだ。今はたしかに幸せだろう。だが、長くは続かないぞ」

「わたしもずっと続くとは思っていないわ」と彼女が言った。「そうか」とわたしは言った。「長続きはしないし、自分が今よりもっと不幸になると分かっていて、それで君が払おうとしている大きな犠牲の値うちはあるのか」彼女は、価値云々の問題じゃないと言った。「ケヴィンがこんなこと言ったことがあるわ。人生は暗がりでダンスを踊ることじゃない。あの昔の歌ね。わたしは空想的で、事実というものに向き合ったことがないって。ちがうわ。非現実的なら、ケヴィンと結婚しなかったと思う。それに、これも非現実的かもしれないけど、ロンドンかパリへ行って仕事を探したでしょうよ。ロマンティックだったらもっと違った道を選んだと思う」

「だけど、そんなもの見つけられなかった可能性の方が高いだろう」そうぼくが言うと、「そうでしょうね」と彼女が言った。「でも、やってみたと思う。そのことよ、自分を今責めるのは。わたしはなにもしようとしなかった」

ばかなこと言うな。彼女の言うことを聞いていてぼくは腹が立った。「今頃もう遅い」これを言っちゃいけなかった。かっとなって、彼女にこう言った。独りよがりもいい加減にしろ。あんな若い男と深い関係になるなんて、なんというばか者だと。怒鳴り散らしたんだ。あれで彼女を助けるだと、ばかな。

スチュワーデスが、免税タバコを売りに来た。オウエンは、ゴロワーズを取り出して一本火をつけた。

またタバコをやりだしたのを、アグネスが見たらなんというかしらん。うちに帰ったらなんと言おう。アグネスはきっと人にばらまくだろうし。だいじょうぶだ、うまく収まったよ。ちょっと二人もめたんだがね。予定通りシーラは来週帰ってくるよとかなんとか、ウソ言ってごまかすか。ペグは、そうなると楽観してる。ほんとうにそうなればいいんだが。そうだな、アグネスにはそう言っておこう。なるようになるさ。

彼女は薄暗がりに横たわっていた。窓から、セーヌ川沿いを行きかう車の騒音が入ってきた。トムは彼女の体に腕を回し、彼の肩に彼女は頭をのせていた。まるで彼女が彼と同じ年で、未婚であったたらそうしたであるかのように、彼が明日のことを語っていた。「とにかく、次のステップはサン・フロランタン街へ行くことだ。あなた、パスポートあるよね。イギリスの、まちがいないね?」

セックスをすると、彼はわたしより年を重ねていて、経験も積んでいるように見える。だからかしら、いつもセックスのあとで将来の設計をするのは。セックスは彼に権威を与えるみたいだ。ケヴィンが知らないセックスを、どうしてトムが知っているのかしら。アメリカ人ってみなこうなのかしら。

「アメリカに入れば」とトムが言った。「ビザ更新は問題なし。あなたは移民として滞在すると申請すればいいんだ」

彼が自分たちの人生設計をどう描いているかというと、まず移動すること、行動資金、ビザと仕事、そして二人で新しい人生を築いていくというもの。でも同時に彼は、いつもわたしにもう一方の選択肢、引き返す、を用意させるのだ。ニューヨークの銀行に万一のための金を用意し、帰りのチケットも買ってくれて、後腐れなし、引きとめはしないと言うのだ。昨日彼はこう言った。「気が変わったらね、シーラ、好きなようにしたらいい。人に強制はできないもの、結局自分がやるべきことを選択しなくちゃならないんだから」自分がやらなければならないことをするものだ。でもほんとうにそうかしら？ トムをあきらめたくない。彼も同じように考えているとしたら、「気が変わったら」なんて言うかしら？ 言うかも。とにかく彼は、若い、アメリカ人、男という条件だもの。わたしがしたようなまちがいをしてはこなかったし、わたしのように恐がっていない。ケヴィンが後を追ってくるというのが不安でないことはないだろうが、トムはそれを顔に出さないのだ。

「寝てる？」トムが言った。「聞いてる？」

「もちろん聞いてるわよ。ニューヨークまで運賃がいくらってあなた言ったっけ？」

「四百ドルくらいだよ」

「帰りも同じね」

「そうだよ」

「で、あなたの所持金は？」

彼が笑って彼女の額にキスした。「あなた、ぼくの金が欲しいの？」

「そんなことじゃないわ。いくら持っているの？ 二千ドル？ 五千？ いくら？」

彼はしばらく黙って計算していた。「全部で五千くらいかな、まあだいたいそんなところだな。キャッシュとトラベラーズ・チェックが二千くらい、あとは普通預金口座に入ってる」

「それじゃ、わたしのためにたくさん使わせるわけにはいかないわ」

「これほど意味のある使い方はないよ。ぼくはバーモントで金を作る予定。パイン・ロッジのつぎのマネジャー代行に言えばいいんだ」

「わたしも少しは持ってるのだけど。遺産の取り分。二千ポンドくらいだと思うわ」

「じゃあ金持ちだ、ぼくたちは。後ろ向いてよ」

言われたとおりうつぶせになると、彼が後ろから入ってきた。ペニスが生き生きと目覚める。トムが彼女のうなじにキスした。愛撫する手、乳首にはう指先、とそのとき、サイレンが暗い夜をつんざいた。シーラは彼のほうを向いて、ペニスを手に取った。


真夜中に電話が鳴って彼女は驚いて起きた。静寂を突き破ってけたたましく鳴る電話。飛び起きてレインコートを引っつかみ、腕を通しながら居間へ行った。テーブルの明かりを手探った。なんだか足がぬれた感じだ。スイッチを見つけた。見ると、メンスの血が腿に伝っていた。パニック、テーブルから急いでクリネックスをとり、受話器をつかんだ、受話器がまるで敵みたいに、恐る恐る。「もしもし?」沈黙。もう一度「もしもし?」

「ママ?」

「ダニー? だいじょうぶ? どうしたの? パパはだいじょうぶ?」

「うん」

「ダニー、どうしてこの番号が分かったの? パパそこにいるの?」

「寝てるよ」

「そう、じゃどうしたの？ ダノ、どうしたの？」

「べつに。ママとちょっと話したいだけ」

「だけどもう真夜中よ」

「ママが家へ帰ってこないってほんとう？」

「だれがそう言ったの」

「オウエン叔父さんが今夜ここへきてて、叔父さんがパパにそう言ってるのを聞いたよ」

「叔父さんはなんて言ったの」

「ママが、帰らないって叔父さんに言ったって。それからママは、ニューヨークへ行って、アメリカ人と暮らすって」

「あんたが聞いてたの、パパは知ってるの？」

「うん、知ってる。ぼくがパパに聞いたから」

「ああ、どうしよう」と彼女が言った。「この番号どうして分かったの？」

「電話の横にあったよ。パパがママに何日も何日も電話をかけてた。知らないの？」

「ダニー、ママの言うことよく聞いて。ほんとうは電話では言えないことなのだけど」

「どうして？ ママはぼくたちを捨てていこうとしているんだろ？」

「ねえ、ダニー、これは大人の問題なの。あんたには悪いけど、説明するのは難しいの。おやすみ」

「やっぱりママは、ぼくたちを見捨てて行っちゃうんだ。ひどい、ひどい。ママ、聞いてる？ ママはひどいよ」

ダニーが泣いているのが彼女に聞えた。「ああ、ダノ」彼女は言った「聞いてね、泣かないで。心配しないでお願い。聞いて。明日か月曜にあんたに電話するから、いい?」

「何でアメリカへ行きたいの?」まだほんの子どもだ。ダニーが大声で泣きじゃくった。「ひどいよ、ママはパパにひどいことするんだ」

「お願い、ダニー、泣かないで。泣かないで。いい子にしてね。おやすみなさい」

「ひどい! ママはひどい!」

ダニーが電話を切った、遠い向こうの端で。はだしでパジャマ姿のダニー。怒ってなきじゃくり、ごしごしこすって真っ赤になったほっぺ、涙でぐしょぐしょの顔。彼女の子、ダニーのことを思い出すときは、決まってあの日、あの子が初めてスーツを着て写真を取った日のことを思い出した。小さいグレーのフランネルのジャケット、短いズボン、階段の一番上に立って待っていた。パパが、さあ行こうかと言った。ふっくらした顔にほほ笑みを浮かべて、初々しい誇らしげなダニー。彼女は階段下で待っていた。ケヴィンがスナップ写真を何枚か撮った。階段の一番下まで来ると、彼女の方へ走ってきた。ぎゅっとママを抱きしめた。彼女の一人息子。小さい腕を彼女の首に絡ませていた。受話器を置き振り向くと、トム・ロウリーが居間のドアのところで待っていた。

「息子さん?」

「ええ」

トムは彼女に近寄った。「かわいそうなシーラ」

「いいの、だいじょうぶよ」

「だんなが電話をかけさせたのかな」

「ちがうの、自分の考えで電話したらしいの」

血が腿を伝っていた。バスルームへ行った。しばらくして戻ってくると、トムが彼女を待っていた。ベッドで、彼女が眠るまでトムは彼女を抱きしめていた。


空港。シーラは、ハンドバッグをテーブルに置くよう指示された。アメリカ合衆国沿岸警備隊が、彼女の荷物をチェックした。それが終わると、フランス風中庭を通ってパ、ス、ポ、ー、ト、・、オ、フ、ィ、ス、へ行った。建物全体がそうだったが、ここもアメリカ風というよりフランス風だった。だが待合室の向こうに、非の打ち所なく清潔な、大きな星条旗が鎮座ましましているのが見えた。まさに、国旗というより宗教シンボル然として。一瞬悪い予感がした。アメリカっていったいどんな国だろう。清潔で国旗はためく国、人々はいろいろな言語をしゃべっているが、なんといっても聞き慣れた英語が主流。習慣も違う、だが基本的に同じ言語だから親戚みたいな親しみがあった。彼女が自分の人生を見るために入りこんだ暗い映画館で見た向こう側の世界、そこの住人である彼ら。この不思議な二律背反が、デスクの、飛行機操縦者用眼鏡をかけた感じのいいこの領事館員の態度にも表れていた。館員は情け深い、が同時に不吉なものを思わせるところがあった。彼はビザ申請書を調べて、彼女に質問した。夫の職業、普通機かチャーター機かということも訊かれた。言うことは考えてあった。友達を訪問すること、トムの妹の名前とアドレスを言って、アイルランドに夫と子どもがいること、二週間で国に帰ることを述べた。館員は注意深く読んでいた。彼女は待っていた。心の中で、困惑するほど友好的なこの男の態度が、急に冷たい拒絶に変わるとほぼ確信していたところがあった。だが、結局そういうことはなにもなかった。あといくつか質問があった後、彼女の書類と写真はファイルに収められた。彼女はイスにかけるように言われた。しばらくすると彼女は、デスクにまた呼ばれた。ビザがチェックされ、パスポートにビザのスタンプが押された。サン・フロランタン街のオフィスを出たのはもう二時を回っていた。とつぜん、トムが気が狂ったように一回転して、「やった、やった!」と言った。「なにかまずいことがおこるんじゃないかと思って、ぼくほんとうにすごく心配だったんだよ」

「あら、あなた簡単だって言ったじゃない」

「うん簡単だった。ほんとうによかった! だけどね、もしご主人のことを調べるとかなんとか言い出したらと思って、それが恐かったんだ。だがもういい、うまくいった。幸先いいよ」

彼女は彼にキスした。

「オーケー」と彼が言った。「お祝いだ。ル・ドラッグストアへ行ってアメリカ式ランチをごちそうするよ。ハンバーガーとビールね」

「行きましょう。わたしこんなに幸せそうなあなたを見たのは初めてよ」

「だってほんとうに順調に進んでいるんだもの。カウンターに立っているあなたを見て、本当言うとぼくは不安でたまらなかったんだよ。結婚していて夫と子どもがいるということでスムーズにいったんだと思うんだ」

そう言ってから彼は顔を赤らめた。「ご免ね。でも、ぼくのいいたいこと分かると思う」

「ええ、もちろん」とシーラは言った。「大使館員がリングを見てたもの。これのおかげで助かったのよね」

だがトムは、まだ顔を赤らめたまま、困惑していた。「あなたがこれから通り越えなきゃならないことがいくつもあるからね。土曜の晩息子さんが電話してきたしね。いろんなことであなたが参っちゃうんじゃないかとときどきぼく恐くなるんだよ。今日はビザを申請したし。ああシーラ、きっとうまくいくよ。バーモントへ行ったら、こういうこともすべていい思い出になるよ。なんといったらいいのか分からないけど、とにかくあなたがぼくのために決断してくれたこと、大感謝だよ」

彼女は彼にキスした。「黙って」

だが、三十分ほど過ぎた頃、ル・ドラッグストアのガラス張りテラスに坐っていたのだが、彼はまたしゃべりたくなったようだった。「あなたを連れて行くことに、ぼくは後ろめたい気持は微塵もないんだ。そう感じてもおかしくはないんだろうけど。でも、それはないんだ。ぼくはただただ感謝の気持だけ、あなたに対して、大使館に対して、もう誰もかもにだ。ぼくの誕生日のような気持なんだよ」

彼女はガラス越しに、ずっと前方の凱旋門をじっと見た。凱旋門の上を人々が歩いていた。まるでおもちゃみたいに小さい人間。彼らは、眼下に広がるパリの街を見つめていた。

「ほら、あの人たちを見て」

「どこ?」

「凱旋門の上よ」

「あそこに上ったことあるよ。パリのすばらしい景色が一望できるよ」

「あそこまでどうやって上るの?」彼女が訊いた。「階段を上るの?」

「いや、エレベーターがあるよ」

彼女は、ハンバーガーを横にどけた。彼女がほとんど手をつけていないのにトムは気がついた。「凱旋門、上りに行かない?」

「ああ、いいよ」

「じゃ、あなたが食べ終わったら行きましょう」


言葉が分からないだろうという安心感から、大きな声でオランダ語をしゃべっている四人の観光客が、すしづめエレベーターに乗りこんできた。凱旋門頂上行きエレベーターだ。白い石を敷き詰めてある頂上に着いた。台座のふちのところへ行った。なんとふちには安全柵がなかった。下のほうに目をやると、この凱旋門を中心として、大通りが車輪の軸のように四方に延びていた。

「すばらしいでしょ?」彼が言った。

眼下のアヴニュ・ド・ラ・グランダルメに目をやった。それから、サクレ・クールとエッフェル塔へと視線を移した。「墓地みたいね。建物は墓石そっくりだわ」

だが、トムには聞えていなかったようだった。「ニューヨークで見晴らしのいいところはエンパイヤ・ステート・ビルディングだね。来週、あなたとぼくはニューヨークで、セントラル・パークとハドソン川と国連本部を見下ろすことになるんだよ。いっしょにぜったい見ようね、オーケー?」

「パリが懐かしくなるでしょうねえ」

「パリが懐かしくなったら、モントリオールに住むというのはどう? バーモントからほんの一時間だよ」

彼女は欄干の端っこへ行き、身を乗り出して下を見た。トムが彼女の後ろに来るのを感じた。

「ここから飛び降りる人って多いのかしら」

「簡単だからね。どうして安全手すりをつけないんだろう」

彼女は石の台座に坐って、欄干から足をぶらぶらさせた。手は台座の端をつかんでいた。ずっと下に見える人間を見つめて、前に身を倒した。さらに前の方へと。

「危ないよ。もうこっちへいらっしゃい」

彼女は前方へ身を乗り出した。視界がボーっとしてきた。彼の手が肩をつかんでいた。息を止めて後ろにそり、彼の足にもたれた。「高い所恐くないの？」と彼が訊いた。

「前はそうだったわ。ひどい高所恐怖症だったの」

「さあ、立って」

足を伸ばして立ち上がり、スカートのほこりを払った。「ご免なさい。さあ、下りましょう」

ミセス・ミリガンが、ルバーブ・パイを一切れ皿にのせ、その横に銀のクリーム入れを添えて、トレーを書斎に運んだ。ポーク・チョップもポテトも、ドクターはほとんど手をつけてなかった。

「ああドクター、ポーク・チョップを召し上がらなかったのですか。すばらしいいい肉ですのに。肉屋がわたしにと、特別に取っといてくれたんですよ」

「ダニーは寝たかね」

「ええ、すぐにぐっすりと」

「薬はちゃんと飲んだ?」

「ええ、ちゃんとさし上げました。ディナーを召し上がってくださいな。さあどうぞ」

「いや、もう結構、十分頂いた」

「じゃあ、ターザンに全部やってしまわなきゃ」

ターザンは、自分の名前を聞きつけて起き上がった。耳は前倒し、ふさふさした太いシッポがコーヒー・テーブルにぶつかった。

「ターザンは腹を空かせてるようだな。ターザン、腹へったか?」犬の主人が言った。

「どういたしまして。ターザンは満腹ですよ」ミセス・ミリガンは、ディナーの皿をとって言った。そのかわりにそこへルバーブ・パイを置いた。「さあ、一口でもいいから召し上がってくださいな。わたしが作りましたのですよ」

「ありがとう。コーヒーもらえるかな」

「すぐ持ってまいります、ドクター」

ドイツシェパード犬、ターザンの熱心な目が、ミセス・ミリガンから主人の方へと動いた。そして急にサインを読み取った。盆に飛び上がろうとして、それからミセス・ミリガンについてキッチンへ行った。

ケヴィン・レドンは彼女が出て行く音を聞いていた。彼女はなにか知っているのか? ダニーは彼女になにか言ったか? ダニーには、なにも言わないようにと言っておいたが。ケヴィンはテレビを見た。ダンス・コンペの真っ最中、舞踊室のダンス・コンテストで、出場者たちが踊っていた。白いタイと燕尾服の鉛管工が、弾力性のある磨き上げられたフロアで、イヴニング・ガウンのパートナーを『アニバーサリー・ワルツ』に合わせてリードしていた。ミセス・ミリガンが戻ってきて、コーヒーをのせた盆を置いた。いやコーヒーとはいっても、沸かした湯を入れたコーヒー・ポットとコーヒー入れに入れたインスタント・コーヒーだが。シーラだったらこんなもの持ってこないだろう。コーヒー入れに入ったインスタント・コーヒー。「もうよろしいですか?」

彼がうなずいた。だが彼女は気づかなかった。「ほかになにかお入用のものはありませんか」

「結構です、ミセス・ミリガン。おやすみ」

「あのパイを食べるの、忘れないでくださいよ」

「ああそうだね。おやすみ」

彼女が部屋を出て行った。ミセス・ミリガンは数分で洗い物を終え、それがすんだら上へ上がる。彼女は、シーラの二週間の休暇中、ここに住みこんでいる。部屋には、彼女のために借りたレンタル・テレビがあった。一度上がれば、下へ降りてくることはまずない。彼は、ポケットから取り出した処方箋用紙メモを見た。

ダニーが盗み聞きしたこと
オウエンがここへ来たこと
水曜日にそっちへ行く
話がしたい

パイにフォークを入れた。ミセス・ミリガンに悪いので二口食べた。インスタント・コーヒーを淹れ、テレビの音を消して、階段を上がっていく家政婦の足音に耳を澄ました。舞踏室の幽霊のようなダンサーたちが、くるくる回って踊っていた。ミセス・ミリガンが上に行ってしまうのを聞き取ると、処方箋の紙をポケットに入れて、玄関ホールへ行った。大きな象牙の下に真鍮のディナー・ゴングを支えているモンクス・ベンチがある。そのベンチの上に電話がおいてある。電話のところへ行った。子どもの頃、父の家でディナーの準備が整ったことを知らせるために、ゴングが鳴らされたのを思い出した。このゴングは祖父の時代、両親、子どもたち、未婚の親戚老婦人たち十五人もの人間を呼ぶために使われたものだった。ゴングはもう使われていなかった。フランスにダイアルし、それからペグ・コンウェイの電話番号にかけた。二分ほど鳴り続けていた。怒りがこみ上げてきた。受話器を下ろし、処方箋用紙メモをポケットにもどした。カギをかけといた方がいいだろう。表玄関の戸のまず内側を開け、つぎに重い外側を開けた。雨だ。ポーチ灯の明かりに浮かぶ車道と表門、その向こうにサマートン・ロードの街灯が見えた。表ドア、ついで内ドアのカギをかけ、施錠してから玄関ホールに来ると、壁にかかっている寒暖計のガラスをトントンやった。これが習慣になっている。この寒暖計、正確だったことがない。針が「晴れ」になった。書斎に戻った。幽霊のようなダンサーが、くるくる、くるくる回り踊っているテレビを横目にキッチンへ行き、裏のドアを閉めた。キッチンの明かりを消した。ガラスのドア・パネルから外に目をやると、庭師のマカスカーが外に置いたままにしておいた、手押し車が雨に打たれていた。食器部屋をのぞくと、ターザンが尻尾を振ってポテトの袋から起き上がった。なでてやり、また閉じこめた。玄関ホールに戻り、一階の踊り場へ上がって息子の部屋を見た。明かりがついたままだった。ダニーは口をあけてぐっすり眠っていた。レドンは明かりを消して、主寝室へ行った。引っ越した時買った特大ベッド、右側が彼のスペースだった。このほぼ二週間、左は使われていない。不快なものでも見たかのように、くるりと向きを変えて踊り場に戻った。三階のミセス・ミリガンの部屋から、テレビの音、テープに吹きこんだ笑い声が聞えた。踊り場を下りて裏手に回り、裏ドアから奥の部屋の中に入った。日頃慣れないスイッチを、手探りで見つけて電気をつけた。狭い場所が荒々しく照らされた。

ここが彼女の部屋だった。彼女の裁縫室、ここで彼女は家の諸費用を払ったり、ときどき読書もした。ほかにどんなことやってたんだろう、いったい。結局彼はなにも知らなかった。部屋はぞんざいに散らかっていた。真中にアイロン台が置いてあった。奥の方に裁縫用のマネキンがおいてあって、型紙がピンでとめてあった。古めかしいテーブルトップにシンガーの小型ミシンが置いてあり、その横にたくさん婦人雑誌が積んであった。壁面二つは、床から天井まで本で一杯だった。本は、母親がなくなったとき彼女がディーンの家から運んだ、古い黒い本棚に並べてあった。なにか素顔の彼女を知る手がかりでもあるかと思い、本の背表紙をじっと見た。一番下の大きな本は彼女の父親の蔵書だった。ブルーのシェイクスピア、ミルトン、ドライデン、ポープの全集と、G・B・ショーのグリーンとゴールドの全集。色あせくたびれたエヴリマンが二段。ペンギンと、ジード、ヴァレリ、アナトール・フランスなど、フランスのものがいくつかあった。クイーンズ大学の学生時代に、フランス語の授業で彼女が使ったものだろう。小型の詩の本があった。ほとんどはフランス詩だ。ランボー、ボードレール、ほかに彼の知らない詩人のものが何冊か。ヘミングウェイ、サキ、ジョイスの『ユリシーズ』、これは昔わいせつ本だったものだ。この棚にほかにわいせつ本はあるかな。一番上には女学生向けロマンスなどがあったが、この並びにちょっと変わった赤い布装丁の本があった。開けてみるとアトラスで、おさない筆跡で彼女の名前が書いてあった。シーラ・メアリー・ディーン、七月四日、シスターズ・マーシー・コンヴェント、グレナーム、北アイルランド。本を元に戻す。彼女はいつも本の虫だった——詩、劇、小説。要するにクズだ。いつだったか彼女は、ブライアン・ボランドと〝現代作家〟についてしゃべってたな。クズだ。くだらん小説を読んだらぼくより自分の方がえらくなるみたいに。

裁縫台の横にある、小さな古い籐のイスに腰かけた。そばの壁にかかっているカレンダーのある一日に○がつけてある。彼女がフランスに立った日だった。カレンダーの下に古い引き出しのついた食器棚があり、タンスの上に額に入った写真が飾ってあった。見てみた。なにかヒントでも? もちろん中央には大使だったダン叔父、この叔父が彼女の空想に一役買ったのだ。写真を取り上げてじっと見た。モーニング・コートの叔父、デブで大柄なばか野郎、写真は、信任状をオランダのユリアナ女王に差し出しているところだ。女王にほほ笑んでいる。デブ二人。食器棚に写真をもどした。彼女が自分の祭壇に、ほかになにを飾っているのか見た。二人の兄弟、オウエンとネッドの写真があった。昔、どこかの海辺でとったものだ。父親のが一枚。老ディーン教授。彼女は父親に肩車してもらっている。それから、ダニーが初めてのスーツを着た日に階段でぼくがとったあの子の写真。まだ小さかったダニー。ぼくは? いない。

だがそのとき、ほかの写真に隠れて、彼とシーラの額入りの大きな写真が目に入った。自分たちの結婚式の日の写真だ。インペリアル・ホテルのケーキ・カットの場面で、彼は手を彼女の手に添えて、ナイフをケーキに運んでいるところだ。二人はカメラマンににっこりほほ笑んでいる。花嫁の顔をジックリ観察、ああ彼女きれいだな、ほほえみはちょっとばかみたいだが。シャンペンで酔っぱらったせいだ。

チュールの頭飾りのせいで、ますます背が高くなった彼女。二人の母親を見下ろす感じだ。タバコ片手に母親二人が、新郎新婦の後ろに立っていた。族長二人、敵同士の一瞬の結合。それから、今思い出しても胸が痛むが、ウェディング・レセプションの後、ハネムーンへ出発した。ロンドンへ、それからヴィルフランシュへ飛んだ。ヴィルフランシュで初めて、彼は彼女の一糸まとわぬ姿を見たのだった。同じ場所で、アメリカ人の若い男と先週彼女はいっしょだった、多分ハネムーンと同じベッドに。メス犬！ばいた！性悪女め！

下で電話が鳴り出した。急いで階段を駆け下り玄関ホールへ行った。ダニーが目を覚まさないうちにと思って。もちろん、彼女ではなかった。リスバーンの英軍から、明朝の手術についての電話だった。英語の声に耳を傾け、頼まなければならない必要項目を言った。「しばらくお待ち願えますか」と巡査部長が言った。当直将校が出て、こんな遅くに電話をかけて申し訳ありませんと言った。「構いませんよ」とケヴィンは言って、電話を切った。水曜日にパリへ飛べば、軍の手術業務に差し障るから、明日大佐に説明したほうがいいだろう。この仕事はやっかいなものだった。彼女はぼくにこれを引き受けさせたくなくて、やるなと言ったんだ。彼女の意向をもっと尊重すればよかった。

落ち着きなく大きな表の客間に行った。ここは、客専用に最近使うようになった部屋だった。読書用ランプをつけ、ブラインドを引いた。雨は降り続いていた。大きなソファに腰かけた。ブライアン・ボランドに彼女が本のことを話したとき、坐っていたソファだ。ほかの男とへらへらするとなじったら彼女は泣いたんだが、彼女は潔白で、男は知らないと思っていたから、一体なんで秋波を送ったりするのかと咎めたんだ。暗闇でダンス、か。本当はこっちが無知だったんだ。はにかんだり、良妻づらしたり。ダニーの母親。本当はなにを考えてたんだろう。彼女をだめにしたのはあの叔父、あのデブのろくでなし大使の叔父だ。パリのようなところに一生住むなんて、夢みたいなことばかり考えて。パリ、か。先週そこでトリニティ出たての、ジョイスの洗濯目録で博士号とった若いヤンキーとできて。オウエンがそう言った。トリニティ出たてのほやほや、ぺちゃくちゃおしゃべり、中味はといえば、カミュ、イエイツ、エトセトラで幸せ一杯、おれがあたりにいないからせいせいするってわけか。ここだといつもきまって患者のことと紛争のことばかり、もううんざりってとこだろう。パリ、ヤンキー。女がその気にさせておいて、そのうちに男が女にほれる。男は女が自分にほれてると思いこむ寸法。どっちものぼせあがって、ブライアン・ボランドのときとそっくり同じだ。そうさ、それに違いない。

客間のグランド・ピアノのイスに坐ってピアノのふたを開けた。鍵盤をたたいてみる。ポロン。ぎこちなくふたを閉めたら、ふたの上と下がぶつかってえらい音がした。女房が男と駆け落ちしたと分かれば、同情されるか笑われるかどっちかだ。どっちがいいか。二十年前なら、神父に話してもらえばすんだところだろうが。この頃は、神父なんてだれも洟も引っかけやしないからなあ。

腕時計を見た。ゴールド・フレームのロンジン、卒業祝いに父からもらったものだ。覚悟を決めて立ち上がり、玄関ホールへ行った。もう一度ペグ・コンウェイに電話した。リーン、リーン。彼女出ないつもりか。よし、一晩中このままにしておいてやる。

だが、八回鳴ったとき、誰かが電話を取った。

「もしもし」

応答はなかった。番号間違えたかな。

「ケヴィン？」シーラの声だった。

「そうだ、ぼくだ」

「ダニーはどう？」

「よく言うな」（今度こそえらい目にあわせてやるぞ）

「どんな具合なの？」

「ひどい状態だ。睡眠薬でやっと寝させた」

「えっ、そんな」

「当然じゃないか。どういう状況だったか分かるか。土曜日の晩オウエンが来た。話し終わってふと気がつくとダニーがいた。階段のところで聞いていたんだ。かわいそうに、もうめちゃくちゃだ」

「知ってるわ。あの子、そのことでこないだ真夜中にかけてきたわ」

「あの子がどうしたって？」

「ここへ電話をかけてきたのよ、パリへ」

「ダニーが？　番号どうして分かったんだ？」

「ホールの電話の横にあったって」

はっと息を呑むケヴィン、怒りを抑えようとしている。

「シーラ、いいかげんにしないか」

彼女はなにも言わなかった。

「おれ、パリへ行く。これをきちんとしなけりゃならん」

「だめよ、ケヴィン」

「明日の午後そっちに着く。八時には手術なんだが、とにかく終わったらすぐ出かける」

「ケヴィン、来てもなにもならないわ。全然なんにもならないわ」

「そうか。さよならも言わないでニューヨークに立つというんだな」

「私がニューヨークへ行くってだれが言ったの?」

「君の友だちのペグ・コンウェイが、この間オウエンに言ったそうだ。そうだ、ペグはこうも言ったらしい。そのヤンキー、十才年下なんだそうだな。いいねえ、ハハ。そいつはすてきだ。ふうん、そうか。すると、君が五十だと奴さん三十九か。今のぼくより五つ若い。ぼくが五十女とベッドに入る図、君、想像できるかい」

彼女は無言だ。

「シーラ、聞えてるかい? ぼくの言ってること少しは分かるか? それともトンと周りにお構いなしかね?」

彼女は答えなかった。

「そうか。一つ腹を割って話し合おうじゃないか。いいかい、冷静に考えてみてうちに帰ろうというのなら、これまでのことは水に流そう。なにも言わない。帰ってきてほしいんだ。ダニーのためにだ。聞いてる? むろんぼくのためにもだ。お願いだ、シーラ」

ケヴィンは返答を待った。彼女は電話の向こう側にいるのだ。

「第二点、今帰ってくれれば誰にも分からない。知っているのはオウエンとぼく、それとかわいそうなダニーだけだ。ああ、アグネスもなにかうすうすは感じているが、なに構うことはない。オウエンが黙らせるさ、ハハ。もう二週間ほどいたかったら、いていいよ。寂しいけど、いいよ。聞いてるかい、シーラ？」

「ケヴィン、こんなことになって本当にご免なさい。本当に悪いと思っています」

「ちょっと待って、まだ終わってないんだ。もうちょっと言うことがあるんだ。結婚してぼくたち幸せだと思ってたんだけど、ぼくがまちがってたのかもしれない。ぼくは幸せだったけど、君は幸せじゃなかったのかも。ぼくはもっと君に心を向けるべきだったのだろう。軍の仕事は引き受けるべきじゃなかった、君が嫌がったんだから。ご免、悪かった。でもね、ここはこういう状況だから、本当はそうすべきなんだがそうしないということもある。それから、これは今まで口には出さなかったんだが、ずっと考えているんだ。このアルスターでこれから先いろいろなことがあったとしてもだ、改善は絶望的だよ。よくはならない。少なくとも我々が生きている間には無理だ。一生耐えていかなきゃならない。そう思わないかい？」

　彼女は無言だった。

「シー、君がどこかへ移住しようと言ったことあるの覚えてる？ 二年ほど前だったよね？ あのときはノーとぼく言ったけど、今は気持がそっちに傾いてきてるんだ。移住した方がいいと思う。カナダかオーストラリアか、どっちでも君のいい方でいい。資格があるからぼくはどこでも仕事には困らない。外国なら収入は二倍だ、ハハ。どこへ行きたいか、言ってくれ。トロントでもシドニーでもどこでもいい。来年の春までにはここを出るって約束するよ。君しだいで、早ければクリスマスまでにだってできる。ダニーのことはだいじょうぶだ。ラグビーをアイスホッケーに切り替えるさ、ハハ。どうだね、シー」

ケヴィンは待った。

「応答なしか。まあいい。今すぐに決めなくていいよ。一応ぼくのプランを言ったまでだから。もう一つ。水曜日の便を調べたんだ。ダブリンまで車で出て、コリンズタウン・エアポートに停めといて、十二時十分のパリ直行便に乗る。二人だけでランチをとろう」

「だめよ、ケヴィン」

「ランチだけ、話をするだけだよ」

「ノー」

「ランチがすんだらすぐ帰る。君が話したくなきゃあの事には触れない。ぼくは君に会いたいんだ。ほんの一時間か二時間だ」

「わたしは明日出発しなきゃいけないの。ホテルへ行くのよ」

「明日のことを言ってるんじゃない」と彼は言った。「水曜日のことだ。もうその頃には、ホテルに移ってるだろう」

「だめよ、ケヴィン、来ないで。来てもわたしいないわ」

最悪恐れていたことだ。よし、こうなったら最後の切り札だ。「そうか」と彼は言った。「まあどうせ行けなかったかもしれん。これは言いたくなかったんだが、ダニーの健康状態がよくないんだ。三十九度ある。この熱が下がらなければ、ぼくは家にいたほうがいいと思う」

「え？　ダニーがどうしたですって？」

「夕べ加減が悪くなったんだ。あの子が電話したときなにを言ったんだ」

「なにも。わたしはなにも言わないよって、あの子に言ったのはそれだけ。一日か二日したら電話するよって言っといたわ」

「なら、そうしてくれ」

「分かったわ。いつがいい?」

「明日だ、夕飯時だ。いいか?」

「いいわ」と彼女は言った。

「それからね、シー、君とコンタクト取れる番号教えてくれるか、万一の場合を考えてだが」

彼女は「待って」と言った。受話器を置く音がした。ちょっと間があって、それから彼女がもどった。

「番号は、オデオン8—8—0—5よ」

ケヴィンが書き留める。「オーケー。これ、ホテルだね」

「ええ。あの子どこが悪いの? 伝染性のもの?」

「子どもだからね、なんだって考えられるよ」

「じゃ、わたし、明日夕飯ごろ電話するわ」と彼女は言った。

「分かった。お休み、シー」

「お休み」

電話番号をメモッた処方箋紙を取り上げ、番号の書いてある部分をビリビリと破り、書斎にもどった。テレビを消し忘れていた。テレビは、深夜の祈りをしているプロテスタントの牧師を映し出していた。□

だけパクパクやっている。牧師が自分のほうをじっと見ていた。暖炉の火が消えかかっている暗い書斎。ケヴィンはイスに腰かけた。テレビの牧師に目をやった。だれかがとめなければ。だれかが彼女自身から彼女を守ってやらなければ。だれかが。彼女は狂ってる。そうだ、狂ってるんだ。明日電話してきてもなにも言わないでおこう。ダニーはずっとよくなったとだけ言うんだ。心配するなと。

牧師はほほ笑んで頭を下げた。画面が真っ暗になった。放送終了の表示だ。英女王の姿が映る。ケヴィン・レドンは女王をじっと見、イスから立ち上がると、テレビを消してホールへ行き、電話の横のアドレス帳を調べて、ある番号に電話した。

「ドクター・ディーンです」

「オウエン、ケヴィンだ。遅いけど、今からそっちへ行っていいかな。ちょっと会いたいんだ。急を要することだ」

「もちろん、いいとも。じゃ、待ってるから」

訪問客を待っていたドクター・ディーンが、玄関のドア・ベルに応えようとしたとき、アグネスがベッドルームで動く気配がした。行ってみると、アグネスは化粧台に向かってメーキャップ中だった。ナイトガウンの上に花柄キルトのガウンを羽織っていた。振り向いて、夫にほほ笑んで彼女が言った。「ちょっと挨拶するだけよ。したほうがいいでしょ?」

「やめてくれ、お願いだ」

「どうしてよ」声が一オクターブ跳ね上がった。

「シーッ、子どもたちが起きるよ。ちょっと出ない方がいいと思うだけだよ」レドンが電話してきたのを知ったからには、アグネスのことだ、首をつっこんでくるにきまってる。アグネスがやさしく言った。「あなた出てくださいね。わたしはお茶を入れて持っていくわ。ケヴィンにはお茶がいいと思うわ」

ふたたびベルが鳴った。

「ぼくがウィスキー出すから」

「わたしに聞かせたくないわけ?」危ない、金切り声寸前だ。だが、今夜ばかりは絶対譲れない。「ここから出るな」そう言って寝室のドアを閉めた、バタン!

「そうなの、自分のうちに来た客にあいさつもできないの!」彼女がドアの向こうで叫んでいた。振り向くと、パジャマ姿のイメルダが踊り場に立っていた。「パパ、ベルが鳴ってるわ」

「ああそうだね。ベッドにもどりなさい。病人だろう」

おとなしくうなずくイメルダ。ぽっちゃり顔を、オウエンが大嫌いなヘア・カーラーがとりかこんでいた。階段に一歩踏み出したとたんに、三度目のベルが鳴った。いったい何時だと思ってるんだ、レドンは。イメルダがだいじょうぶ部屋に戻ったか確めてから、玄関の明かりをつけ、表のドアの錠をはずした。大雨が降っているのに、訪問者は帽子もコートもなしだった。車道にレドンの大きなフンバーがあった。レドンはゲートを道路に向って開けっ放しにしていた。

「さあさあケヴィン、中に入ってくれ」オウエンはそう言ってケヴィンを居間へ案内した。居間を見回して急に気がついた。知らない人間がここへ入ってきたらきっとそうだろうが、教区のバザーでアグネスが手に入れた黄色のさらさ木綿で作ったカバー——ひどいしろものだ——で覆われた家具類が、急になんだかみすぼらしく雑然とした感じだった。床には、娘たちと彼女らのともだちが散らかしっぱなしにしたレコードがころがっていた。食堂へ行って食器棚を開け、パディのボトルとグラス二つ、それとソーダ水入れを運んできた。「一杯どうだね、ケヴィン」

上の空でレドンがうなずいた。彼は暖炉の前に立って背中を暖めている。そして、今から演説でもやろうというふうに頭をもたげた。「すまん、こんな時間に飛びこんできて申し訳ない。君、もう寝てたんじゃないか」

「アグネスは寝てたんだ。ぼくは夜型だから」ドクター・ディーンはそういったが、うそだ。「家内はもう寝てるよ」ボトルを取りあげた。「もういいと言ってくれ」

たっぷりとついだウィスキー。レドンがソーダを少し頼むと言った。彼はグラスのウィスキーをじっと見つめていた。「君の妹と今夜また電話で話をした」ケヴィンは、まるで関係ない第三者が書類報告をするみたいに〝君の妹〟と切り出した。

「どうだった?」

「彼女の望み通りにすると言ったんだ。海外移住の話まで出した。ぼくは腹も立てなかった、なんとか理性的にことを収めようとしたんだ。だが、だめだ。アメリカへ行くのは時間の問題だろう」

「そう思うのか」ドクター・ディーンは、グイッと一口あおった。胃が焼けた。ゲルシルを飲むのを忘れていた。ジャケットのポケットの中に手を入れて、錠剤を探った。

「ああ」

「それはまずいな」

「彼女にそうさせないようにしなきゃならん」レドンが言った。「ダニーのためももちろんあるが、彼女自身のためにもだ」

「どうするんだ、ケヴィン」

「ダブリンのアメリカ大使館とちょっと相談したんだ。あそこに患者の知り合いがいるんでね。アメリカの入国許可のルールというのは、それこそ微に入り細にわたりとりきめていてね、共産党ダメ、道徳的にいかがわしいことやるやつダメ、一族に気違いがいたらダメ、という具合だ。彼女がパリで取得したのは、たぶん観光ビザだろうって。わりに簡単にとれる。だが、彼女が夫と子どもを捨てようとしているというのが分かったら、そしてとくに血縁に精神病歴者があった場合には、ぼくはストップがかけられるようだ」

「ほお」とドクター・ディーンが言った。彼は古い肘掛け椅子にすわって、消えかかっている暖炉の火をじっと見ていた。ゲルシルのおかげで、痛みがだんだん和らいできた。

「彼女はきっと怒るだろう、もちろん」とレドンは言った。「だけどね、いずれは感謝するようになると思うんだ。ぼくは彼女を助けようとしてやってるんだからね」

「う、うん」

「君にも一肌脱いでもらえるかと思う」

「ぼく?」

「ああ、家族の病歴のことなんだがね」とレドンは言った。そこで言葉を切り、ドアの方へ目をやった。

ドクター・ディーンには見なくても分かっていた。アグネスが降りてきていた。花柄のローブを羽織り、黒髪をちゃんと整えたアグネスが、開いたドアのところで、全く思いがけないというふうに驚いたようすで立ち止まった。「オウエン?」と言ってから、そらとぼけて「あらまあ、ケヴィンじゃないの。明かりがついてたのでわたしは、この人がまた本を読んでるうちに眠ってしまったのかと思って。ケヴィン。オウエンから聞いたわ、ほんとうに困ったことになったわね」

「やあ、アグネス」やおら立ち上がり、レドンが言った。

アグネスはほほ笑んで言った。「お茶を入れましょうか」

「いや、結構」あわててレドンが言った。「一杯やっているところなので」

ドクター・ディーンは焦った。何とかしなければ、それも今すぐ。立ち上がると、彼女の頬にキスした。アグネスは、人前で愛情表現されるのが大好きなのだ。

「上に行ってなさい」オウエンが言った。「すぐにぼくも行くから」

だが彼女、夫は素通りしてレドンの方に目をやった。「シーラからなにか連絡ありました?」

レドンは顔を赤らめて、首を横に振った。ドクター・ディーンは質問攻めを見越して、彼女の肩にそっと触れた。少しでもことを穏かに済ませようとの配慮だったが逆効果だった。彼女の顔は怒りの戯画的なイメージそのものだった。「おやすみ」夫はやさしく言った。

「おやすみなさい、ケヴィン」と言ってアグネスは、レドンに無理に作り笑いをした。

「おやすみ、アグネス」とレドンは言った。ドクター・ディーンはドアを閉め、完全に彼女をシャットアウトした。「ご免」と彼は言った。「君、どこまで言ってたかな」

「パリへ行って、アメリカ大使館で事情を説明することができる。家族病歴について君が一筆いれてくれればすごく助かるんだが」

「それは困る、ケヴィン。それだけはしたくない」とドクター・ディーンは言った。「自分の妹のことだ。医療倫理上許されまい」

「だけど、それは最後の手段だ。なにか確証はあるかと言われたらのことだ。まずはぼくが事情説明するだけで十分だと思うんだ」

ドクター・ディーンは、一気にウィスキーを飲み干した。「おそらくそれでいいだろうと思う」と彼は言った。「それに、シーラに精神疾患があるという具体的な証拠などぼくは持ってないよ」

「彼女についてなにか言ってくれとは言ってない」レドンが言った。「ネッドと君のお母さんについて、メモ程度のものがもらえればありがたいんだ」

「だめだ。そいつはちょっと出来ない相談だな」

「じゃ、君はどうするって言うんだ?」レドンが声を荒げた。「ぼくはどうしたらいいんだ? 常識どおりに、結婚が事実上破綻して、妻が精神に異常をきたすのを——もうそうなってるかもしれん——手をこまねいて見ていろと言うのか。いいかげんにしてくれ、オウエン」とレドンは言った。このときになってはじめてドクター・ディーンは、ケヴィンがどのくらい取り乱しているかに気づいた。目はギラギラ、声は感情で取り乱していた。「ぼくたちを助けてくれと頼んでいるんだ。簡単な事実のメモを書く、それだけだ。それも、最後の手段として必要になったらそれを領事に渡すということは約束するよ。これは君とぼくだけの秘密だ。シーラにはぜったいに分かりはしない。約束するよ」

「そういうことじゃない」とドクター・ディーンがいった。彼の声が感情的になった。

「もう万事休す、だから助けてくれと頼んでるんだ」とレドンが言った。彼の声は、これまで一度も泣いたことがなかった男が、初めて泣く時の取り乱した声になっていた。「もちろん、それは最後の手段、まずあっちへ行って彼女と話し合うよ。道理を説いて、愛してるって言うよ。目を覚まさせるようにするさ。それでもだめなら阻止するということだよ。阻止するっていうのはやりたくない。そんなことすれば彼女、もう絶対許してはくれないだろうからな。分かってるよ。だが、家庭と子どもでも目を覚まさせることができなければ、なにかやらないわけにはいかない。相手の男の家族に手紙を書くことも考えた、アドレスが分かりさえすればね。こいつを殺すことも考えた。なにもかもだ。オウエン、この数日といったらぼくには文字通り地獄だったよ」

「そうだろうね」とドクター・ディーンは言った。立ち上がると、また一杯なみなみとついだ。

レドンは前かがみになってじっと火を見つめていた。泣いていた。こぶしで涙をぬぐった。「まだ完全に望みを捨てた訳じゃないんだ。ぼくは彼女を愛してるんだ。彼女にもどってきてもらいたいんだ」

ドクター・ディーンはグラスのウィスキーをじっと見つめ、やおら飲み干した。潰瘍の痛みが浪のように襲った。ケヴィン・レドンは自分を利用しようとしている。それは間違っている。だが、では正しいこととはなにか? ずっと先になって、男に捨てられたら、彼女もたぶん神経がおかしくなるだろう、ニューヨークのどこかの病院で、それこそネッドみたいに、日がな一日じっと坐りこんでいるなんてことにでもなったら。

「君のお母さんと兄さんのことでこないだしゃべっていたとき君が言ったこと、あれを書いてくれればいいんだ。彼女についてはいなくていい。彼女がどうかってのははっきりしないんだから。目下の状況で彼女がアメリカへ行くことは、果たして賢明なことかということを書いてもらえればいいと思うんだ。そういう趣旨の手紙がほしいんだ。それだけだ」

ケヴィン宛の手紙、それだけ。ドクター・ディーンは、ウィスキーを全部飲んでしまった。酩酊状態の頭が膨張する感じがした。妹の夫に一通手紙を書く、それだけだ。おそらく日の目を見ない、不要な手紙だ。アメリカ領事館とかけあう際に、ちょっと一押ししてくれる紙切れ一枚、それだけだ。

ドクター・ディーンが立ち上がった。机のところへ行き、おぼつかないようすでイスにどっかり坐ると、旧式な万年筆のキャップをとった。そのとき、マントルピースの特別な位置に置いた、礼服姿の父の色あせたセピアの写真が目に入った。

写真の父はいかめしい顔つきで、口をへの字に固く結び、手には書類をにぎりしめていた。厳粛で拒否的な目が彼を見つめていた。独特の、傷ついた叱責する目だ。自己憐憫などやめてしまえと父なら言ったかも知れないな。行動あるのみだ。彼女自身のためじゃないか。な、そうだろ? 決断せい。

ドクター・ディーンは書きだした。

ドクター・ケヴィン・レドン、医学士、王立外科医師会会員
メリーマウント
サマトン・ロード408
ベルファスト

親愛なケヴィン、

先日話し合ったことの中で、我が妹シーラについてぼくが説明したことを、もう一度確認するためにこれをしたためる。ぼくが言ったとおり

ドクター・ディーンは書きやめて、顔を上げた。胃が痛んだ。おなじみの潰瘍の痛みだ。「ケヴィン、好きにやってくれ。それからね、ぼくにも一杯ついでくれるかな。頼む」

彼女は不恰好なシャワーキャップをつけて、ペグのバスルームでシャワーを浴びていた。と、そこへ彼が入ってくるのが聞えた。「だめよ、入らないで」こんなのかぶっているの見られたくない。だが彼は入ってきた。一緒にシャワーだ。彼が後ろから彼女を抱きしめた。彼女の背中から腿へせっけんをつけていく。やさしく尻をなでる。せっけんの泡だらけで手がすべった。彼女はにっこり、かっこう悪いシャワー・キャップのことなど忘れて、振り向くと彼からせっけんをとって、彼の身体全体にこすりつけた。全身泡だらけのトム。屹立するペニス。激しく脈打っているペニスにせっけんをつけて握り締めると、さらに硬くなった。二人は笑ってしぶきの中で抱き合った。せっけんを流してシャワーを終わり、彼女が先に出た。キャップをとった。後に続いて彼が出てきた。彼女の背中としりを彼がふいてくれた。二人は半乾きの身体で走り回り、子どものように笑いころげながらベッドルームへ行った。グレーに煙る雨のパリ、朝八時、彼の手が彼女の胸を愛撫する。欲望に突き動かされあそこへ置かれた彼の左手がクリトリ

スを目覚めさす。彼は右手で誘導したペニスを彼女に埋めた。ほんの十分前、夕べのケヴィンの電話で陰鬱な気分だった彼女。ダニーの病気とか、今夜かけなければいけない電話とか。ペグが、ここへ戻ると電話で言ってきた。だから今日は最後の日なのだ。火曜日に出る。すべて予定通りだった。でも親切にペグは、空いた部屋にいていいと言ってくれた。だけど、残り数日はやはりホテルでないととトムは言った。シャワーを使っているとき押し寄せてきたこういういろいろ憂鬱なことが、でも今は夢のように思えた。セックス、すこし休みまたセックス。それから少しうとうとした。やがて彼が目を覚ました。「ホテルへは何時に移るといいかな?」

「ランチを食べてからね」と彼女が言った。

「オーケー、今朝なにかしたいことある?」

「ここ片づけたいわ。それと、ペグになにかプレゼントをおいていかないと。花がいいと思うけど。それからコニャックを一本ね」

「そうだね」

トムにすり寄って頭を彼のむき出しの腹にのせた。「六時に電話しなければいけないの」

「だいじょうぶだよ。ダニーは心配ない。ただの風邪だろう」

「だと思う。だけど急いであの子に説明をしなきゃ」

彼がちょっと黙っていてから言った「まあね、ニューヨークへ行くとはっきりとは言わない方がいいね。今はまだだね」

「どうして」

「ケヴィンがここへ来て一騒ぎ起こすかもしれないし、大使館に電話してビザを無効にしないとも限らないからね」

「それはわたしも考えたわ」と彼女は言った。

「だからなにも言わないほうがいいよ」

「そうするわ。でもいつかは必ず言わなければならないわ」

「今日はしないで」


午後、グランド・ホテル・デ・バルコンの最上階の部屋に戻った。一週間前の部屋より大きかった。それに、バルコニーが中庭に面していて、周辺のまちまちの様式の屋根が集合しているのが見えた。五時半にアトリウムまで歩いた。六時十分前、ベルファストへ電話をかけに地下へ降りて行った。

「ケヴィン?」

「ハロー、シー」

「あの子、どう?」

「ああ、もうだいじょうぶだ。熱も下がったし、滋養のあるもの食べてるよ。ちょっとしたウイルス感染だろう。よくなった」

「あの子としゃべったほうがいいかしら」

「さあ、どうかな。ここでは君はあまり歓迎されてないから」

「せめてあいさつくらい」

「そうか。じゃ、このままで。呼ぶから」

ケヴィンが呼びに行った。彼女は、プラスチックの丸い電話ブースで待った。廊下の向こうの方にトイレ番がいた。白いスモックを着たがっちりした体つきの女だ。坐ってセーターを編んでいる。彼女の前に浅い皿がおいてあって、中にセロテープで止めた三フラン・コインの束があった。ミセス・レドンは、この女性を見、それから皿へ目を移した。すると急に体が震えだした。わたしが飛行機で遠くへ行ってしまって、あの子、わたしのたった一人の子と、もうただの一言も交わさないということになったら、この先ずっとわたしのことをなんと思うだろう？ あの子に会えることはあるだろうか？

「もしもし」ダニーではなくケヴィンだった。

「はい」

「シー、ダニーは話したくないそうだ」

「そう」

「そのほうがいいかも。まあ今のところはだが」

「そうね」と彼女は言った。震えは収まってきた。

「夕べ言ったこと考えた？ 移住するというあれだけど」

「ええ」

「で、どう、希望かなんかあるかな、ハハ」

「ケヴィン、移住してもなにも変わらないわ」

「そうか。じゃアメリカへ行くんだな」

「そうとは言ってないわ」

「アメリカへ行くのか行かないのか、どっちなんだ? それとも、黙っていくつもりか」

「ケヴィン、わたし家庭はもう捨てたわ」

「じゃあ、ダニーにもう会えなくてもいいんだな」

「それはあなたしだいよ」

「オーケー。もうぜったいあの子とは会えない。あの子も会いたがらないだろうし。母親が子どもを置いて駆け落ちしたなんてのを世間が知ったら。これからその重荷を背負ってあの子は生きていかなきゃならないんだ。あの子の母親は娼婦だって烙印を押されてな」

「もう話したって無駄だわ」

「待ってくれ」ケヴィンは言った。「ああ、シー、許してくれ。ついかっとなってしまって。つぎはいつ声が聞けるかな?」

「分からないわ。さよなら、ケヴィン」

受話器を置いた。震えがひどくなり、吐気がした。しばらくじっとしてから、ふらつきながら上に上がって、カフェのメイン・フロアへ行った。ハンサムなグレー・ヘアの男がトムと話していた。すぐには誰か分からなかったが、近づいたら思い出した。ペグのボーイフレンド、イヴォだった。グレーのヘアの男が立ち上がり、彼女に大げさな身振りでお辞儀した。「今晩は、マダム。お久しぶりです」イヴォが彼女のためにイスを引いた。彼女はトムを見た。トムは心配そうな顔つきだった。

「どうだった?」彼が訊いた。

「あの子はずっとよくなったって」

「それはよかった」

彼はウェイターに合図して、彼女の手に自分の手を重ねた。「なにか飲んだ方がいいよ。パーノでい
い？」

「アメリカへ行くんですね」とユーゴスラヴィア人が言った。

彼女はトムを見た。

「ぼくもアメリカへ行きたいよ」とユーゴスラヴィア人。「フランスはよそものの住める国じゃない。ひどく非民主的だ。とくに社会主義国からの亡命者にはね。あなたがうらやましいですよ、マダム。もちろん、この男と暮らすことになるわけだけど」イヴォはトムの背中をポンとたたいた。「ぼくの経験からすると、それは楽じゃないね」イヴォが笑うと、白い歯並びのいい歯がのぞいた。だが、見ると奥のほうに金属のブリッジがあった。

「シーラは君みたいなうるさい家政婦じゃないさ」とトムが言った。「だからぼくたちはうまくいくさ」

ウェイターが彼女のパーノをテーブルに置いた。彼女は水を入れていると、手が震えていた。ユーゴスラヴィア人が自分のヴェルモットのグラスを上げて、「健康を祈って」と言った。

「乾杯」と彼女が言った。ユーゴスラヴィア人が浮気っぽくほほ笑んだ。「マダム、あなたモンスターを創り出しましたよ。この男ね。あなたと出会ってすっかり変わってしまった。嫉妬深くなっちゃって。ぼくがこんなふうにあなたを見るでしょ、と、こいつは、注意しろ！」

彼女はトムを見た。このバカ早く行ってしまえ。トムは困惑したようすだったが、笑っていた。

「ペグとぼくね、あなたのお兄さん、ドクター・ディーンにお会いしましたよ」ユーゴスラヴィア人が言った。「素晴しい方ですね」

「ペグはどこに?」と彼女が訊いた。

「下で会いませんでした?」

「会わなかったわ」

「ちょっと待って」イヴォは身体を回転させて、カフェの奥へ目をやった。「あ、あそこに」

ペグが下の手洗いから上がってきた。グリーンのコート、グレーのスラックス、バッグが腰のあたりで揺れていた。あまり友好的じゃない顔つきで、彼らのテーブルへやって来た。「ああ、いたいた」とペグが言った。「ここが隠れ家というわけね。まあそんなところだろうとは思ってたけど」

ミセス・レドンは立ち上って、後ろめたそうに前かがみになって、小柄な友人のほっぺにキスした。

「わたしたち、連絡取り合うんじゃなかった?」

「ご免なさい」

ペグはトムの方に向いた。「花とコニャックをどうもありがとう。気を遣わせちゃったわね」

「飲みものは?」とトムが訊いた。

「わたしはいいわ。で、どう?」

「最高だ。シーラのビザも取れたし」

「アメリカへ立つ前に」とユーゴスラヴィア人が言った。「ディナーをいっしょにどう? ぼくのスペシャル、ターキー料理だよ。クルカ・ナ・ポドヴァ、ヽ、ヽ、ヽ、ルク」

「いいねえ」とトムがミセス・レドンに言った。

「それからシャンペンだ」ユーゴスラヴィア人が言った。「いっしょにシャンペンを飲もうよ。いつがいいかな」

「シーラ、ちょっと話できるかしら」ペグが静かに言った。「シャンペン今飲もうか」ユーゴスラヴィア人が言った。「ビザのお祝いに」

「ダメよ」とペグが言った。「とにかく、わたしはいらないわ。シーラとわたしは少し話があるの。二人で飲んでて。長くは待たせないから」

「話ってなんだよ、一体」ユーゴスラヴィア人が訊いた。

「ほんの十分くらいよ」とペグが言った。

「いいよ、いいよ、いいよ」ユーゴスラヴィア人が笑って言った。

トム・ロウリーが、テーブル越しに言った。「シーラ、だいじょうぶか？」

「だいじょうぶよ、もちろん」彼女は立ち上がり、バッグをとった。「すぐ戻ってくるわ」

ペグは作り笑いをして、トムとユーゴスラヴィア人に手を振った。外に出ると、ミセス・レドンの腕をとった。「あなたたちがいるかと思ってここへ来たのよ」

「どこへ行くの？」

「まあ、ちょっと歩きましょ」

彼女の手を取るペグの手は、まるで看守の手のように思えた。雨模様、空が暗かった。風は冷たく、日が暮れかかっていた。「このあいだの晩、わたしがオウエンにあったことは知ってるわね」

「ええ、迷惑かけたわね。あなた、困ったでしょう」

ペグは黙って、セーヌ街へミセス・レドンを案内した。「気の毒なオウエン」と彼女は言った。「会うのは十年ぶりだったと思うわ」

「年取ったでしょ」とミセス・レドンは言った。

「だれだってみな年を取るわ」

「そうね」

「オウエン、あなたのことをすごく心配してるわ。あなたが神経衰弱になるかもしれないと思っているって聞いた?」

「バカバカしい」

「ほんとうにそう思う?」

「そうよ。神への畏れというものが消えたので、精神異常をかわりに持ち出すのよ」

「でもちょっと不安になったわ。うつとか、精神危機とか」

「恋愛も精神危機ってわけね」

「ちょっと、シーラ!」とペグが言った。

ミセス・レドンは、ハンドバッグ店のウインドウをのぞいた。見ているのはハンドバッグではなくて、ガラスに映る自分の青ざめた顔だ。「とにかく、ダメならいつでも戻れるわ」

「でも、子どもはどうするのよ」

「ダニーは十五よ。子どもじゃないわ。三、四年もすればどっちみち離れていくわ」

ペグはタバコに火をつけようとしたが、マッチがなかなかつかなかった。三回目にやっとついた。タバコを吸いながらペグは、なにか決意したようすでミセス・レドンに向き合った。「心配なのはね、トムの年齢って浮気っぽいときだってことよ。あなたも覚えてるでしょ、二十六のときのこと」

「わたしは二十六のときはもう結婚してて、子どももいたわ。さあ、アトリウムへ戻らない？」

「余計なおせっかいというわけね」

「そう」

「悪かったわね」

「悪いのはわたしよ」ミセス・レドンはそう言うと、友の肩を抱いた。「アパートを貸してくれたり、なにやかやとあなたにはほんとうに親切にしてもらったわ。オウエンなんてお荷物までしょいこんで。ほんとうにご免なさい」

「いいわよ」とペグが言った。「一言言わせてもらったわ。七時にゴダールの新作をイヴォと観にいくの。いっしょにどう？」

「やめとくわ。二人で行ってきて」

「そう。でも、イヴォが、あなたたちが出発する前に料理するからいっしょにって言ってるんだけど。いつ発つの？」

「金曜日の夕刻」

「じゃ木曜日でどう？」

「木曜日。いいわ」

二人がカフェに入っていくと、彼らが立ち上った。「お帰り」とユーゴスラヴィア人が言った。「買い物は?」

「なにも買わなかったわ」とペグが言った。「イヴォ、わたしのアパートで木曜日にディナーということに決まったわ。あなたの定番、ターキーの料理で、ね?」

「いいねえ。クルカ・ナ・ポドヴァルクだ」

「シャンペン持って行くよ」とトムが言った。

ペグがミセス・レドンのほっぺにキスした。「木曜ね。七時頃かな」

ペグとイヴォが行ってしまうと、ミセス・レドンはパーノを急いで飲み干した。

「彼女、なんの話だったの? 率直な意見交換できた?」

「ええ、まあね」

「イヴォもね、ぼくにちょっと言った」

「なんて?」

「あなたの人生をめちゃめちゃにしたとか、幸福な家庭をこわしたとかね。ベルファストの電話どうだった?」

「まあまあ」

「ご主人はどうだった? あなたはなにも言わなかった?」

「ええ。ただ、アメリカへ行くなら、ダニーにはぜったい会わせないって言ったわ」

「ひどい」トムは彼女の手を取った。「つらいね」

彼女は首を横に振った。そして、ガラス窓から外を見た。縁日のドッジェムみたいに、フール街から飛び出してくる車で混雑している通りを見ていた。突然彼女は、なぜかは説明できないのだが、この二週間なんとかバランスを保ってきた、張り詰めた心のロープから落っこちる感覚に襲われた。落ちる落ちる。

「どうしたんだ、シーラ」

彼女はトムを見た。「あなたがもう二度とわたしに会えないと言われたとしたら？　あなたはどうするかしら？」

「そんなこと絶対ないさ」

「でも、わたしがそう言ったとしたら？」

トムは彼女をじっと見つめた。「これ、なにかのゲームなの？」

「わたし、あなたに訊いてるのよ」

「ダニーのこと？　それで気が変わったの？」

「そうじゃないわ、ただあなたはどうするか聞きたかっただけ」

「君を引き止めないかどうかってこと？」

「ええ、そうね」

「それが君の望みなら、それは尊重されるべきだ。君、ぼくを捨てるつもりなの？」

「ああ、トム」と彼女は言った。「その反対よ」

「つまり？」

「べつに。もうやめましょうよ、こんなつらい話。わたしが始めたのよね。ご免なさい。今晩はどうしましょう?」

「君のやりたいことを」

「川沿いに散歩しましょうよ。ブルス・ホテルまでバスで行って、先週の金曜日に食べたレストランで食事しましょう」

「あのうるさいところ?」

「そう」と彼女が言った。「わたし、なんだかやかましいところがいいの」


ベルファスト。水曜日早朝、ケヴィン・レドンは夜明けとともに起き出した。まるで結婚式に行くみたいに念入りにひげをそり、服を着た。一番上等のダーク・スーツを選んで、それにあうように、去年のクリスマスに彼女が彼のために買った、でもまだ一回も着ていなかったシャツとタイを選んだ。胸ポケットに入れるシルクのハンカチを合わせてみた。あれこれやって、三枚目、無地の白いリンネルのハンカチでやっと決まった。鏡の中の自分を凝視してから、ぺしゃんこにならないように、髪に櫛をもう一度入れた。お茶を飲み、小さいバッグに一泊の旅に必要なものをつめた。彼女のことを考えながら、バリアムと鎮静剤も入れた。それから、ミセス・ミリガンとダニー(ダニーは、パパはダブリンへ行くんだとばかり思っていた)に別れを告げた。八時までに新しいアウディに乗りこんで、一路南へ飛ばした。国境付近のイギリス軍検問所で止められ、チェックを受けた。これで少し遅れが出たが、ダブリン近郊コリンズタウンに十時十五分に着いた。車を一晩止めるための交渉をし、ラベルをつけて完了、飛行場のラウンジに落ち着いた。搭乗までに三十分あった。大陸は霧だったため、チューリッヒとブリュッセル行きが遅れ、ケヴィンはひどく心配になってきた。

だが、パリ便は定刻に搭乗案内が出た。二時間後、オルリー空港に降り立った。税関を済ませ、シーラが言った番号に電話をした。思ったとおり、自分が前にかけたことのあるあのホテルだった。アドレスを書留め、市内行きバスの中で注意深く処方箋紙に書いた。

グランド・ホテル・デ・バルコン197

リュ・カジミール・ドラヴィーニュ6

デザンバリッドのタクシーの溜まり場でこの紙を見せ、分かったか運転手の顔色をうかがった。運転手がうなずいたので、レドンは車に乗りこんだ。周りの景色なんか目に入らなかった。タクシーはプラース・ロデオンまで来て、あまりパッとしないホテルの正面入り口の前に止まった。運転手に金を払うと、レインコートと一泊用の手荷物一つ下げて、ケヴィンはロビーに入っていった。口頭試問の準備みたいに質問をおさらいした。そして今、一本調子のフランス語で切り出した。「すみ、ま、せ、ん、が、マ、ダ、ム・レ、ド、ン、の、部、屋、番、号、を、教、え、て、も、ら、え、ま、せ、ん、か」

受付の中年女性は彼を見て、彼のフランス語とおっつかっつの英語で答えた。「マダム・レドン。四十八号室です」

「在室ですか」

「いいえ、ムッシュー、お出かけです」

「何時頃帰るか分かりますか」

「分かりません。たいてい、昼食後に帰ってこられますね」

「何時頃ですか?」

「二時か三時です」

彼は時計を見た。一時半だ。少し奥まったところに、小さなテーブルと安楽イスが二つあった。「すこし待ってみます」

「どうぞ」

彼は、テーブルのところへ行き、イスにこしかけた。たいていランチ後にもどる、か。ずいぶん昔、ヴィルフランシュの自分のハネムーンを彼は思い出した。そうだったな、ワインを飲み、ランチが終わるとセックスだった。そうはさせないぞ。彼はそれ以上のことは考えなかった。外国の都市のホテルのロビーで、上等のダーク・スーツを着こんでイスに坐って、女房が情人と帰ってくるのを待っている自分。ガンと一発交通事故でやられて、救急病棟に運びこまれたみたいな気分だった。自分がどこにいるか、なにが起こったかは知っている。知らないのは、つぎになにが起こるかだった。

三十分待った頃、急に新たな不安に襲われた。彼女が帰ってきて彼を見つけ、逃げる、それを自分が追っかけるなんてことになったらどうしよう? 彼は立ちあがり、デスクの女性にほほ笑んだが、彼女は気がつかなかった。外へ出て、狭い道路を見回した。通りを横切って、見向きもされない店の戸口に立った。整形外科用の靴を売る店らしかった。彼は、石膏の足型を見ているようなふりをしていたが、ほんとうはホテルの入り口に目を光らせていたのだ。二人を部屋へ行かせておいて、そこでノックし面と向き合うという、この手はずが大事だ。あのヤンキーに、彼女と二人だけで話がしたいといって、部屋にシーラと二人きりになる。そうすれば彼女は逃げ場を失う。うちでけんかしたときなど、彼女は二階へあがり、ミシン室に閉じこもって、それでケンカはおしまいだったものだ。

暗くなってきて雨が降り出した。レインコートのボタンを全部はめた。そわそわ落ち着きなく、店の入り口のところできょろきょろあたりを見渡していた。急に気がついた、体が震えているのだった。自分では気がつかなかったが、いつのまにか怒りで一杯になっていたのだ。怒ったらいけないぞ。だが、そうしてはいけないと思えば思うほど、荒ら荒らしい感情にゆり動かされた。自分の中のもう一人の自分、その理解を超える存在のとりこになった。震え、乾いた唇をつばで濡らすこの見知らぬものは、まるで獲物を待つ犯罪者よろしく、通りを見回していた。

二時ちょっと過ぎ、リュクセンブール公園に雷が轟きだした。少しいた観客の中に、ミセス・レドンとトム・ロウリーがいた。二人は腕を組み合わせて、アルジェリア人、ガーナ人、インド人が、今はうち捨てられたベル・エポックの野外音楽堂の階段に坐って、フルート二つ、シタール一つを楽しそうに奏でているのを見ていた。木々の上に稲妻の閃光が走り過ぎると、暗闇はさらに濃くなった。と思う間もなく土砂降りの雨、音楽は止み、演奏者も観衆もいっせいに六角形の屋根の下に避難した。土砂降りの雨を見ながら、ミセス・レドンは祖国を思い出した。ずっとずっと前のことだが、猛烈に降る雨のために、ピクニックもテニス・ゲームも中止、浜の午後のピクニックも終わりになって、人々は海辺の宿に仕方なく戻った。シーラは震えながら、トムの腰をつかむ手にぎゅっと力をこめた。あのホリデー最後の日、彼女とほかの兄弟が起きると、お父さんはもう車に荷を積みこんでいた。もう今夜はうちのベッドで寝るんだ。激しい勢いで暴風雨は降り続いていた。トムが時計を見ていた。

「何時？」

「二時二十分だ。ちょっと帰ろうか？」

「そうね」

公園を出てヴォジラール街へ向った。このホリデーはこれまでのと違い、うちで眠ることはもうないのだ。二日後わたしは大西洋を越え、土曜日にはアメリカを歩いているんだわ。アメリカへ行くのだ。また歩き出すんだ。だが、こう自分に言い聞かせているうちに、はたしてその新生活はどんなものか、はっきりつかむのが難しいことに気がついた。そして、再び恐くなった。

ロデオン広場からカジミール・ドラヴィーニュ街に来た頃、彼女は立ち止まり、彼を見た。

「トム、あなた一人でニューヨークへ行くとしたら？」

「どういう意味？」

「待って。わたしは二週間後に行くというのはどう？ あなたもジックリ考える時間が持てるし、それでもなおわたしを求めるなら、絶対行くわ」

「それはどういうことか分かってる？」

「どういうことよ」

「飛行恐怖症」とトムは言って笑った。「飛ぶのが恐い、そうだろう、ね？」

「ううん、ちがうわ」

「そうだよ」彼はそう言って笑った。彼を見ていると、彼から離れたくないという気持、この幸せを壊したくないという気持で一杯になり、彼女も笑った。

「そうかもしれないわね」と彼女が言った。

トムが彼女の手を取った。二人はホテルに入っていった。


女房が見知らぬ男と手を取り合ってやってくるのを見たケヴィン・レドンが真っ先に考えたのは、整形外科靴店の入り口のもっと奥に隠れることだった。スパイしているのを見られるなんてみっともないから。恥ずかしいというこの気持は、自分では気づいていなかったが、一方で、自分の女房を寝取ったヤンキーってどんなやつだろうという、ものすごい好奇心とないまぜになっていた。身を隠してウインドウをのぞきこみながら、この見知らぬ男は自分よりずっと若いこと、背は同じくらいで、自分が思っていたようなカリカチュア的アメリカ人といったところは全然ないということが見てとれた。彼はごくふつうの若い男、非番のインターンとか医学生というふうだった。

二人が笑っていた。あの薄情女、一人息子を捨てようというときに笑っていやがる！　彼女は一瞬不安そうにあたりを見回した。戸口にこっそり隠れる彼をまっすぐ見たようにも見えた。それから二人はホテルに入っていった。レドンが戸口から出てきた。まるで通りを走ってきたみたいに息が荒かった。落ち着け。またあの店の戸口へ行き、ガラスに映る自分を見ようとしたのだが、ガラスは曇っていて空の色と同じグレーだった。レインコートを着て、訪問セールスマンみたいな小さなカバンを持っているのがぼんやり見えた。一息入れてから通りを渡り、ホテルに入った。あの中年の女性はまだデスクにいた。彼はまっすぐデスクへは行かずに、小さなアルコーブへ行き、レインコートを脱いだ。こんなもの着ているとかっこよくないから。それを安楽イスの背にかけ、荷物はイスの後ろに置いた。盗まれたら盗まれただ。部屋をノックして戸が開いたとき、そこに荷物なんか持って立ってるなんてところを見られたくなかった。

タイを直し、ハンカチをチェックしてから、カウンターへ行った。

「ミセス・レドンは戻られましたか」

「今さっき戻られました」

「四十八号室ですね」

「そうです。お電話しましょうか」

「いや結構。行きます、約束がしてあるので」と彼は言った。女が答える隙を与えず、急いで階段に向った。二段一度に上がった。一番上のところでカーペットにかかとがひっかかってつまずいた。部屋番号を探して廊下を歩きながら、ズボンのポケットからもう一枚ハンカチを出して、じっとり汗ばんだ手を拭いた。四十八の番号の部屋まで来ると、静かにノックをした。二回。

「どうぞ」男の声がした。「入ってください」

メイドだと思ったのだろう。ドアを開けると、彼に背を向けて、窓辺のところで彼女がレインコートを着けていた。なぜだかは分かった。もうドレスを脱いでるんだ、ビッチ！　イスにドレスがかけてあった。男はコートを脱いでいた。彼女が振り向いた。「ケヴィン！」

レドンは彼女になにも言わなかった。男を見た。「席をはずしてくれるかな」と彼は言った。「ちょっとワイフと話がしたいので」

男は彼女を見た。

「トム、下で待っててくれる?」

「一人でいいかい?」と男が言った。くそったれヤンキーめ。鼻にかかった平板なアメリカなまり、ヤンキー丸出し。

「だいじょうぶだから」と彼女が言った。そのアメリカ人の男はうなずいて、怒気を含んだ目つきでレドンをにらんだ。男は、「失礼」と言ってレドンを押しのけて外へ出た。レドンは戸を閉めた。そのときレドンは、ホテル・キーがかかっていてそれに木のボールがついているのを見て、キーをかけるとそれをポケットに入れた。

「どうしてそんなことするの」

「君が出ないようにするためさ」

「キー、返してよ」

「黙れ」と彼は言った。「まあ坐れよ」

もっと穏かに、怒ってはいけない。もうひとりの自分が、すぐ爆発しそうになる男に警告を発したのだが、ときすでに遅し、もう自分がコントロールできなくなっていた。この女を敵にしてしまった。「すまん」と彼は言った。「どなってご免」

「無理もないわ」と彼女は言った。彼女はベッドに腰かけ彼を見た。「言ったでしょう、ケヴィン、来てもムダだって」

「全くムダでもないさ」ずっと眠れぬ夜を過ごしたこの数日、毎日こういうふうに言おうと考えていた。理性を失わず、やさしく、だが同時に冷静にものの道理を説く、という調子で、だ。だが、彼女は自分の患者じゃなかったし、自分の妻でもないように思われた。パニック、怒り、あの自分でもつかみ所のない怪物が食指を伸ばしてきて、彼をむんずとつかんだ。怪物は、行商人みたいに手を広げてにんまり口をゆがめ、何とか笑おうと努力していた。「いいだろ、このスーツ、気がついた?」

「ええ」

「なぜこんないいスーツを着ているか分かるかい、シーラ?」

彼女は首を横に振った。

「君にうちへ帰ってもらいたいからだよ。会えば、ぼくを見直してくれるかなと思って、ハハ。ボーイフレンドは手ごわいぞ、スターなみ、さぞかしハンサムだろうと思ってさ、ハハ」

「よしてよ、ケヴィン」

「思ったとおり、ハ、ハ、ハ、ハ、ハンサムなやつだ。ぼくよりずっと若いときてる、ハハ。トリニティで学位を取ったそうだな。現代作家とか好きな話題なんか論じ合ったりしてさ、さぞかし気の合うことだろうて、ハハ。とても太刀打ちできないのは目に見えているよな」

「ケヴィン、いいかげんにしてよ」

「ご免ご免、何とか事態をうまく取り収めたいと思ってね。今日君と話して、一晩どこかで宿を取って、明日の朝もう一度帰る前に君と話したいと思ってるんだ。そりゃショックだよ、服脱いだ君のそばに男がいて、ハハ。ま、それはいい。とにかくここへ来たんだし。ぼくの負けだ。いつアメリカへ行くんだい？」

「もうすぐ」

「じゃ、アメリカのビザはもう手に入れたんだな」

「ええ」

彼は口笛を吹いた。「じゃもうなにを言っても、どんなことをしても、君の決心をくつがえすことはできないわけだな」

「ええ。ご免なさい、ケヴィン。わたし、あなたにもダニーにもひどいことしたわ。でも、どうしようもなかったの。ほかの人を愛してしまったのだもの」

あの怪物がむくむく頭をもたげた。もう笑ってなどいられない、なにがなんでも彼女を取り返さねば。

「本の世界を地でいくというわけか。ぜんぶフィクション、君のはみな本からの受け売り、現実のものじゃない。うちにある君の蔵書、あれ見たら分かる。小説とか詩とか、くだらん、クズだ要するに。こんな下らんもの書く作家っていうやつらは、みんな起訴されて当然。麻薬と同じように有害小説の処方箋なるものがいるかもしれんな。飲み薬じゃないが。善悪の判断もつかない人間には小説は有毒だ。君は小説のヒロインじゃないんだぞ。ダニーもだ、あの子は現実世界の人間だ。今、この瞬間、サマトン・ロードでママが帰ってくるのを待ってるんだ。ぼくも、くだらん小説の中のバカ夫じゃない。二週間熱烈にくっつきあった君も君のファック・フレンドも、みな血もあり肉もある生身の人間なんだぞ」

「ファックって言わないで」

「よく言うなあ、ファックって言わないでだと。一日中ファックしてるくせに。それそれ、ファックだ、ファック。だいじなのはセックスだけ、それ以外なんにもありゃしない。若いヤンキー寂しい人妻と出会う「リヴィエラの情事」、か。家庭を捨ててアメリカに駆け落ち。「ニ、ュ、ー、ス・オ、ブ・ザ・ワ、ー、ル、ド」の見出しさ」

「その通りよ、セックスは大きなポイントだわ」

突然、レドンがシーラをぶん殴った。無意識のうちにあごに一発平手打ちを食らわせていた。レインコートが脱げ、ストッキングとあらわな胸が目に飛びこんできた。「セックス、そうか」

「それがお前のほしいものか、セックスがほしいのか」驚いたのは、そういったとたんペニスがむっくり頭をもたげたことだった。彼女を抱きしめ、押し倒し、のしかかった。乱暴に左手でストッキングを引きはがした。

「ケヴィン、やめて。お願い」

あの怪物が見たもの、それはこの二週間アメリカ人の青年とセックスした、セックス願望に満ちた自分の見知らぬ女だった。そうかセックスか、セックスならやってやろうじゃないか。ストッキングを引き剥がすと、すらっと伸びた白い腿、腹、黒い恥毛、白いミルクのような肌に目が釘付けになった。かつては彼を罪の意識にひっぱりこんだ、ミルクのようなシーラの白い肌。

「ケヴィン、気でも狂ったの、やめてよ!」

シーラはレドンから身を引きはがそうともがいた。ガツンと一発、げんこつでケヴィンの顔を殴った。よろめきながらレドンは、ズボンのジッパーを下げてペニスを引っ張り出すと、こん棒のように握りしめた。赤い亀頭、それから彼女へと視線を移しながらどなった。「そうか、セックスしたいんだな。セックス、セックス」

「ケヴィン、やめてよ！」シーラが起き上がろうとすると、ケヴィンが彼女をぶんなぐった。彼女を後ろからベッドカバーの上に押し倒しのしかかった。「黙れ！おれがやってやる、淫乱女め」

抵抗できないと悟った彼女が泣きだした。だが、涙はますますレドンの欲情をかきたてた。彼女をはだかにし、ズボンを蹴り飛ばすと、彼女の足を無理やり広げさせてペニスをつっこんだ。すぐにでも達しようとするのを押さえて、初めて味わう肉体の快楽に我を忘れた。この女はおれの女房じゃない、フランスのホテルで出会った行きずりの女だ。彼女の涙、恐怖、憎悪は、ますます彼の欲情を燃え上がらせた。しりを持ち上げて抱き寄せると、彼女が応えているような気がして、満足しオーガズムに達し快楽にうめいた。

レドンは大きくあえぎながら、あお向けに安らいでいた。ベッドはくしゃくしゃだ。女は彼から身を離してベッドから降り、服を着た。男は、彼女が彼から身を離し、ベッドから下りて服を着るのを目で追った。洗面所の水音がする。彼はもう怒っていなかった。ふしぎと安かな気持ちだった。もう自分をコントロールできると感じた。身を起こして、ズボンをはき、ベルトを締め、チョッキを整えた。スーツ・ジャケットのポケットのハンカチをきれいにしてから、小型の櫛でふさふさした巻き毛をとかした。彼女は洗面所で顔を直していた。ちょっと目には、うちのベッドルームで毎日やっていることとなんの変化もないように見えた。

「ぼくといっしょに家へ帰るね」

彼女は目になにかつけていた。「な、シーラ」

彼女はバッグから櫛を出して、ブラッシングを始めた。

「準備できたらね」と彼は言った。「スーツケース運ぶよ。下に降りてあの男に言うよ、君が家へ帰るって。タクシーで空港へ行って、一番早い便で帰ろう。今夜中にダブリン接続の便は可能だと思う。車をダブリン空港に止めてあるんだ。深夜前にダニーに会えるよ。このことは二人だけの秘密、なにも言わない。なにか、こう——本の中の出来事ということでね、ハハ。そして本を閉じる」

彼女はブラッシングし続けていた。

「それに」と彼が言った。「アメリカに住むチャンスはないよ、滞在許可は下りないだろう」

そう言いながら彼は、彼女をうかがった。鏡の中の彼女が彼のほうを見た。

「観光ビザで入ることは出来る。君を引き止められるか止められないかは知らない。いったん入ったらこれは別の話だ。ダブリンのアメリカ大使館に話してある。やり方は分かってるんだ。観光目的じゃないこと、アイルランドへもどる気はないこと、夫でない男とアメリカに住むつもりだということをね。ここにオウエンからの手紙もある、君のお母さん、兄さんの病歴が書いてある。君の家族にはすでに精神病患者が二人いる。精神病はアメリカが絶対受けつけないケースだ。これはダブリンのアメリカ大使館で言われたことだがね。あそことはぼくはルートがあるんだ」

彼は待った。彼女はブラッシングし続けていた。

「君が考えていることは分かるよ」と彼は言った。「ぼくが嫌がらせでやっていると思ってるだろうがね。ちがうんだ、シーラ。たしかに前は怒ってたけどね、もう怒ってないよ。だってね、ちょっと考えてご覧。ほんの二週間ちょっと前まで君はあの男のことは知らなかった。ぼくと休暇を過ごすところだったんだよ。こんなこと尋常じゃない、な、そうだろ?」

彼女は黙っていた。

「不服のようだな。君は今、躁状態だが、それって長くは続かないそうだ。数週間立つと第二段階、うつになる。そうなった時はどうする、あの男」

彼女は櫛をバッグに入れて、ジッパーを閉じた。彼を見ようとしなかった。「オウエンの手紙持ってるの?」と彼女が訊いた。

「ああ」ジャケットのポケットから手紙を取り出すと、彼女に見えるようかざした。「読むだけだよ」と注意した。

彼女は近寄って読んだ。「アメリカ大使館宛じゃないわ。あなたへの私信じゃないの」

「大使館に出すものの内容を裏付けてくれるさ」

彼女は窓から、寄せ集め細工のような屋根の集合に目をやった。彼は黙っていた。彼女にじっくり考えさせた方がいい。彼女はベッドへ戻ると、ベッドカバーをなおした。彼は黙っていた。ジックリ考えさすこと、普通に戻るのを待つんだ。

彼女は、ベッドを整え終わると衣装ダンスのところへ行き、引き出しを開けて、新しいストッキングを出した。彼に背を向けてストッキングをはいた。彼は見ていた。彼女は靴をはき、ハンドバッグを持った。鏡のところに行き、ブルーのサン・ハットを目深にかぶった。彼女が彼に向き合った。

「準備できた?」と彼が言った。「君のスーツケースはどこだ?」

「わたし、下へ行くわ」と彼女が言った。「あなた、家へ帰ったほうがいいわ」

「なんだと」怒りでレドンは真っ赤になった。

「最後まで言わせて。なにがあっても、わたしはあなたのところへは戻らないわ。もう終わったのよ」

「ああ、もう一つ」とレドンが言った。「あの男もアメリカには家族がいるだろう。それはトリニティの名簿から探せる。息子がどんな行状か知らせてやる。子どももある人妻と駆け落ち、女は精神病の疑いあり、ハハ。」

「ドアを開けて、ケヴィン」

「一緒に家へ帰ると言うまでは開けけん」

彼女は金切り声を上げげた。レドンは彼女を止めようと駆け寄ったが彼女は叫び、断末魔の声かと思うようなすさまじいわめき声を上げげた。彼は恐くなった。このとき初めて、彼女は狂ってると本気でそう思った。ドアを開け放すと、やっと静かになった。「お前気が狂ってるな」レドンが言った。

自分の傍を通り過ぎる彼女、頭の中のあの怪物が頭をもたげて叫んだ。「行ってしまえ！　だがな、国外退去させるぞ。ベルファストに戻ったら離婚だ。ダニーには会わせない。お前の行きつくとこは精神病院だ。そこがお前にふさわしい場所さ」

走り下りる彼女、後を追う彼、二人は叫びながらロビーへ来た。受けつけの女があっけに取られて見ていた、苦虫を噛み潰したような顔をして。あのヤンキーが、今にもぶん殴りかねない様子で立ち上がった。彼の腕に彼女は飛びこんだ。トムは彼女を抱いて、「だいじょうぶかい」と言った。

「だいじょうぶよ」

青年は、レドンに向き合い、にらみつけた。受けつけの女が、ひどく不機嫌にフランス語でなにか言ったが、レドンには分からなかった。こぶしを握りしめて青年をにらみつけ、決闘体勢のレドン。だが彼女は青年と手を組んで、「さあ行きましょう、トム」と言った。

二人が表玄関へ歩いていくのを追いかけ、レドンは彼女の手をつかんで言った。「このドアを出たら最後だぞ、絶対」

「そうでしょうね」と彼女は言った。「さあ、そこどいてよ」

レドンはもう彼女を見るに耐えなかった。彼女の手を離すと、アルコーブに駆けこんで、レインコートとバッグを引っつかんだ。二人がドアを出ようとしていたが、それを押しのけて外へ出た。自分が彼女をいいい、捨てたんだ、逆じゃない。出ると土砂降りだったが、構わずどんどん歩いて行った。彼は走った、レインコートを手にかけたまま、立派なスーツがぐしょ濡れになるにまかせて。カジミール・ドラヴィーニュ街とムッシュー・ル・プランス街の交差点まで来たが、タクシーは引き払っていて一台もなかった。大雨の中を歩いて大通りへ出た。後ろを振り返ることはなかった。


レドンが狂ったようにホテルのドアから飛び出していくのを見て、ミセス・レドンは急に立ち止まった。「ちょっと待って」と彼女は言った。「先に通してやって」ロビーに立って、二人は外の雨を見ていた。ちょっとしてから彼女は外を見てみた。

「行った?」

「ええ」と彼女が言った。

「なにがあったんだ? 君が叫んでたが、なぜだい?」

「カギをかけて出してくれなかったからよ」

「ひどいやつ。なんて言った？　どうするって？」

「別になにも。話をしただけよ。レドンのことは心配しないで」

「ほんとうに？」

「ほんとうよ」

「戻ってくると思う？」

「来ないわ」


木曜日の夜、ユーゴスラヴィアの特別料理をご馳走してくれて、その後シャンペンを飲んでたときイヴォが言ったプランは魅力的だった。ペグとイヴォがアンヴァリッド駅まで来て、二人が空港行きバスに乗る前に、お別れの一杯を一緒に飲もうというのだ。金曜の夜七時五分に、アンヴァリッドの外の街路樹通りにタクシーが入っていき、「出発」と書かれたドアのところで止まると、ミセス・レドンはひどく心配そうにペグを見て言った。「さよならは本当にいや、ここでお別れしていいかしら」ペグは、ひどく緊張している友のようすを見てとって、センチメンタルに彼女にキスし、抱きしめて言った。「ああシーラ、幸運を祈ってるわ」

「どうしたんだ？」とイヴォが言った。トムとイヴォは、タクシーのトランクから荷物を出しているところだった。

「ここからは二人だけになりたいって」とペグが言った。「ここでお別れしましょうって」

「ああ、そう」とイヴォが言った。「そういうことなら、用意してきたぼくの美しい詩をここで読まないといけないな」

「そう、お願いね」

　というわけで、タクシーの運転手を待たせておいて、イヴォはポケットから紙きれを取り出した。ユーゴスラヴィアの古典の翻訳だという、人生の長い船出に旅立つ恋人を歌った、陳腐な詩を朗読した。みんな当惑気味。抱擁しあい、手紙を書く約束をした。イヴォとペグはタクシーに戻った。タクシーの窓からペグが手を振った。さようなら。とうとう二人だけになった。ついにパリを立つのだ。トムはバスのチケットを買いに行き、彼女は空港の待合室で待った。

　出発ロビー。彼女の背後の窓口で、空港事務員がチケットのスケジュールを調べ、コンピュータを打ちこんでチケットに書きこんでいた。両替所では、二列に並んで旅行客が順番を待っていた。目印の黄色いバッグを持ったツアー・グループが、みやげもの店で買い物をしたり、グラビア写真一杯の雑誌をパラパラめくったりしていた。たいくつした男の子が二人、飛行機が飛ぶまねをして手を広げ、ミセス・レドンの横を走っていった。彼女は、ダニーが同じ年ごろだった時のことを思い出し、見るに耐えなくて目をそらした。そこへトムがもどってきた、ダッフル・バッグを肩にかけ、左手に彼女のスーツケースを運んで。

「オーケー。つぎのバスで行こう」

「スーツケース、持つわ」

「いいよ、持ってくから」

ドゴール空港TWAカウンターで、係員が彼女のチケットを調べ、パスポートを見せてくださいと言った。係員は目を通すと、パスポートを彼女に返した。チケットの一部分をもぎとると、チェックインする荷物は何個か、禁煙席か喫煙席か尋ねた。そこでトムが彼女のスーツケースを計量台にのせた。係員が、荷物チェックずみチケットをスーツケースにはって、コンベヤー・ベルトにのせた。彼女のスーツケースが動いていき、ゴムのカーテンから中に吸いこまれていった。「九時十五分のご搭乗、ゲート九です」と係員が言った。「ありがとうございます、ミセス・レドン。快適な旅を楽しんでください」

トムのダッフル・バッグはもうチャーター航空会社のカウンターでチェック済みだった。フランスを離れ、新生活に向けて飛び立つために中に入らねばならない。フランスの係官のパスポート・チェック、手荷物と身体の検査、危険物はないかのチェック、それも終わって待つ間、ラウンジ、バー、新聞雑貨売り場、免税店の並んでいるところへ入った。二人別々の便に乗るのだ。赤いプラスチック・カバーのソファに坐った。二人は手を重ねあった。「もうすぐだね」と彼が言った。「心配?」

「ううん」

「手が冷たいね」

「これ、ふつうよ」

彼はポケットからカードを取り出した。「まあ、万一ぼくの便が遅れた場合にね、どうするか書いといたよ。あなたはニューヨークTWAターミナルに着く。着いたらTWAカウンターで、ぼくの便の到着時間を調べてもらって、ぼくが着くまでラウンジで待ってて。全部このカードに書いてあるよ、チャーター会社名、便ナンバー、電話番号。バッグにしまっておいて」

前の掲示板に便の情報がカチカチと打ちこまれた。彼女の便はまだなにも変化なしだったが、彼の便には今、ゲート・ナンバーと定刻出発の案内が出た。八時二十分に搭乗勧告アナウンスがあった。彼は彼女にほほ笑んだ。二人は立ち上がり、スチュワーデスが搭乗券チェックのため待機している、ガラスのドアのところまでいっしょに歩いて行った。「とにかく、ぼくの方が先だから、ぼくがあなたを待つということになるのはほぼ確実だね」

「そうね」

「ビザとパスポート、ちゃんと持ってるね。なにも問題はないからね、安心して」

彼女はうなずいた。

「ほんの数時間のことだけど、それでも離れ離れってのはいやだね」

二人は、搭乗する客の列に並んだ。トムがスチュワーデスに搭乗券を見せる番になった。ミセス・レドンは彼の首に腕をまわした。「アイ・ラヴ・ユー」と彼女が言った。「あなたに会えて本当によかった。アイ・ラヴ・ユー」

彼は彼女にキスした。「ニューヨークで会おうね。バーで簡単な食事取ったら？ 深夜までちゃんとした食事はないから。ニューヨーク時間でのことだけどね」

「そうね、そうするわ」だが、彼女は彼を抱きしめてキスをし、そのまま抱き合っていた。とうとうほかの客はみな入ってしまって、彼だけが残った。スチュワーデスが気の毒そうに「すみません、時間です」と言った。

彼女は最後の「アイ・ラヴ・ユー」を言った。そして彼が、スチュワーデスに搭乗券を見せ、その横を通って廊下へ入るのを見ていた。廊下のつきあたりでトムは振り向いて、彼女に手を振った。制服の乗務員が来て、スチュワーデスが彼にチケットを渡した。「四十八枚です」とスチュワーデスが言った。

「四十八枚ですね」乗務員が確認した。

涙、押さえ切れない涙があふれた。彼女は彼に手を振った。彼はもう一度だけ手を振り、向きを変えた。だが彼女は、彼の姿が見えなくなるまで手を振り続けていた。


午前十一時すぎ、神父がノートル・ダム大聖堂の側廊を通りアキュイ礼拝堂の階段を上った。神父は礼拝堂中央にあるテーブルのところへ行くと、読書用ライトをつけた。彼は右側の告解室を見、後部のなにもない祭壇を見た。それから、みすぼらしいビニールのレインコートを脱いで、小さな衣装棚にそれを入れた。ダブダブのズボン、着古したグレーの綿ジャケット、鼻にのっかった眼鏡、まったく喜劇的図だった。神の道化、風変わりな寸劇を今からやろうというのか。テーブルにつき、大きな台帳を広げ、先のとがった鵞ペンをクインク・インクにつけた。

神父は、書いているうちにふと気がついた。婦人が一人チャペルの階段を上り、話があるようすで待っていた。眼鏡越しに見ると、彼女がブルーの帽子からはみ出る赤褐色の毛を押しこんでいた。ほんのちょっと前に泣いたと分かる泣きはらした目を隠すため、青い帽子を目深にかぶっていた。ああ、この間の婦人だな。

「お早うございます、マダム」降福式のときのように、大きな白い手を上げて、神父は自分の前の席を指し示した。まばゆい光の中で、彼女は神父と向き合って坐った。

「わたしを覚えていらっしゃいますか、神父様」ほとんど聞えないほどの小さな声だった。

「すみません」と神父は言った。「耳がちょっと遠いものですから」

「わたしを覚えていらっしゃいますか」

「覚えています、マダム。あなたは難しい決断を下さねばならないと言われましたね」

「そうでした」

「それで決断は下されましたか」

「はい」と言いながら、彼女は声が出なくなった。神父は分かっているというふうに明かりの中で少し前かがみになり、太った指で眼を覆い、明かりをさえぎるかのように手をかざした。告解室にいるときのように、改悛者の言葉に耳を傾ける、だが目はそらしてというふうだった。「それを話したいですか」

「分かりません」と彼女は言った。「アメリカへ行く予定だったんですけど、いかなかったんです。なぜかというと」

　彼女は言いよどんだ。神父はこういうことには慣れていた。ただ待つことだ。

「行けなかったんです」やっと彼女が言った。

「アメリカで暮らすことになっていた？」

「そうです。ある人と。チケットも使ったのです。そのことでここへ来ました。お金が入用なのです、ムダにしたチケット代を払わなければなりませんので」

「どういうことですか」と神父が言った。「行かなかった、だがチケットを使った？」

「スチュワーデスに搭乗チケットを渡したのです。空港へ行ったんです」突然彼女は笑い出した。だが神父は目を上げなかった。涙を隠そうとする笑いだと分かっていたからだ。「ニューヨークへスーツ・ケースも送ったのです。衣類も全部スーツ・ケースの中」

「どうしてそんなことを、マダム？」

「わたしが行かないことを彼に気づかれたくなかったからです。知ってたら彼は行かなかったでしょう。でも、もうそれはいいです。わたしはここへ、そのお金のことで来ました。入金の予定はあります。神父様気付けでわたしに送ってもらいたいのです。お助け願えますか」

　指でずっと目を覆ったまま、神父がうなずいた。「ええ、いいですよ。誰かがここへお金を送ってくる。あなたが取りに来るまで保管しておく。そういうことですか？」

「いえ、ちがいます。わたしはロンドンへ行きます。送金者はわたしの兄です。神父様にわたしの居所を尋ねるかもしれませんが、知られたくないのです。兄はわたしが病気だとか言うかもしれません。精神異常とかですね。わたし、正常です。だから住所は絶対言わないで下さい。神父様にロンドンからわたしが送る住所をです」

「ロンドンの住所はまだ決まっていないのですね」

「まだです。決まり次第お知らせします」

「いいですか」と神父が言った。「先週カミュのことを少し話しましたね。覚えてますか」

「ええ、神父様」

「あなたはあの時、自殺したいと言われましたね。今もですか」

「いいえ」

「絶対？」

「そうです」と言って、彼女はまた笑った。あの泣き笑いだった。

「気が変わったわけは？」

「分かりません、神父様。昨夜すごく安いホテルに泊まりました。アメリカへ行かないことを決心したのも昨夜でした。窓辺に立ちましたら、もう、飛び降りたいという気がまったく起こらなくなったのです」

彼女は、バッグを開けてティシューを取り出し、鼻をかんだ。

神父は、お祈りの時のように大きな白い手を組みあわせた。「お兄さんはあなたが病気だと思っていると言われましたね。どうしてお兄さんはそう思われるのでしょうか」

「兄は医者ですし、うちの家族にそういう病歴がありますので。でも、わたしはだいじょうぶです。ほんとうに絶対だいじょうぶです。信じられなければお願いしたりしません」

彼女の左手を見た。「結婚していますか」

「はい」

「夫から去ったのですか」

「はい、そうです」

神父は組んでいた手を離し、台帳に手のひらを置いた。「それで新しい人生を切り開こうというのですね」

「はい、そうです」

「この間、あなたとお話したとき」と神父は言った。「あなたは、神は信じていないと言われましたね」

「はい」

明るいランプの方から暗い身廊へと目をやりながら、神父が言った。「神を信じていないのですか」

「昔は信じていました、でも、今は信じていません」

「なぜですか、マダム」

「理不尽だからです。いったん神という観念が荒唐無稽だと思うと、信じ続けることは不可能です」

神父微笑、歯と歯の間にすき間が見える、「わたしはできます」と神父が言った。「わたしは信じています」

泣きはらした目で神父を見た。「神父様らしからぬ言葉ではないでしょうか」

「そうでしょうね」と神父は言った。「理屈に合っていません。ですが、神を信じることは愛することと似ています。理由も証拠も正当化もいりません、愛する、ただそれだけです」

女は泣き出した。

「まあまあ」と神父は言った。「そのお金のことで助けてくれといわれましたね。喜んでおっしゃったとおりにしますから、必要な指示をお願いしますよ」

「住所をだれにも言わないって約束してくださいますか? どんなことがあっても」

「約束しますよ」と神父は言った。

テーブルトップを手探りし、引き出しを開けて安物の罫紙を取り出した。「名前を書いてください、手紙がきたとき分かるように」クインク・インキをつけて、ペンを彼女に渡した。彼女は自分の名前を書いた。それからもう一つ書いた。「これは兄の名前です」彼女が言った。「お金を送ってくる人です。住所は決まり次第お知らせします。ご親切ほんとうにありがとうございました」

彼女は神父のほうに紙を押しやった。神父はそれを見た。「はい、これでいいです、ミセス・レドン。わたしがあなたの立場だったら少し休息をとりますね」

「わたしはだいじょうぶです。ありがとうございました」

「神のご加護がありますように」と神父は言った。

彼女は階段を下り、チャペルの小さな明るいところから大きな暗い身廊へ歩いていった。落ち着きのない愚かな鳥のように、毎日旅行者が通路を行き来している。神父は坐りなおして、テーブルの右の引き出しを開け、大きなクリップで留めてある、みすぼらしいダンボールのファイルを取り出した。彼女の名前を書いたメモを小さい長方形の封筒に入れ、クリップの下に滑りこませた。ペンをとり、備忘録として封筒に書いた。

　　アイルランド女性――金、転居の場合は転送されたし

神父はそこでペンを止め、ややあって眼鏡越しに見た。それから付け加えた。

　　自殺未遂?

第三部

パリに二日滞在後、ドクター・ディーンはもう帰った方がいいと判断した。自分は医者だ、探偵じゃない。できる限りの情報は手に入れた。探索といっても今できることといえば、背の高い女を見かけたらついていき、振り向いたら彼女かもという一縷の望みにすがるくらいだ。それに、頻脈も悪化、夕べもホテルで最悪の事態を考えて暗くなってしまった。ペグ・コンウェイに電話して帰国することを告げ、彼女の親切に感謝し、ベルファストには電報で空港到着時刻を知らせておいた。長女のアンが空港へ迎えに来てくれるといいがと思っていた。だが、ベルファストに着いたとき、迎えに来ていたのはアグネスだった。

ドクター・ディーンは妻にキスした。「やれやれ」とアグネスが言った。「お帰りなさい、シャーロック・ホームズ。わたしの言ったとおりだったでしょ? 図星でしょ? ばかげた探索だわ、まったく」

「うん、まあね」と彼は言った、反駁したらまずいことになるから。「だがまあ、まったく意味のないことでもなかったよ」

「どんな具合だったの」

「まあ、あとでくわしく言うよ」と言って彼女の腕をとり、外へ出た。雨が降っていて、ひどく寒かった。これで夏だなんて信じられないくらいだった。「実はね」と彼は言った。「いろいろ分かったんだ。彼女はまだアメリカにはいない。おそらくまだフランスにいるんだ」

これは爆弾発言になる可能性があった。だが、アグネスは案外平気だった。彼女は駐車場券を探し出し、彼は彼女持参のカサをさした。車のところまで歩いて行った。「ペグ気付であの青年が送ってきた手紙覚えてる? 封筒はアメリカのアドレスだった。で、ぼくは思い切って電話してみたんだ、彼女のことを訊こうと思って。ところがだ、彼女は彼のとこにいなかったんだよ。あいつに代わった。予測される通り、けんか腰だったがね。だがひとつはっきりしていることは、彼も彼女がどこにいるか知らないということだ。まだフランスにいる可能性は大いにある、なぜかというと」

「アメリカへ電話したですって？　いくらかかったのよ？」

「ああ、それほどでもなかったよ。ペグはどうしても料金をとろうとしなかったが、無理に何ポンドか取ってもらった」

「あなた、どうして手紙開けなかったの」アグネスが言った。

「ああ、いや、それはぼくにはできなかった。ここにあるよ。送金先を知らせてきたら、いっしょに送ってやろうと思ったんだ。それが一番いいと思わないかい？」

「シートベルト、あなたまだよ」

「ああ、そうそう。ありがとう」彼はバックルを締めた。駐車場から外へ出た。「昨日ね」と彼が言った。「例の神父に会いに行ってきた」

「あのフランス人の神父さん？」

「ああそうだ。彼女が送金先と指定したあの神父さんだ。立派な人だ。英語の告解もやる。とにかくだ、ぼくはなにも知らないふりして、彼女の精神状態とかなどには一切触れなかった。ぼくはただ、送金するとき外国為替の問題などが心配だと言った。そしたら神父が言った。「妹さんはアメリカにはいません、よ」「じゃあどこにいるのでしょう」と訊くと、それは言えない、だが、ドルで送る必要はない、と言うんだ。ぼくは訊いた。「ではどこへ送ればいいのでしょう、通貨は？」神父は、自分もまだ知らないが、分り次第知らせてくれると言った。これを聞いてぼくはもちろん心配になったよ。まだ連絡がないというのはね。だいじょうぶだといいのだけど」

「心配しないで」とアグネスは笑って言った。「シャーロック・ホームズ。パリへ飛んで、ニューヨークに電話して。まったく。いいこと、あなたはね、ダンドラム通り五十四の我が家でじっと待ってればいいの」

「なんだって？」

「シーラのことよ。今朝かけてきたわ。今夜九時にかけるって」

「どこからかけてきたんだ？ どこにいるか言ったか？」

「話したのは私じゃないのよ。だいたい無礼よ。イメルダが電話取ったの。彼女が母に代りましょうかと言ったら、結構だと言って切ったのよ。後でかけるって」

「イメルダは、ぼくがパリに行ってるって彼女に言ったのかな？」

「ええ、言いましたよ」

「シーラどんなようすだったか、イメルダ言った？」

「そんなことイメルダにわかるわけないじゃない」

「そうだな。とにかく、それはちょっとほっとするね。夕べぼくがパリでどんな暗い気持ちになったか、言葉では言えないくらいだ。取り返しのつかないことにでもなったら、一生自分が許せないだろう」

「大丈夫よ、彼女にはなにもおこりゃしないわ。彼女はだいじょうぶだってわたし言ったでしょ。三週間の浮気で夫と子供を捨てるような女は、自殺なんかしやしないって」

「ああそう、君は言ったね」とドクター・ディーンは言った。「うん、君はそう言った」

帰宅すると、娘たちが夕飯をこしらえていた。彼女たちにキスして、おみやげの、パリの免税店で買ったシルクのスカーフを手渡した。郵便物を調べたいからと書斎に入り、戸を閉めた。とにかくたっぷりウィスキーがほしかった。ウィスキーを注いで、暖炉に火をつけた。ケヴィン・レドンに電話しなければならないのだけど、正直言ってその気にならなかった。レドンがあの手紙を彼女に見せたと知ってから、この男には頭にきている。それに、この間会った時にレドンはこうも言った、ダブリンのアメリカ大使館に全部しゃべって、家庭遺棄のかどで離婚訴訟を起こすと。だからレドンに電話なんかする必要あるのか。何を言ったたって、あいつはもう耳も傾けないだろう。

というわけで、電話なんかしないでなみなみともう一杯ついだ。二杯目を飲みほしたところで、娘たちが夕食の準備ができたと告げに来た。食欲はまったくなかったが、シーラがかけてくるまでにまだ一時間あったので食堂へ行った。もう夕食はテーブルの上に並べられてあった。なんとかハムとカリフラワーを数口押しこんだ。イメルダがクリームをサンドしたチョコレート・ケーキを作った。アグネスは大喜びで、できばえをほめちぎっていた。これじゃあ食べないわけにいかない。「それ、大きすぎるよ」と彼が言ったとたん、リーン、電話が鳴った。さっと立ち上がり、大急ぎで書斎へ行った。戸を閉めてから受話器を取った。が時すでに遅し、アグネスがもうホールに来てその電話を取った。

「アグネスよ、シーラ」アグネスが話している。

「ハロー、アグネス。オウエン帰ったかしら?」

「ええ帰ったわ。どうしてるの?どこにいるの?」

「ハロー」割って入るオウエン。「シーラか?」

「ええ」

「アグネス、シーラと二人だけで話したいんだ」

いまいましい、そのうちに仕返ししてやる、でも今はまあしょうがない。「分ったわ、切るから」とアグネスが言った。だまされやしない、まだちゃんと盗み聞きしているんだ、が、まあ、静かになった。

「ハロー、シーラ、パリへぼくが君を探しに行ってたこと知ってるか? どれだけ心配したことか。だいじょうぶか」

「ええ、元気よ」

「どこにいるんだ」

「オウエン、この電話は財産の分け前のことだけよ。わたしの手紙は届いた?」

「ああ届いた。それで君の土地を売った。およそ千六百ポンドになったよ」

アグネスが大きな金額にびっくりして、息をのむ気配がした。

「もっといい値に売れたはずなんだが、この頃は値下がりしているのでね。どういう形で送ろう? 銀行経由がいいと思うが」

「郵便局貯金通帳に入れてもらえるかしら」

「ああ、できると思うが。フランスの制度は同じかな」

「フランスじゃなく、ロンドンで受け取りたいの」

「ということは、ロンドンにいるんだな」

彼女は黙っていた。「ロンドンの郵便局へ振りこんでもらえるかしら、ハヴァストック・ヒルのベルサイズ・パーク郵便局に口座が開けるわ」

「ハムステッドだな」と彼が言った。「知ってるよ、あの辺。あの近くにジョン・ダヴニーが前いたことがある。パークヒル・ロードだったたと思う」

「ロンドンへはどれくらいで着くかしら」

「さあ、数日か一週間ぐらいで着くかな。ちょっと分からないが」

「借りがあるの」と彼女は言った。「四百十五ドル分、直接アメリカのある人へ送金してもらえないかしら」

「もちろんできるよ。誰に送るの?」

「エンピツある?」

「ある、さあ言って」

「トム・ロウリー様宛て、パイン・ロッジ、ラットランド、ヴァーモント」

「こないだ、電話で彼と話したよ」

「どこで」彼女がうろたえるようすが聞き取れた。

「バーモントへ電話したんだ。彼はパリのペグ気付で君あての手紙を出した。住所はそれから分かった。君のことが分かるかもしれないと思ってかけてみたんだ」

「彼、元気?」消え入るように小さな声。

「元気そうだったけど。彼の手紙預かってる。送るよ。とにかくシーラ、一緒に行かなかったのは正解だな。それしかない。今どうやって食べてるんだ?」

「わたしはだいじょうぶよ」

「ケヴィンが君に、ぼくが書いた手紙を見せただろ。ケヴィンはひどい。ぼくはあいつにカンカンだ。あんなもの書くんじゃなかった。ケヴィンも見せてはいけないものだったんだ。ただ君を助けたい一心だったんだ。信じてくれるかい」

「もうどうでもいいわ。とにかく、わたしの取り分を換金してくれてありがとう」

「シーラ、君に会いたい。そっちへ行って君に金を直接渡すというのはどうだ? 手紙も渡さなきゃならんし。ほんの半時間くらいでいいから話したい。お説教めいたことはなにも言わない。約束するよ」

彼女はためらっていた。「お金と手紙持ってきてくれるのね」

「ああ、朝一番に銀行へ行くよ。待ち合わせる場所だけ決めてくれたらいい」

「明日来られる? 明日の午後遅く」

「どこだ」

「ロンドン、プリンス・アルバート通り、リージェンツ・パーク動物園向かい側のプリムローズ・ヒル・パークで六時に。場所分かる?」

「今、メモ取ってる。分かるよ。六時だね」

「そう。三十分だけね。兄さん、夜には帰れるわ。それでいい?」

「うん。いいよ」

「じゃ六時に。ありがとう、オウエン」

「気をつけるんだよ」と彼は言った。彼女が電話を切ると同時にアグネスも切った。坐って、火をじっと見つめながらアグネスを待った。

「まったく甘いわねえ」アグネスが入ってきて言った。「なに、あの態度、あなたの鼻づら引っぱりまわして。あなたもあなたよ、使い走り小僧よろしく、はいはいって、まったく。千六百ポンド！　それを彼女に手渡しに行くのね」

「彼女の取り分だよ」

「それからあの手紙。手紙のこと言ったとたん、彼女の態度が変わって会おうってことに。これでのこのこ会いに行くなら、あなたほんとうにバカよ」

「ぼくは彼女に会いたいんだ」と彼が言った。「電話から離れていてくれって言ったと思うがね」

「ああそうですか。そのことを持ち出してくれてうれしいわ。あなたとあなたの家族ときたら、あなたまるでわたしとじゃなくって家族と結婚したみたい。べたべたじゃない。女房はまるで他人みたいにあっち行ってろですって、ほんとにひどい！」

　アンとイメルダが戸口に立っていた。母の言葉を聞いていたのだ。

「シーラおばさんだった、パパ？」

「ああ、そうだよ」父親は言った。

「おばさんは今どこにいるの？」

「ロンドンだ。紅茶かコーヒー入れてくれた？」

「コーヒーよ」とアンが言った。「パパ、ここで飲む？」

「ああ、ありがとう」

「そう、また行くのね？」アグネスが話を蒸し返した。「愛の使者、キューピッド、シーラにボーイフレンドの手紙を運んでやる。ほんと、バッカみたい」

「アグネス」とオウエンが言った。「頼むよ。そんな態度とらないでくれないか」

「なによ、訊いただけじゃない。そんなふうにシーラを追っかけまわして、いったいいくら散財したら気が済むのよ。シーラに、遺産の取り分千六百ポンドの中から、あなたの旅費くらい出させたらどう？」

「ママ」と言うと、アンは母の腕をとった。「さあ、ママ」と言って、イメルダがもう一方の手を取った。そうだ、娘二人は、オウエンが絶対できないことをやった。アグネスを連れ出してくれたのだ。オウエンに平和が戻った。

「白清クリーニング店」のハムステッド全域の責任者は、どことなく落着きのない、かっぷくの良い五十代の女性だった。顔は、カーテンが下りた後の舞台俳優みたいにうつろだった。彼女は客を、年齢、性別かかわらず、だれでも気安く〝ちゃん〟づけで呼んだ。おつりを間違えないかひどく心配していて、なんでも二回勘定した。でも、お客の品物がどこかへ消えるなどという危機的状況が発生した場合は、彼女こそ忍耐強さの鑑、付箋を一枚一枚丁寧に調べるのだった。品物が出てこなかったということはまずない。ミセス・レドンの仕事はじめの日、責任者は午前中ずっと彼女と一緒だったが、午後はいなかった。そしてまた店じまい間際にその日の売上をとりにやってきた。「だいじょうぶですね？なにも問題なしですね？よろしい。明日は一人でやってもらいますね」

三日目の午後、責任者は四時頃来た。彼女は、ミセス・レドンが泣いていたのを見てとった。「どうかしたの? お客さんのことで、なにかいやなことでもあったの?」と聞いた。ミセス・レドンは、いいえ、だいじょうぶです、すべて順調ですと答えた。「ならいいわ」と責任者は言って、「十五分でもどります」というサインを取り出すと、それを窓のところに置いた。「ちょっと行きましょ」

パブの奥まった席に坐ると、「イギリスにはずっと?」と責任者が訊いた。飲み物は、赤いポート・ワインとドライ・シェリーだった。

「いえ、来てまだほんの一週間ほどです」

「アパートはちゃんと見つかった?」

「まかない付きの部屋を借りました。ハヴァストック・ヒルのあたりです」

「高いでしょ、あの辺は?」

「そうですね」

「ロンドンには友人かだれかが?」

「いえ、とくにだれも」

「交流会のようなものがたくさんあるから、入ったら? キャムデン・タウンにアイリッシュ・クラブが一つあるわ。ハムステッド・ヴィレッジ区域のうちの会社で、アイリッシュの女性が何人か働いていてね、先週わたしも連れて行ってもらったの。楽しかったわよ。わたし、アイルランドの歌が好きよ。あなた、この仕事いつまでも続けるつもりじゃないでしょ?」

「どういうことですか」

「もっといい仕事があなたにはありそうだから。あなた、大学出てるんでしょ？　応募用紙に書いてあるの見たわ。すぐにでももっといい仕事の口があると思うわ」

「ええ、でもこの仕事わたしに合ってるから。目下のところはともかくこれがいいです。できない仕事はやりたくないんです」

「そうね、あなたにはあなたの考えがあるわね。あなたの言うとおりよ。結婚はしてるわね？」

「していました」

「ああ、わたしもかつてはね。やめる時はすぐに電話を頂戴、そうすれば次を探しやすいから。本部がマネージメントやっていて、目を光らせているから。若い女の子なんかはね、ときどきちょっと買い物だとかでほんの少し店を空けることがあるのよ。ここで落ち着くのは難しいようね。とくに、やり始めてまだ間がないときはね」

「ご親切なアドバイス、ありがとうございます」

「ああそうそう、そのアイリッシュ・クラブの夜ね、アイリッシュ・ソングをたくさん歌ったのだけど、面白くて、大いに笑ったわ。まだここへ来て間がないから、ちょっと寂しいわね。ああ、ちょっと急いだ方がいいわ。明日、五時半ね。いい？」

彼女のアパートは、グロスター・ガーデンズのさえない路地奥で、ビクトリア朝風テラスハウスの屋根裏部屋だった。屋根がかしいでいて、ベッドに寝ると、自分の上に天井がのしかぶさってくるような錯覚を覚えた。大きな衣装ダンスがあるが、彼女は服の着替えがないので、引き出しは空っぽだった。肘掛椅子が一脚、窓に面して机が一つあった。窓から細長い裏庭が四つ見えた。夕方、クリーニング店から帰宅すると彼女は、机に腰掛けて食事をとった。そのあと、窓辺に肘掛椅子を動かして、長い夏の明かりが続く限り、地区図書館で借りた本を読んだ。夜、たくさん夢を見た。エロチックでジェラシーいっぱいの夢だった。とくに、ホテル・ウエルカムのバルコニーに彼女が立っていて、ベッドで彼が若い女とセックスしている夢はなんども見た。事故の夢もしばしば見た。衝突する飛行機に彼と乗っている夢とか、崖から墜落する車の中で二人が抱き合っている夢とか。ときどき彼女はこういう夢で目が覚め、もう眠れなくなってベッドで考えるのだった。あの人は今日何をしていたのかしら、わたしが彼のこと考えているように、わたしのことを考えているかしら。金のこともよく考えた。以前にはなかったことだ。髪をセットして六ポンドかかったのだけど、いくらだったかおぼえていないというふうだったのだ。ロンドンへ来て三日、一週間分の部屋代を払うと、財布にはたった二ポンドしか残っていなかった。なぜオウエンはパリのブロール神父に手紙を出してくれないのかとか、なぜブロール神父は金を送ってくれないのかと思っていた。キティのささやかな金の卵。今はすごい金額に思えた。一週に二十五ポンド稼ぎ、部屋代十ポンドを払った。すごく高いこの部屋。だけど、ほかにも見て回ったが、どれもみなすごく汚かったのだ。

屋根裏部屋の傾いた壁の下に寝ていると、朝の光が差しこんできた。もうすぐ起きて出かけるのだ。急ぎ足で人気のない通りを歩いていく、八時には店を開けなければならないから。

仕事をしてる最中にも、彼のことを急に思い出すことがあった。二週間前、空港から出てきて以来ずっとそうだった。おつりを出したり客のシャツを探すなど忙しい時も、店のベルが鳴るたびごとに、彼じゃないかと思って眼をあげるのだった。そんなことはないことはよく分かっていたが。彼女のあとを追って彼がやってくるなんてことは金輪際ないことは分かっていた。そんなことあってほしくもない。そうなのだ。にもかかわらず、どうしてもそう考えてしまうのだ。彼女は、しょっちゅう彼のことを考えていた。いつか、いつか考えなくなるだろうが、それはずっと先のことだ。

それでとうとう勇気を出して、オウエンに電話したのだ。すると、トムからの手紙があるというではないか。彼はどうしていたのか、何を書いてきたのか知りたくて、急に矢も楯もたまらなくなった。それでオウエンに会うと言ってしまったのだ。愚かだった。

まあ、これが彼女の今の気持ちだった。ミセス・ディクソンがこの日の領収書を受け取りに、いつものように五時半に来た。彼女が外出するなら、今日は数分早く店を閉めていいと言った。六時十分前、リージェンツ・パーク・ロードからプリムローズ・ヒルへと歩き、公園に入った。暖かい夏の夕方だった。前方に若いカップルがやってきて、犬のヒモをはずした。解き放たれた犬は、狂気のように吠え、喜びで舌をだらりと出して飛び回った。彼女の左手に、夏の熱で黄ばんだ芝生の広いコートでフットボールをしている四人の青年。即席のゴールにした丸めたジャケットめがけてシュート! 大きな声で何やら話しこんでいる年配の男性が二人、ゆっくりと歩いていた。なだらかな緑の起伏、芝生、夏の夕暮れのもやにたたずむ静かなこのロンドンのパノラマにも、彼らは話に夢中になって気づかぬようすだった。彼女は、動物園に一番近い入口で会おうとオウエンに言っておいた。ゲートに近づいたとき、オウエンが彼女は公園の中からではなく、外の通りからやってくると思っているだろうということに気がついた。たぶん、自分の方が先に兄を見つけるだろう。一瞬、今日会うということをオウエンがケヴィンに言い、ケヴィンも一緒に来るなんてことがあったら？ という恐怖にとらわれる。オウエンももう信用できないから。だがなぜか彼女には、ケヴィンが来ることはありえないと思えた。少しゆっくり歩く。そしてまたいつものように、彼女の心を占めているものが押し寄せてきた――トムの手紙、そしてそこに彼がなにを書いているかということ。どこかで六時の知らせを教会の鐘が打ち出した。遊び場、母親たち、砂場、ブランコを通り過ぎる、そして、待ち合わせ場所、ゲートへ向った。オウエンだ。歩きながら、ケヴィンはいないか確める。いない。公園の掲示板の下のところで、落ち着きなく立つ背の高いオウエン。服は、先月会った時に着ていたのと同じグリーンのスーツだ。小さなアタッシェ・ケースを持っている。自分が見逃して、彼女は行ってしまったのではないかと不安げにあちこち見ていた。

彼女はためらった。引き返したかった。捨てた世界にもう一度接触する恐怖があった。だが、手紙があった。最後の言葉はまだ発せられていなかったのだから。急に彼女は歩調を速めた。

ドクター・ディーンは早く着いていた。動物園の反対側にタクシーを止めるまで、彼は、今日の約束に自分がどれほど不安になっているか気がつかなかった。三十分待った。タバコを二本吸った。もうない。明日また禁煙だ。

最初オウエンは、彼女がプリンス・アルバート・ロードから来るかと思って通りの方を見ていた。六時が近づき、公園の方を見てみて驚いた。彼女が、プリムローズ・ヒルからやって来るではないか。まだ相当距離がある。ちょっと暑苦しそうなブルーのスーツ姿だ。こっちの方へ彼女がやってくる、と突如原っぱにいた犬が彼女の前に立ちはだかって、彼女が止まった。オウエンが手を振った。彼女も。

彼女の方に向って歩き出した。こちらへ近づいてくるにつれて、彼女の顔がだんだんはっきりしてきた。彼女の何かが変わっていた。はっきりと分からないが、前より年取って見えた。

「やあ、シーラ」ためらいがちにキスをする、彼女が自分と会うのを歓迎しているか分からないので。が、彼女は、ずっと昔、皆が親密な家族だった頃と同じように、ぎゅっと彼を抱きしめた。

「元気そうでほっとしたよ」と彼は言った。「すごく心配してたんだ」

「あそこにベンチがあるわ」と彼女が言った。「坐りましょう」

オウエンは彼女の手を取って歩いた。うつかどうかは、はっきりとは分からなかった。だがオウエンは、なぜかはわからないが、うつではないなと思った。とにかくネッドのようではないのは確かだ。

「飛行機はだいじょうぶだった?」

「よく揺れたよ」と彼が言った。

「あいかわらず飛行機は恐い?」

「ああ、いつも恐いよ。約束どおり、君の金を持ってきたよ。それからあの借りは今朝、アメリカへ送っといた」

彼女が体をこわばらせるのが分かった。

「それでよかったんだよね」

「ええそう。兄さん、手紙になにか書いたの?一言入れた?」

「電報を送った。君からだと一言入れといた」

彼女はベンチに坐った。放心したようすだった。「ねえ、彼はそれがなんのためのお金か分かるかしら?」

「ああ、分かると思うよ」とドクター・ディーンが言った。彼女と並んで坐り、アタッシェ・ケースを開けた。「これが残り全部、君の取り分だ。バークレー銀行、レスター・スクエアー支店小切手で千四百二十二ポンドだ。思っていたほど多くはないんだがね」

彼女は封筒を受け取った。だがそれを見ようともしないで、バッグにしまった。「ありがとう。手紙持ってきてくれた？」

「うん」彼はアタッシェ・ケースから、ふちが少しよれよれになった、アメリカの切手がはってある手紙を出した。彼女は手紙を受け取ってアドレスを見ると、そっとバッグにしまった。気が遠くなったみたいに、彼女はうなだれて前かがみになった。オウエンは、彼女の腕に触れた。「だいじょうぶか？」

「だいじょうぶよ」と彼女は言い、頭を上げて公園の向こうの方へ目をやった。「ダニーはどうしてるかしら、兄さんなにか聞いてる？」

「アグネスがこの間電話したよ。ダニーは悲しんでる、当たり前だが。シーラ、どうだ、ぼくのうちへ来てしばらく休まないか、部屋はいくらでもあるから」

「ありがとう、でもそれはいいわ」

「でなければ、アパートを捜してやるよ。君がベルファストにいるなら、ケヴィンもダニーに会わせないとは言うまい。時々は、ダニーが君のところに泊まっていけるだろう」

「わたし、ここで仕事があるの」

「どんな仕事だ」

「店で働いてるの」

オウエンは怒った。「そうか。店で働いている。ロンドンで一人で暮らして。そうやって君は一生終えるつもりか?」

彼女は答えなかった。バッグを開けて、トムの手紙を見た。「読みたければ読め」

ヒゲをはやしたブルージーンズの若い男が、背の高い英国型の乳母車を押して通り過ぎた。双子の赤ん坊が乗っていた。元気のないアイリッシュ・セッターが、乳母車の後からついていく。この犬が、ミセス・レドンのスカートに鼻をつっこんだ。彼女は犬の頭をどけて、立ち上がった。「じゃあ、行くわね」と彼女が言った。「来てくれてありがとう。お金をもってきてくれてほんとうにありがとう」

彼の怒りは消えた。なんだかとても悲しくて、全くばかげているとは思うが、涙が出そうになった。「もうちょっとだけ、な? ケヴィンのためにあんな手紙を書いて本当にすまなかった。あの男があああいう使い方をするとは思っていなかったんだ」

彼女は、かなたの丘に目をやった。「あれを大使館へ持っていったのかしら」

「そうだと思う」

「とすると、わたしが今アメリカへ行こうとしても、ストップがかけられるということね?」

「多分ね。だけど、君アメリカへは行きたくないだろう? 賢明な決断だったと思うよ。あの青年には君は年を取りすぎてるよ」

「もう行くわ」

「もう?」

「ええ。いろいろとどうもありがとう」

二人がぎこちなく近づく。彼女はぎこちなく兄にキスした。
「シーラ、手紙くれるかい？」と彼が言った。「ときどきどうしてるか知らせてくれよ」
「そうねえ。さようなら、オウエン」彼女は、来た道をもどっていった。乳母車の青年に追いつき、追い越して、足早に去って行った。ドクター・ディーンは、去っていく彼女、スパイみたいにこっそりとここへ彼に会いに来て、敵の国、公園の向こうの見知らぬ世界へ戻っていくブルー・スーツの背の高い妹を眼で追っていた。密会に急いで出かけるみたいに去っていく妹は、広い丘陵を上って、たそがれのかすんだ光の中にだんだん小さくなっていき、ついに木立の曲がり角で姿を消した。オウエンは、彼女がもう一度振り向いて手を振ってくれるか、最後に一目振り返ってくれるかと待っていた。だが彼女は、彼から去っていった、ダニー、ケヴィン、家庭すべてから去ったように。オウエンは少しそこに立っていたが、やがて公園のゲートを出た。

彼女は歩き続けた。プリムローズ・ヒルから木立を抜けて、エルズワージー・テラスのゲートに続く道沿いに歩いていった。ピクニックの家族連れが、草の上で食事しているところだった。いくつものピクニック・グループの子どもたちが、一緒になって遊んでいた。彼女は、公園をぐるっととり囲む、静かな並木道まで来て、そこでやっと手紙を開いた——

パイン・ロッジ

ラットランド、ヴァーモント０５７０１

火曜日

愛する人へ

金曜日の夜、ずっとケネディ空港で待っていた後、ここへ帰りました。ぼくの便は時間通りに着き、あなたを待とうとＴＷＡへ行きました。あなたの便も定刻着。あなたのお兄さんの書いた手紙のことで、入国が遅れているのかと思いました。ところが、あなたが搭乗しなかったということが分かりました。ぼくは信じられませんでした。荷物回収所にそのままになっているあなたの荷物を係りの人に見せましたで、ぼくは思ったのです、最後の瞬間に結局あなたは恐くなって気持が変わったんだと。そうですか？でもどうしてですか？夫が強制送還させるだろうと恐れたのですか？年齢、息子のことで？ばかばかしい。ほんとうに分からない。これみな計算済みだったんですか？ぼくが疑うといけないので、荷物をチェックインしたのですか？大方そんなところでしょう。ぼくが相当あなたを押した、それでやっとあなたは動いたんだ。だけどそういえば、アメリカへはあなたは最初から拒絶反応でしたね。

ぼくがまちがっていたのです。結局人ができることは決まっているのです。ぼくは無理にあなたを来させたくはなかった。夫のもとへ戻るというならオーケー、幸運を祈ります、とめることは出来ません。ぼくは、あなたの家のアドレスすら知りません。ご主人に電話できたでしょうが、もういい加減バカをやってきましたので、これ以上はごめんです。

とにかく、ぼくはこのホテルで働いています。ペグ気付で、彼女があなたに転送してくれることを期待してこれを書きます。気が変わったら知らせてください。チケットを手配し、ビザを取り、迎えに行きます。そうではなくて、あなたの言ったことはみんなウソで、ただの情事だったのなら、それも仕方ない。

でも、これだけは知ってほしい。ぼくはあなたを愛してた、そして今もあなたを愛してる。

アイ　ラヴ　ユー

トム

並木道の外れに木のベンチがあった。彼女はそこでもう一度手紙を読んだ。長いこと坐っていた。ピクニックの家族連れがバスケットをたたみ、毛布を片づけ始めた。公園にいるのは彼女だけだった。夏のもやがかかった、黄金色の雲の後ろに、黄昏の太陽が沈み始めた。公園の番人が手に鍵を持って、丘を上がってきた。手紙をまた読んだ、三度目だ。それから、ゲートの方へ歩きながら、手紙と封筒を小さい長方形に破り、金網のゴミかごに捨てた。公園の番人が鍵をかけようと待っていた。彼女はゲートを出て通りを歩いて行った。ちょっとそこまでタバコを買いに行く人のように、なにげなく。

翻訳『医者の妻』あとがき

アイルランド作家、ブライアン・ムーア（一九二一―一九九九）の二十の小説を俯瞰すると、信というテーマの一貫性に驚かされる。その真摯な探求は、彼のキャリアを通じて微塵も衰えることはなかった。神を見失った人間はどのように生きたらいいのか。できることならば、もう一度神を手に入れたい。だがそれは不可能である。主人公たちははっきりと言う、「神を信じない」と。わたしたちと同じ現代人である主人公たち、彼らはほんとうになんと遠くまで来たことか。神から遠く、信も気息奄々、愛ときたら切れっぱししか残っていない時代にあって、彼らの真剣さはむしろ、いにしえのユートピアの探求のそれにこそ似ていることに気づかされる。彼らは結局最後には、ユートピアの住人になることはおそらくないということを知らされるだけにしても、である。

シーラ・レドンは北アイルランドの首都ベルファストに住む一主婦、外科医の夫、ケヴィン・レドンと結婚して十六年になる。二人の関係はおおむね良好、たまに波風が立つ、たとえば彼女が、文学のような自分に興味のある話題を男性と話しこんだりするとケヴィンが文句を言う、というようなことはあったがまあその程度で、問題になるようなことはなかった。ある年、休暇をフランスで彼女が一人で過ごすことになるまでは。この旅行に、忙しくてケヴィンは彼女と一緒に行けなかった。それに彼は外国へは行きたがらず、国内で近場の旅を好む男だった。彼女はフランスでアメリカ人の青年、トム・ロウリーと出会い、激しい恋に落ちる。わずか一週間ほどの時間を共にした後、アメリカへ一緒に行こうと誘うトムから去り、彼女は一人で生きていく道を選ぶ。これが『医者の妻』のあらすじである。

今まで良妻賢母だった女性が、あることをきっかけにして過去と決別するという選択をする。それは苦渋に満ちた選択である。彼女はすべてを捨てる、夫、子ども、国、人生を。そして最後は一人生きる道をとる。恋人と第二の人生を送る選択もあったのに、なぜ一人の道を選んだのか。これはナゾである。このナゾについてはいくつかの解釈ができよう。一つは、この選択はフィクションが成り立つために必要な条件であるというもの。こういう設定でなければ、小説としてはおもしろくないからだ。人生に区切りをつけるなどの限界を設定することは、フィクションの中でこそ可能な行為である。ムーアの作品を緊張感ある深いものにしているのはこれであるが、現実では一つの行為には原因と結果があり、わたしたちはこの因果の連鎖からそう簡単には身を引けない。

ほとんどすべてのものには終りがある。しかしないものもある。皮肉だが、永遠の愛は夢ではなく現実であり、この意味から小説の題材にはなりにくいものなのだ、とこう言うと奇異に思われるかもしれないが、ほんとうである。この小説は、現代に生きるヒロイン、シーラの精神の根源にある問題とかかわっている恋愛を軸にして、選択の可能性を問うている。現代は、神なきこの世界で浮遊する存在、人間をつなぎとめるものとして、科学など神に代わるものをこしらえた。恋愛は純粋性において信仰の情熱に勝るとも劣らないが、心理学によると、恋愛は、偏屈な心が作り出した妄想の域を出ないようだ。愛すら心の偏向ということになるのかと不服そうにシーラが言うのも、彼女の恋愛は純粋だからである。だがその純粋な愛も、最終的にはフィクションの要請ゆえに、彼女（作者）に捨てられるのだ。

もう一つの解釈は、シーラは、捨てた子どもへの償いも含めて、自分の行為への自己罰として去るほうを選んだのかもしれないというものである。罪と罰は西欧精神の根源にあるテーマであるが、ムーアはこのテーマをしばしば彼の小説の中心にすえる。彼女の反応は複雑で、恋人との年齢差を理由に彼女に反省を求める周囲を、自分は問題にしないとはねつけるが、その一方で、若い恋人とセックスするトムの夢は彼女をさいなむのである。家庭を捨てると決意した後も苦悩するシーラは、不倫の一つの帰結として自殺を考えたこともある。相談した神父が、幸福な人は自殺を考えないというと、彼女は自分にはあてはまらない、今は自分にとって至福のときだと繰り返し言う。ところがそれとは裏腹に、空虚な時間が押しよせることがあるとも彼女は言うのである。このような感性のズレはわたしたちにも理解できないことはないが、ほんとうに信ずるものがあればそういうことはないであろう。

この小説にはいろいろな人間の心理が描かれている。家族愛、夫婦の軋轢、友人の嫉妬など、心理の深層をのぞくと人間のエゴが見えてくる。シーラの個人情報をケヴィンに提供した兄、オウエンの顔はユダ、キリストを売るイスカリオテのユダのそれだ。ケヴィンに秘密を暴露する手紙を一筆したためてくれと迫られた時、オウエンは思った。厄介なこの問題、自分の胃潰瘍に悪いし、ずいぶん夜もふけた、ええもうどうにでもなれ、と。後に彼女に弁解がましく、君を助けたい一心だったんだ、と彼は言う。すべては自分のため、人間はエゴイズムで動くのだ。だがそうはいっても、ほんのちょっぴりは友人のため、他人のことながら、家庭を壊す女になにがしかの忠告をしたくなるのは人情。友人のペグがシーラになんどもみせた真剣な顔は、半分差し引いてもこれまた人の情、暖かいものもある。

人間は生き方を選択することは出来る。だが問題は、選択した後の生きざまである。自殺という行為でリアリティから離れるならともかく、限定されているリアリティの中で生きる場合、選択はできるが、それを生きる場は文学ではなく、リアリティである。さきほど選択の要因を考えたが、その選択を生き抜くことの意味はどうだろう。シーラが一人で生きる選択をしたとき、それまでの彼女は消えた。今までは肩書きに恋々とし、人の成功をうらやむ愚かな人間だったが、覚醒した。さわやかである。ずっと思い出はひきずっていくだろうが、もう過去は彼女から切り離されている。寄りかからず、過去に引きずられず自分を獲得したシーラは、一つの理想像として読者を鼓舞するものがあるのではないだろうか。ムーアの描く女性たちの中で、完全な転身は実は多くはない。実際にはシーラだけといってもよいくらい少ない。たいてい元の鞘に納まるからである。マリ・ダヴェンポート（『コールド・ヘヴン』）は恋人と夫の間で今まで通り振り子運動を繰り返すだろうし、ジュディス・ハーン（『ジュディス・ハーン』）は世間と共存して生きていくだろうし、エムリン・ランベール（『魔術師の妻』）は夫と暮らし続けるだろう。彼女たちと違い、シーラは未来を自分で作った珍しいヒロインである。

本書の訳出と出版にあたり、翻訳草稿に目を通してくださり、フランス語に対しての貴重なご助言をいただいた三重大学のジャンフランソワ・ダメム講師、編集者として、企画から出版に至るまでご尽力くださった、松籟社の木村浩之氏、アイルランドの文化についてのアドバイスを与え、励ましてくれた夫、マイルズ・オブライエンに心からの感謝を捧げます。
また、本書は、アイルランド出版助成基金からの補助を受けることができました。関係者各位の取り計らいに深く感謝します。

本書籍の刊行にあたり、アイルランド出版助成基金（Ireland Literature Exchange）から翻訳出版助成をいただきました。ここに記して感謝申し上げます。

株式会社松籟社

Ireland Literature Exchange
www.irelandliterature.com
info@irelandliterature.com

【訳　者】
伊藤　範子（いとう・のりこ）
1944年生まれ。早稲田大学文学部卒業、名古屋大学大学院博士課程中退。
現在、帝塚山大学経営情報学部教授。
専攻はアイルランド文学。

著書に、『近・現代的想像力に見られるアイルランド気質』（共著、渓水社、2000）、『アイルランド・ケルト文化を学ぶ人のために』（共著、世界思想社、2009）など。訳書に、コルム・トビーン『ヒース燃ゆ』（松籟社、1995）などがある。

医者《いしゃ》の妻《つま》

2009年8月31日　初版発行　　定価はカバーに表示しています

著　者　ブライアン・ムーア
訳　者　伊藤　範子
発行者　相坂　一

発行所　松籟社（しょうらいしゃ）
〒612-0801　京都市伏見区深草正覚町1-34
電話　075-531-2878　振替　01040-3-13030
url　http://shoraisha.com/

Printed in Japan　　印刷・製本　モリモト印刷（株）

 ISBN978-4-87984-271-8　C0097

タタール人の砂漠　イタリア叢書

ディーノ・ブッツァーティ　著　／　脇功　訳

46判上製・256頁・定価1630円

「勇気ある作家」ブッツァーティの代表作。「人生」という名の主人公が、30年にわたる辺境でのドローゴの生活になにひとつ事件らしいものを起こさない……。20世紀幻想文学の古典。

冬の夜ひとりの旅人が　イタリア叢書

イタロ・カルヴィーノ　著　／　脇功　訳

46判上製・352頁・定価1733円

いかにも《言葉の魔術師》カルヴィーノらしく前衛小説の多様な技法が駆使され、主人公に仕立てられたあなたと、10編の小説のパロディで展開する〈小説の小説〉。

遠ざかる家　イタリア叢書

イタロ・カルヴィーノ　著　／　和田忠彦　訳

46判上製・176頁・定価1427円

50年代の建築ブームで変わりゆく故郷、失われゆく自然への哀惜が一人の知識人を侵略者の中へ。原題『建築投機』は主人公自身の存在への賭を暗示する。

書き込みのある樅の木　シュティフター・コレクション4

アーダルベルト・シュティフター　著　／　磯崎康太郎　訳

46判上製・256頁・定価1890円

コレクション第4巻は、シュティフター作品に共通する主題「森」に着目し、生命力みなぎるボヘミアの森と、人々との暮らしの関わりが細やかに描かれた作品を集めた。表題作「書き込みのある樅の木」のほか、「高い森」、「最後の一ペニヒ」「クリスマス」を収録。

ハインリヒ・マン短篇集　全3巻　46判上製

弟のトーマス・マンに比べ、東西ドイツの分裂などからその作品の受容が遅れたハインリヒ・マン。彼の仕事抜きで現代ドイツ文学は語れないまでに、再評価は進んでいる。選りすぐりの傑作短編を紹介するコレクション。三浦淳（新潟大学教授）責任編集。

第1巻　<初期篇>
「奇蹟」他7篇　定価2940円
第2巻　<中期篇>
「ヒッポ・スパーノ」他7篇　定価3570円
第3巻　<後期篇>
「ハデスからの帰還」他7篇　定価3570円

石さまざま（上）　シュティフター・コレクション1

アーダルベルト・シュティフター　著

高木久雄、林昭、田口義弘、松岡幸司、青木三陽　訳

46判上製・208頁・定価1575円

石さまざま（下）　シュティフター・コレクション2

アーダルベルト・シュティフター　著

田口義弘、松岡幸司、青木三陽　訳

46判上製・208頁・定価1575円

石や植物、虫などの小さきものに自然の「穏やかな法則」を見出すシュティフターの代表作。上巻では、作家自身の芸術的信仰告白ともいうべき「序文」、幼いころの鉱石蒐集の想い出をつづった「はじめに」、ボヘミアの森を背景に、故郷の想い出を紡いだ「花崗岩」、貧しい司祭の隠れた美しさを描く「石灰石」、人間のまがまがしい情念を暗い色調で描いた「電気石」を収録。下巻には、大雪で道に迷った幼い兄妹が、自然の驚異に護られて生還する「水晶」のほか、自然と人間界の交渉をテーマにした「白雲母」、ナポレオン戦争を背景に、戦争と子どもとがコントラストをなす「石乳」を収録した。

森ゆく人　シュティフター・コレクション3

アーダルベルト・シュティフター　著　／　松村國隆　訳

46判上製・160頁・定価1680円

「森ゆく人」と呼ばれる老人ゲオルク。彼には、取り返しのつかない過ちを犯した過去があった……あたかも償いの道を歩むかのように、ボヘミアの静かな森をさまよい続けるゲオルク。その傷ついた心を、森は優しく受けとめ、慰めてくれる……

砂時計　東欧の想像力 1

ダニロ・キシュ　著　／　奥彩子　訳

46 判上製・312 頁・定価 2100 円

1942 年 4 月、あるユダヤ人の男が、親族にあてて手紙を書いた。男はのちにアウシュヴィッツに送られ、命を落とす——男の息子、作家ダニロ・キシュの強靱な想像力が、残された父親の手紙をもとに、複雑な虚構の迷宮を築きあげる——

あまりにも騒がしい孤独　東欧の想像力 2

ボフミル・フラバル　著　／　石川達夫　訳

46 判上製・160 頁・定価 1680 円

ナチズムとスターリニズムの両方を経験し、過酷な生を生きざるをえないチェコ庶民。その一人、故紙処理係のハニチャは、毎日運びこまれてくる故紙を潰しながら、時折見つかる美しい本を救い出し、そこに書かれた美しい文章を読むことを生きがいとしていたが……

ハーン＝ハーン伯爵夫人のまなざし　東欧の想像力 3

エステルハージ・ペーテル　著　／　早稲田みか　訳

46 判上製・328 頁・定価 2310 円

現代ハンガリーを代表する作家・エステルハージが、膨大な引用を交えて展開する、ドナウ川流域旅行記・ミステリー・恋愛・小説論・歴史・レストランガイド……のハイブリッド小説。